RUDYARD KIPLING
WERKE

NEU ÜBERSETZT

UND HERAUSGEGEBEN

VON

GISBERT HAEFS

RUDYARD KIPLING

DAS DSCHUNGELBUCH

Neu übersetzt
von
GISBERT HAEFS

BÜCHERGILDE GUTENBERG

"THE JUNGLE BOOK" ERSCHIEN ZUERST 1894
BEI MACMILLAN & CO., LONDON, UND
THE CENTURY CO., NEW YORK

LIZENZAUSGABE FÜR DIE BÜCHERGILDE GUTENBERG
FRANKFURT AM MAIN, WIEN
MIT FREUNDLICHER GENEHMIGUNG DER
HAFFMANS VERLAG AG ZÜRICH

UMSCHLAGZEICHNUNG VON
NIKOLAUS HEIDELBACH

ISBN 3 7632 3622 8

INHALT

VORWORT

Die Anforderungen, die ein Werk dieser Art an die Großzügigkeit von Spezialisten stellt, sind überaus zahlreich, und der Herausgeber wäre der großzügigen Behandlung, die man ihm angedeihen ließ, keinesfalls wert, wollte er hier nicht seine Dankesschuld so vollständig wie nur möglich anzeigen.

Sein Dank gebührt zuallererst dem gelehrten und vortrefflichen Bahadur Shah, Lasten-Elefant 174 auf der Indischen Dienstrolle, der zusammen mit seiner liebenswürdigen Schwester Padmini so freundlich war, die Geschichte von »Toomai von den Elefanten« zur Verfügung zu stellen sowie auch einen Großteil der Informationen, die in »Diener Ihrer Majestät« enthalten sind. Mowglis Abenteuer wurden zu verschiedenen Zeiten und an verschiedenen Orten bei einer Vielzahl von Informanten gesammelt, deren die meisten strengste Anonymität zu wahren wünschen. Der Herausgeber glaubt jedoch, sich nach all der Zeit und aus dieser Entfernung die Freiheit nehmen zu können, einem Hindu-Gentleman vom alten Schlag, einem geschätzten Bewohner der oberen Hänge des Jakko-Berges, zu danken für seine überzeugende, wenngleich bisweilen ätzende Darlegung der nationalen Charakteristika seiner Kaste – der Priester. Sahi, ein Wissenschaftler von unendlichem Forschungsgeist und Eifer, ein Mitglied des kürzlich aufgelösten Seoni-Rudels, und ein Künstler, der wohlbekannt ist auf den meisten Jahrmärkten Südindiens, wo sein Tanz mit Maulkorb und seinem Meister die Jungen, Schönen und Kultivierten vieler Dörfer anzieht, haben äußerst wertvolle Daten über Leute, Sitten und Gebräuche beigetragen. Diese fanden freimütige Verwendung in den Geschichten »Tiger! Tiger!«, »Kaas Jagd« und »Mowglis Brüder«. Für die Grundzüge von »Rikki-Tikki-Tavi« ist der Herausgeber einem der führenden Herpetologen

Oberindiens zu Dank verpflichtet, einem furchtlosen und unabhängigen Forscher, der in der Absicht, »nicht zu leben sondern zu wissen«, vor kurzem sein Leben opferte, infolge allzu intensiver Hingabe an das Studium unserer östlichen Thanatophidia. Ein glücklicher Reisezufall erlaubte es dem Herausgeber, als er Passagier auf der *Empress of India* war, einem Mitreisenden eine geringfügige Gefälligkeit zu erweisen. Wie reich seine ärmlichen Dienste belohnt wurden, mögen Leser von »Die weiße Robbe« selbst beurteilen.

MOWGLIS BRÜDER

Now Chil the Kite brings home the night
  That Mang the Bat sets free—
The herds are shut in byre and hut
  For loosed till dawn are we.
This is the hour of pride and power,
  Talon and tush and claw.
Oh hear the call!—Good hunting all
  That keep the Jungle Law!
Night-Song in the Jungle.

[Der Geier Chil bringt nun die Nacht;
  die Fledermaus Mang ließ sie frei –
die Herden sind eingesperrt in Stall und Hütte,
  denn bis zum Morgen sind wir los.
Dies ist die Stunde von Stolz und Macht,
  Klaue und Hauer und Kralle.
O hört den Ruf! – Gutes Jagen allen
  die das Dschungelgesetz achten!
Nachtlied im Dschungel]

Es war sieben Uhr an einem sehr warmen Abend in den Seoni-Hügeln, als Vater Wolf von seiner Tagesrast erwachte, sich kratzte, gähnte und seine Pfoten eine nach der anderen ausstreckte, um das schläfrige Gefühl in den Spitzen loszuwerden. Mutter Wolf lag mit ihrer großen grauen Nase quer über den vier taumeligen, quietschenden Jungen, und der Mond schien in den Mund der Höhle, in der sie alle lebten. »Aogrh!« sagte Vater Wolf, »es ist wieder Zeit zum Jagen«; und er wollte eben den Hügel hinabspringen, als ein kleiner Schatten mit buschigem Schwanz die Schwelle überschritt und winselte: »Glück mit Euch, o Haupt der Wölfe; und viel Glück und starke weiße Zähne den edlen Kindern, daß sie nie die Hungrigen dieser Welt vergessen.«

Es war der Schakal – Tabaqui der Schüssellecker –, und Indiens Wölfe verachten Tabaqui, weil er geschwätzig herumläuft, Unfug und Unheil anrichtet und Lumpen und Lederstücke von den Abfallhaufen der Dörfer frißt. Aber sie fürchten ihn auch, denn leichter als jeder andere im Dschungel wird Tabaqui manchmal verrückt, und dann vergißt er, daß er jemals Angst vor irgendwem gehabt hat, rennt durch den Wald und beißt alles, was ihm in den Weg läuft. Sogar der Tiger flüchtet und versteckt sich, wenn der kleine Tabaqui verrückt wird, denn Wahnsinn ist das Schlimmste, was einem wilden Geschöpf zustoßen kann. Wir nennen es Tollwut, aber sie nennen es *dewanee* – Wahnsinn – und fliehen.

»Dann komm herein und sieh dich um«, sagte Vater Wolf unwirsch; »aber Essen gibt es hier nicht.«

»Nicht für einen Wolf«, sagte Tabaqui; »aber für eine so unbedeutende Person wie mich ist ein blanker Knochen schon ein Festmahl. Wer sind wir denn, die Gidur-log [Schakal-Leute], daß wir wählerisch sein könnten?« Er lief ans Ende der Höhle, wo er den Knochen eines Bocks mit noch etwas Fleisch daran fand, und er setzte sich und knackte ihn munter.

»Großen Dank für dieses feine Mahl«, sagte er; dabei leckte er sich die Lippen. »Wie schön die edlen Kinder sind! Wie groß ihre Augen! Und das schon so jung! Aber natürlich hätte ich daran denken sollen, daß Königskinder von Anfang an Männer sind.«

Nun wußte Tabaqui so gut wie jeder andere, daß es nichts Unheilvolleres gibt, als Kinder zu loben, wenn sie zuhören; und es machte ihm Vergnügen, Mutter und Vater Wolf unbehaglich dreinblicken zu sehen.

Tabaqui saß ruhig da, genoß den Schaden, den er angerichtet hatte, und sagte schließlich gehässig: »Shere Khan, der Große, hat seine Jagdgründe verlegt. Den nächsten Mond über wird er in diesen Hügeln hier jagen; das hat er mir jedenfalls gesagt.«

Shere Khan war der Tiger, der nahe dem Wainganga-Fluß lebte, zwanzig Meilen entfernt.

»Dazu hat er kein Recht!« begann Vater Wolf zornig. »Nach dem Gesetz des Dschungels hat er kein Recht, ohne gehörige Vorwarnung seinen Bereich zu wechseln. Im Umkreis von zehn Meilen wird er jedes Stück Beute verscheuchen, und ich – ich muß in diesen Tagen für zwei töten.«

»Seine Mutter hat ihn nicht umsonst Langri [der Lahme] genannt«, sagte Mutter Wolf ruhig. »Seit seiner Geburt ist er auf einem Fuß lahm. Deshalb hat er auch nur Vieh getötet. Jetzt sind die Dörfler am Wainganga wütend auf ihn und er kommt her, um *unsere* Dörfler wütend zu machen. Sie werden den Dschungel nach ihm absuchen, wenn er weit fort ist, und wir und unsere Kinder müssen fliehen, wenn das Gras angezündet wird. Wir sind Shere Khan wirklich sehr dankbar.«

»Soll ich ihm von Eurer Dankbarkeit berichten?« sagte Tabaqui.

»Raus!« schnappte Vater Wolf. »Hinaus und jag mit deinem Meister. Für eine Nacht hast du genug Unheil angerichtet.«

»Ich gehe«, sagte Tabaqui gelassen. »Ihr könnt Shere Khan schon unten im Dickicht hören. Ich hätte mir die Botschaft sparen können.«

Vater Wolf lauschte, und unten im Tal, das zu einem kleinen Fluß abfiel, hörte er das trockene, böse, knurrende Singsangwimmern eines Tigers, der nichts erlegt hat und sich nicht darum kümmert, ob der ganze Dschungel es erfährt.

»Der Narr!« sagte Vater Wolf. »Ein Nachtwerk mit diesem Krach zu beginnen! Meint er denn, unsere Wildböcke wären wie seine fetten Wainganga-Ochsen?«

»Sch! Heute nacht jagt er weder Bulle noch Bock«, sagte Mutter Wolf. »Er jagt Mensch.« Das Winseln war zu einer Art summenden Schnurrens geworden, das aus allen Himmelsrichtungen zu kommen schien. Es war jenes Geräusch, das Holzfäller und Zigeuner, die im Freien schlafen, verwirrt und sie manchmal genau ins Maul des Tigers laufen läßt.

»Mensch!« sagte Vater Wolf; er zeigte all seine weißen

Zähne. »Pah! Gibt es denn in den Tümpeln nicht genug Käfer und Frösche, daß er Mensch essen muß, und noch dazu auf unserem Boden?«

Das Gesetz des Dschungels, das niemals etwas grundlos anordnet, verbietet es jedem Tier, Mensch zu essen, außer wenn es tötet, um seinen Kindern zu zeigen, wie man tötet, und dann muß es außerhalb der Jagdgründe seines Rudels oder Stammes jagen. Der wahre Grund hierfür ist, daß Menschentöten früher oder später die Ankunft weißer Männer auf Elefanten bedeutet, mit Gewehren und Hunderten brauner Männer mit Gongs und Raketen und Fackeln. Dann leiden alle im Dschungel. Der Grund, den Tiere untereinander angeben, ist, daß der Mensch das schwächste und wehrloseste aller Lebewesen sei, und daher sei es unsportlich, ihn anzugehen. Sie sagen auch – und es stimmt –, daß Menschenesser die Räude bekommen und ihre Zähne verlieren.

Das Schnurren wurde lauter und endete im vollkehligen »Aaarr!«, mit dem der Tiger angreift.

Dann hörte man ein Jaulen – ein untigerisches Jaulen – von Shere Khan. »Er hat die Beute verfehlt«, sagte Mutter Wolf. »Was war es?«

Vater Wolf lief ein paar Schritte hinaus und hörte Shere Khan wütend murmeln und murren, während er im Buschwerk herumwühlte.

»Der Narr hat so wenig Verstand gehabt, daß er ins Lagerfeuer eines Holzfällers gesprungen ist und sich die Füße verbrannt hat«, sagte Vater Wolf mit einem Grunzen. »Tabaqui ist bei ihm.«

»Etwas kommt den Hügel herauf«, sagte Mutter Wolf; sie zuckte mit einem Ohr. »Paß auf.«

Einzelne Büsche im Dickicht raschelten ein wenig, und Vater Wolf kauerte sich auf die Hinterschenkel, zum Sprung bereit. Hättet ihr ihn beobachtet, so hättet ihr anschließend den herrlichsten Anblick auf der Welt gesehen – den Wolf, wie er mitten im Sprung abbremst. Er machte seinen Satz, ehe er noch sehen konnte, gegen was er da sprang, und versuchte dann anzuhalten. Das Ergebnis war, daß er vier oder fünf Fuß gerade in die Luft schoß und fast genau dort landete, wo er den Boden verlassen hatte.

»Ein Mensch!« stieß er hervor. »Ein Menschenjunges. Sieh doch!«

Gerade vor ihm, an einen niedrigen Zweig geklammert, stand ein nacktes braunes Kind, das eben erst gehen konnte – ein so weiches und mit Grübchen und Kringeln versehenes Wesen, wie nie zuvor nachts eines zu einer Wolfshöhle gekommen war. Es blickte auf, in Vater Wolfs Gesicht, und lachte.

»Ist das ein Menschenjunges?« sagte Mutter Wolf. »Ich habe noch nie eins gesehen. Bring es her.«

Ein Wolf, der daran gewöhnt ist, seine eigenen Jungen zu tragen, kann notfalls ein Ei im Maul halten, ohne es zu zerbrechen, und obwohl Vater Wolfs Kiefer die Brust des Kindes berührten, hatte kein Zahn die Haut auch nur angekratzt, als er es zwischen seine Jungen legte.

»Wie klein! Wie nackt, und – wie mutig!« sagte Mutter Wolf leise. Der Kleine wühlte sich zwischen den Wölflingen hindurch, um nahe ans warme Fell zu kommen. »Ahai! Er nimmt mit den anderen sein Mahl ein. Das ist also ein Menschenjunges. Sag, hat sich je eine Wölfin rühmen können, ein Menschenjunges unter ihren Kindern zu haben?«

»Hin und wieder habe ich so etwas gehört, aber nie in unserem Rudel oder zu meiner Zeit«, sagte Vater Wolf. »Er ist ganz unbehaart, und ich könnte ihn durch eine Berührung mit meinem Fuß töten. Aber sieh, er blickt auf und fürchtet sich nicht.«

Das Mondlicht konnte nicht mehr in die Höhlenöffnung eindringen, denn Shere Khans großer eckiger Kopf und seine Schultern schoben sich in den Eingang. Hinter ihm quäkte Tabaqui: »Mein Herr, mein Herr, hier ist es hineingegangen!«

»Shere Khan bereitet uns eine große Ehre«, sagte Vater

Wolf, aber seine Augen waren sehr zornig. »Was benötigt Shere Khan?«

»Meine Beute. Ein Menschenjunges ist hiergewesen«, sagte Shere Khan. »Seine Eltern sind fortgelaufen. Gib es her.«

Shere Khan war ins Lagerfeuer eines Holzfällers gesprungen, wie Vater Wolf gesagt hatte, und er war wütend wegen der Schmerzen in seinen verbrannten Füßen. Aber Vater Wolf wußte, daß der Mund der Höhle zu eng war, um einen Tiger einzulassen. Selbst wo er nun stand, waren Shere Khans Schultern und Vordertatzen eingeklemmt, wie es die eines Mannes wären, der in einem Faß zu kämpfen versuchte.

»Die Wölfe sind ein freies Volk«, sagte Vater Wolf. »Befehle nehmen sie vom Führer des Rudels entgegen, nicht von einem hergelaufenen Rindermörder mit Streifen. Das Menschenjunge gehört uns – auch zum Töten, wenn wir wollen.«

»Ihr wollt und ihr wollt nicht! Was ist das für ein Geschwätz über Wollen? Bei dem Stier, den ich getötet habe – soll ich etwa hier stehenbleiben und in eurem Hundeloch nach dem schnüffeln, was mir zusteht? Shere Khan ist es, der hier spricht!«

Das Gebrüll des Tigers füllte die Höhle mit Donner. Mutter Wolf schüttelte ihre Jungen ab und sprang nach vorn; ihre Augen, wie zwei grüne Monde in der Finsternis, begegneten den flammenden Augen von Shere Khan.

»Und ich bin es, Raksha [die Dämonin], die antwortet. Das Menschenjunge ist mein, Langri – mein allein! Er wird nicht getötet werden. Er wird leben, um mit dem Rudel zu laufen und mit dem Rudel zu jagen; und am Ende, sieh dich vor, du Jäger kleiner nackter Jungen – Froschesser – Fischmörder, wird er *dich* jagen! Nun verschwinde, oder bei dem Sambhur, den ich getötet habe (*ich* esse *keine* verhungerten Rinder), wirst du dahin gehen, wo deine Mutter ist, du verbranntes Dschungelbiest, und zwar lahmer als du bei deiner Geburt warst! Geh!«

Vater Wolf schaute völlig verblüfft zu. Er hatte die Tage schon fast vergessen, da er Mutter Wolf in fairem Kampf gegen fünf andere Wölfe gewonnen hatte, da sie mit dem Rudel lief und nicht zum Spaß die Dämonin genannt wurde. Shere Khan hätte Vater Wolf vielleicht die Stirn geboten, aber mit Mutter Wolf konnte er es nicht aufnehmen, denn er wußte, daß sie, wo sie stand, alle Vorteile des Geländes für sich hatte und bis zum Tod kämpfen würde. Also zog er sich grollend aus dem Höhleneingang zurück, und im Freien schrie er:

»Jeder Hund bellt im eigenen Hof! Wir werden schon sehen, was das Rudel zu dieser Aufzucht von Menschenjungen zu sagen hat. Der Junge gehört mir, und zwischen meine Zähne wird er am Schluß kommen, ihr büschelschwänzigen Diebe!«

Mutter Wolf warf sich keuchend zwischen den Jungen nieder, und Vater Wolf sagte sehr ernst: »Damit sagt Shere Khan die Wahrheit. Der Junge muß dem Rudel vorgeführt werden. Willst du ihn immer noch behalten, Mutter?«

»Behalten!« ächzte sie. »Nackt ist er gekommen, in der Nacht, allein und sehr hungrig; und dennoch hatte er keine Furcht! Sieh, er hat schon eins meiner Kinder beiseite geschoben. Und dieser lahme Schlächter hätte ihn getötet und wäre dann zum Wainganga verschwunden, während die Dörfler hier zur Rache all unsere Lagerstätten zerstören! Ihn behalten? Natürlich werde ich ihn behalten. Lieg still, kleiner Frosch. O du Mowgli – denn Mowgli der Frosch, will ich dich nennen –, die Zeit wird kommen, da du Shere Khan jagen wirst, wie er dich gejagt hat.«

»Aber was wird unser Rudel sagen!« sagte Vater Wolf.

Das Gesetz des Dschungels legt ganz eindeutig fest, daß sich jeder Wolf, wenn er eine Gefährtin nimmt, aus dem Rudel, dem er angehört, zurückziehen kann; aber sobald seine Jungen alt genug sind, um auf ihren eigenen Füßen zu stehen, muß er sie zum Rudelrat bringen, der im allgemeinen einmal im Monat bei Vollmond abgehalten wird, damit die anderen Wölfe sie erkennen. Nach dieser Musterung dürfen die Jungen überall frei herumlaufen, und ehe sie nicht ihren ersten Bock getötet haben, wird keine Entschuldigung angenommen, wenn ein erwachsener Wolf des Rudels eines der Jungen tötet. Wenn der Mörder gefunden werden kann, ist die Strafe der Tod; und wenn ihr eine Minute nachdenkt, werdet ihr einsehen, daß dies so sein muß.

Vater Wolf wartete, bis seine Jungen ein wenig laufen konnten, und in der Nacht des Rudeltreffens brachte er dann sie und Mowgli und Mutter Wolf zum Ratsfelsen – einer mit Steinen und Blöcken bedeckten Hügelkuppe, wo sich hundert Wölfe verbergen konnten. Akela der große graue Einsame Wolf, der das ganze Rudel mit Stärke und List lenkte, legte sich in voller Länge auf seinen Felsen, und unter ihm saßen vierzig oder mehr Wölfe aller Größen und Farben, von dachsfarbenen Veteranen, die allein mit einem Bock fertigwerden konnten, bis zu jungen schwarzen Dreijährigen, die meinten, sie könnten es auch. Der Einsame Wolf hatte sie nun seit einem Jahr geführt. Zweimal war er in seiner Jugend in eine Wolfsfalle geraten, und einmal hatte man ihn geschlagen und als tot liegengelassen; er kannte also die Gebräuche und Gepflogenheiten der Menschen. Beim Felsen wurde sehr wenig gesprochen. Im Mittelpunkt des Kreises, in dem ihre Mütter und Väter saßen, purzelten die Jungen übereinander, und hin und wieder ging ein älterer Wolf leise zu einem Jungen, musterte ihn sorgsam und kehrte auf lautlosen Füßen zu seinem Platz zurück. Manchmal stieß eine Mutter ihr Junges weit hinaus ins Mondlicht, um sicher zu sein, daß man es nicht übersehen hatte. Auf seinem Felsen rief Akela: »Ihr kennt das Gesetz – ihr kennt das Gesetz. Gut wägen, Wölfe!« und die besorgten Mütter nahmen den Ruf auf: »Seht – gut wägen, Wölfe!«

Schließlich – und Mutter Wolfs Nackenborsten sträubten sich, als es soweit war – schob Vater Wolf »Mowgli den Frosch«, wie sie ihn nannten, in die Mitte, wo er sich hinsetzte und lachte und mit ein paar Kieseln spielte, die im Mondlicht glitzerten.

Akela hob seinen Kopf nicht von den Pfoten, sondern wiederholte den eintönigen Ruf: »Gut wägen!« Dumpfes Röhren drang hinter einem der Felsen hervor – die Stimme von Shere Khan, der rief: »Das Junge ist mein! Gebt es mir. Was hat das Freie Volk mit einem Menschenjungen zu schaffen?« Akela zuckte nicht einmal mit den Ohren; alles was er sagte war: »Gut wägen, Wölfe! Was hat das Freie Volk mit den Befehlen von irgendwem außer dem Freien Volk zu schaffen? Gut wägen!«

Tiefes Grollen erhob sich im Chor, und ein junger Wolf in seinem vierten Jahr warf Akela erneut Shere Khans Frage vor: »Was hat das Freie Volk mit einem Menschenjungen zu schaffen?«

Nun bestimmt das Gesetz des Dschungels, daß bei einem Streit darüber, ob ein Junges das Recht hat, vom Rudel aufgenommen zu werden, mindestens zwei Mitglieder des Rudels, die nicht Vater und Mutter des Jungen sind, für es sprechen müssen.

»Wer spricht für dieses Junge?« sagte Akela. »Wer aus dem Freien Volk spricht für es?« Niemand antwortete, und Mutter Wolf bereitete sich auf das vor, was, wie sie wußte, ihr letzter Kampf sein würde – wenn es zum Kampf kam.

Da erhob sich das einzige andere Geschöpf, das im Rudelrat zugelassen ist – Baloo, der schläfrige braune Bär, der die Wolfsjungen das Gesetz des Dschungels lehrt; der alte Baloo, der kommen und gehen darf, wie es ihm gefällt, denn er ißt nur Nüsse und Wurzeln und Honig – setzte sich auf die Hinterbeine und knurrte.

»Das Menschenjunge – das Menschenjunge?« sagte er. »*Ich* spreche für das Menschenjunge. Ein Menschenjunges ist ohne Harm. Ich kann keine schönen Reden halten, aber ich sage die Wahrheit. Laßt ihn mit dem Rudel laufen, nehmt ihn mit den anderen auf. Ich selbst werde ihn lehren.«

»Wir brauchen noch einen«, sagte Akela. »Baloo hat gesprochen, und er ist der Lehrer unserer Jungen. Wer spricht noch außer Baloo?«

Ein schwarzer Schatten tropfte in den Kreis hinab. Es war Bagheera, der Schwarze Panther, tintenschwarz über und über, aber mit der Leopardenzeichnung, die bei bestimmtem Licht wie das Muster gewässerter Seide aufleuchtet. Alle kannten Bagheera, und niemand mochte ihm in die Quere kommen; denn er war listig wie Tabaqui, mutig wie der wilde Büffel und tollkühn wie der wunde Elefant. Er hatte aber eine Stimme so mild wie wilder Honig, der von einem Baum tröpfelt, und eine Haut weicher als Daunen.

»O Akela, und ihr, Freies Volk«, schnurrte er, »ich habe kein Recht in eurer Versammlung; aber das Gesetz des Dschungels sagt, wenn es um ein neues Junges Zweifel gibt, die nichts mit einem Töten zu tun haben, dann kann das Leben dieses Jungen für einen Preis gekauft werden. Und das Gesetz sagt nicht, wer den Preis bezahlen darf und wer nicht. Stimmt das?«

»Gut! gut!« sagten die jungen Wölfe, die immer hungrig sind. »Hört Bagheera an. Das Junge kann für einen Preis gekauft werden. Das ist das Gesetz.«

»Da ich weiß, daß ich kein Recht habe, hier zu sprechen, bitte ich um eure Erlaubnis.«

»Dann sprich«, riefen zwanzig Stimmen.

»Ein nacktes Junges töten ist Schande. Außerdem kann er für euch ein besseres Spielzeug abgeben, wenn er erwachsen ist. Baloo hat für ihn gesprochen. Nun will ich Baloos Worten einen Bullen hinzufügen, und zwar einen fetten, frisch getötet, keine halbe Meile von hier, wenn ihr das Menschenjunge gemäß dem Gesetz aufnehmt. Ist die Entscheidung schwierig?«

Darauf klangen Dutzende Stimmen durcheinander: »Was solls? Er wird ohnehin im Winterregen sterben. Er wird in der Sonne verbrennen. Welchen Schaden kann uns denn ein nackter Frosch zufügen? Soll er doch mit dem Rudel laufen. Wo ist der Bulle, Bagheera? Nehmt ihn ruhig auf.« Und dann erklang das tiefe Bellen von Akela, der rief: »Gut wägen – gut wägen, Wölfe!«

Mowgli war noch immer zutiefst interessiert an den Kieseln und bemerkte nichts, als die Wölfe nacheinander kamen und ihn musterten. Schließlich liefen sie alle den Hügel hinab nach dem toten Bullen, und nur Akela, Bagheera, Baloo und Mowglis eigene Wölfe blieben zurück. Shere Khan brüllte noch immer in die Nacht, denn er war sehr wütend, weil man ihm Mowgli nicht ausgeliefert hatte.

»Ja, brüll du nur«, sagte Bagheera leise in seinen Bart; »es wird nämlich die Zeit kommen, in der dieses nackte Ding dich ein anderes Lied brüllen läßt, oder ich verstehe nichts mehr von Menschen.«

»Gut gemacht«, sagte Akela. »Menschen und ihre Jungen sind sehr klug. Mit der Zeit kann er uns eine Hilfe sein.«

»Das stimmt; eine Hilfe in Zeiten der Not; es kann nämlich niemand erwarten, das Rudel ewig zu führen«, sagte Bagheera.

Akela sagte nichts. Er dachte an die Zeit, die für jeden Führer jeden Rudels kommt, wenn seine Kraft ihn verläßt und er schwächer und schwächer wird, bis er am Ende von den Wölfen getötet wird und ein neuer Führer aufsteht – um seinerseits getötet zu werden.

»Nimm ihn mit«, sagte er zu Vater Wolf, »und erzieh ihn, wie es einem vom Freien Volk zukommt.«

Und so wurde Mowgli in das Rudel der Seoni-Wölfe aufgenommen, um den Preis eines Bullen und auf Baloos Zureden.

Nun müßt ihr euch damit begnügen, zehn oder elf ganze Jahre zu überspringen und euch das wundervolle Leben selbst auszumalen, das Mowgli mit den Wölfen führte; aufgeschrieben würde es nämlich so viele Bücher wie Jahre füllen. Er wuchs mit den Wolfsjungen auf, wenn sie auch natürlich erwachsene Wölfe waren, fast bevor er ein Kind wurde, und Vater Wolf lehrte ihn sein Geschäft und die Bedeutung der Dinge im Dschungel, bis jedes Rascheln im Gras, jeder Hauch der warmen Nachtluft, jeder Sang der Eulen über seinem Kopf, jedes

Kratzen der Kralle einer Fledermaus, wenn sie sich für eine Weile in einem Baum niederließ, und jedes Platschen jedes kleinen Fisches, der in einem Teich sprang, ihm ebensoviel bedeutete wie einem Geschäftsmann das Funktionieren seines Büros. Wenn er nicht lernte, saß er in der Sonne und schlief und aß und schlief erneut; wenn er sich schmutzig oder heiß fühlte, schwamm er in den Waldweihern; und wenn er Honig haben wollte (Baloo brachte ihm bei, daß Honig und Nüsse genauso gut schmeckten wie rohes Fleisch), kletterte er dafür in die Bäume, und dies brachte Bagheera ihm bei. Bagheera legte sich auf einen Ast und rief »Komm her, Kleiner Bruder«, und zuerst klammerte Mowgli sich an wie das Faultier, aber später schwang er sich durchs Geäst fast so mutig wie der graue Affe. Auch am Ratsfelsen nahm er seinen Platz ein, wenn das Rudel sich versammelte, und dort entdeckte er, daß jeder Wolf, wenn Mowgli ihm in die Augen starrte, bald den Blick senken mußte, und deshalb starrte Mowgli oft aus reinem Übermut. Bei anderen Gelegenheiten zog er die langen Dornen aus den Ballen seiner Freunde, denn an Dornen und Kletten im Fell leiden Wölfe schrecklich. Nachts ging er manchmal hinab ins bebaute Land, um sich sehr neugierig die Dörfler in ihren Hütten anzusehen, aber er mißtraute den Menschen, denn Bagheera hatte ihm einen viereckigen Kasten mit Fallklappe gezeigt, der so geschickt im Dschungel versteckt war, daß er fast hineingelaufen wäre, und der Panther hatte ihm gesagt, daß dies eine Falle sei. Am allerliebsten ging Mowgli mit Bagheera ins dunkle warme Herz des Waldes, um dort den ganzen trägen Tag zu verschlafen und nachts zu sehen, wie Bagheera tötete. Wenn er hungrig war, tötete Bagheera alles, was er bekommen konnte, und Mowgli machte es ebenso – mit einer Ausnahme. Sobald er alt genug war, um gewisse Dinge zu begreifen, brachte Bagheera ihm bei, niemals Vieh zu berühren, weil er um den Preis des Lebens eines Bullen ins Rudel eingekauft worden war. »Der ganze Dschungel gehört dir«, sagte Bagheera, »und du kannst alles töten, wozu du stark genug bist; aber um des Bullen willen, der dich gekauft hat, darfst du niemals junges oder altes Vieh töten oder essen. Das ist das Gesetz des Dschungels.« Mowgli gehorchte gewissenhaft.

Und er wuchs und wurde so stark wie ein Junge werden muß, wenn er nicht weiß, daß er etwas lernt, und der an nichts in der Welt zu denken braucht als an eßbare Dinge.

Mutter Wolf sagte ihm ein- oder zweimal, daß er Shere Khan nicht trauen dürfe, und daß er eines Tages Shere Khan würde töten müssen; während aber ein junger Wolf sich jede einzelne Stunde an diesen Ratschlag erinnert hätte, vergaß Mowgli ihn, weil er nur ein Junge war – wenn er sich auch einen Wolf genannt haben würde, hätte er irgendeine menschliche Sprache sprechen können.

Sehr oft kreuzte Shere Khan im Dschungel seinen Weg, denn als Akela älter und schwächer wurde, schloß der lahme Tiger dicke Freundschaft mit den jüngeren Wölfen des Rudels, die ihm folgten und fraßen, was er übrigließ – etwas, was Akela niemals erlaubt hätte, wenn er gewagt hätte, seine Autorität bis an die vorgesehenen Grenzen durchzusetzen. Bei solchen Gelegenheiten schmeichelte Shere Khan ihnen und wunderte sich, daß so feine junge Jäger es duldeten, von einem sterbenden Wolf und einem Menschenjungen geführt zu werden. »Ich habe gehört«, pflegte Shere Khan zu sagen, »daß ihr beim Rat nicht wagt, ihm in die Augen zu sehen«; und dann knurrten die jungen Wölfe und sträubten das Fell.

Bagheera, der seine Augen und Ohren überall hatte, wußte davon, und ein- oder zweimal setzte er Mowgli gründlich auseinander, daß Shere Khan ihn eines Tages töten würde; und dann lachte Mowgli und antwortete: »Ich habe das Rudel und ich habe dich; und Baloo, wenn er auch faul ist, kann doch noch einen oder zwei Schläge für mich austeilen. Warum soll ich mich fürchten?«

Es war an einem sehr warmen Tag, als Bagheera eine neue Idee kam – weil er etwas gehört hatte. Vielleicht hatte Ikki das Stachelschwein es ihm erzählt; jedenfalls sagte er Mowgli, als sie tief im Dschungel waren und der Junge mit dem Kopf auf Bagheeras wunderschönem schwarzen Fell ruhte: »Kleiner Bruder, wie oft hab ich dir gesagt, daß Shere Khan dein Feind ist?«

»So viele Male wie Nüsse auf der Palme da sind«, sagte Mowgli, der natürlich nicht zählen konnte. »Na und? Ich will schlafen, Bagheera, und Shere Khan ist nur langer Schwanz und lautes Schwatzen – wie Mor der Pfau.«

»Aber jetzt ist keine Zeit zum Schlafen. Baloo weiß es; ich weiß es; das Rudel weiß es; und sogar die dummen, dummen Hirsche wissen es. Übrigens hat Tabaqui es dir erzählt.«

»Ho! ho!« sagte Mowgli. »Tabaqui ist zu mir gekommen, das ist noch nicht lange her, und hat mir freche Dinge gesagt, daß ich ein nacktes Menschenjunges bin und nicht mal wert, Erdnüsse auszugraben; aber ich habe Tabaqui am Schwanz gepackt und ihn zweimal gegen eine Palme gehauen, um ihm bessere Manieren beizubringen.«

»Das war sehr dumm; wenn Tabaqui nämlich auch ein Unheilstifter ist, hätte er dir doch etwas erzählt, das dich wirklich angeht. Mach die Augen auf, Kleiner Bruder. Shere Khan kann es nicht wagen, dich im Dschungel zu töten; aber denk dran, Akela ist sehr alt, und bald kommt der Tag, an dem er seinen Bock nicht mehr töten kann, und dann wird er kein Führer mehr sein. Viele von den Wölfen, die dich gemustert haben, als du zum ersten Mal zum Rat gebracht worden bist, sind nun auch alt, und die jungen Wölfe glauben, was Shere Khan ihnen beigebracht hat – daß für ein Menschenjunges kein Platz im Rudel ist. Bald wirst du ein Mann sein.«

»Und was ist mit einem Mann, daß er nicht mit seinen Brüdern laufen darf?« sagte Mowgli. »Ich bin im Dschungel geboren. Ich habe das Gesetz des Dschungels befolgt, und es gibt bei uns keinen Wolf, dem ich nicht einen Dorn aus dem Ballen gezogen habe. Es sind doch meine Brüder!«

Bagheera streckte sich zu voller Länge aus und schloß die Augen halb. »Kleiner Bruder«, sagte er, »faß unter meinen Kiefer.«

Mowgli hob seine starke braune Hand, und genau unter Bagheeras seidigem Kinn, wo all die riesigen rollenden Muskeln von schimmerndem Haar verborgen wurden, fühlte er eine kleine kahle Stelle.

»Keiner im Dschungel weiß daß ich, Bagheera, dieses Mal trage – das Mal des Halsrings; aber es stimmt, Kleiner Bruder: Ich bin unter Menschen geboren, und unter Menschen ist meine Mutter gestorben – in den Käfigen des Königspalasts von Udaipur. Das ist der Grund, weshalb ich den Preis für dich beim Rat gezahlt hab, als du ein kleines nacktes Junges warst. Ja, auch ich bin unter Menschen geboren. Ich hatte nie den Dschungel gesehen. Sie haben mich durch Gitter aus einer Eisenpfanne gefüttert bis zu einer Nacht, in der ich spürte, daß ich Bagheera bin – der Panther – und nicht das Spielzeug eines Menschen, und ich habe den albernen Riegel mit einem Schlag meiner Tatze zerbrochen und war frei; und weil ich Menschendinge kennengelernt habe, bin ich im Dschungel furchtbarer geworden als Shere Khan. Stimmt es nicht?«

»Ja«, sagte Mowgli. »Alle im Dschungel fürchten Bagheera – alle außer Mowgli.«

»Ach, *du* bist ja auch ein Menschenjunges«, sagte der Schwarze Panther ganz zärtlich, »und genau wie ich in meinen Dschungel zurückgekehrt bin, so mußt du am Schluß zu den Menschen zurück – zu den Menschen, die deine Brüder sind –, wenn du nicht im Rat getötet wirst.«

»Aber warum ... aber warum sollte mich denn jemand töten wollen?« sagte Mowgli.

»Sieh mich an«, sagte Bagheera; und Mowgli schaute ihm

fest in die Augen. Nach einer halben Minute wandte der große Panther den Kopf ab.

»Deshalb«, sagte er; er fuhr mit der Tatze auf dem Laub hin und her. »Nicht einmal ich kann dir in die Augen sehen, und ich bin unter Menschen geboren, und ich liebe dich, Kleiner Bruder. Die anderen hassen dich, weil ihre Augen deine nicht ertragen können; weil du klug bist; weil du ihnen Dornen aus den Füßen gezogen hast – weil du ein Mensch bist.«

»Das alles hab ich nicht gewußt«, sagte Mowgli mürrisch; unter seinen schweren schwarzen Augenbrauen schnitt er eine Grimasse.

»Was ist das Gesetz des Dschungels? Schlag erst und gib dann Laut. Gerade an deiner Sorglosigkeit sehen sie, daß du ein Mensch bist. Aber sieh dich vor. Ich fürchte, wenn Akela nächstens seine Beute verfehlt – und bei jeder Jagd fällt es ihm schwerer, seinen Bock zu erlegen –, dann wird sich das Rudel gegen ihn und gegen dich wenden. Sie werden einen Dschungelrat am Felsen abhalten, und dann ... und dann ... ich habs!« sagte Bagheera; er sprang auf. »Geh du schnell hinab zu den Menschenhütten im Tal und nimm etwas von der Roten Blume, die sie da pflegen, damit du, wenn die Zeit kommt, einen Freund hast, der noch stärker ist als ich oder Baloo oder die vom Rudel, die dich lieben. Hol die Rote Blume.«

Mit der Roten Blume meinte Bagheera Feuer, nur wird kein Geschöpf des Dschungels je das Feuer bei seinem Namen nennen. Jedes Tier lebt in tödlicher Furcht vor ihm und erfindet hundert Arten, es zu umschreiben.

»Die Rote Blume?« sagte Mowgli. »Die wächst im Zwielicht vor ihren Hütten. Ich werde etwas davon holen.«

»Da spricht das Menschenjunge«, sagte Bagheera stolz. »Denk daran, daß sie in kleinen Töpfen wächst. Hol dir schnell einen und halt ihn bereit für die Zeit der Not.«

»Gut!« sagte Mowgli. »Ich gehe. Aber bist du sicher, o mein Bagheera« – er schlang seinen Arm um den glänzenden Hals und sah tief in die großen Augen – »bist du sicher, daß all dies Shere Khans Werk ist?«

»Bei dem Zerbrochenen Riegel, der mich freiließ, ich bin sicher, Kleiner Bruder.«

»Dann will ich, bei dem Bullen der mich kaufte, Shere Khan all dies voll bezahlen und vielleicht noch ein wenig mehr«, sagte Mowgli; und er sprang fort.

»Das ist ein Mensch. Das ist ganz und gar ein Mensch«, sagte Bagheera sich, als er sich wieder niederlegte. »Oh, Shere Khan, nie gab es eine schwärzere Jagd als deine Froschjagd vor zehn Jahren!«

Mowgli hatte eine weite Strecke durch den Wald zurückzulegen; er lief schnell, und sein Herz war heiß. Er kam zur Höhle, als der Abendnebel stieg, und er holte Luft und blickte hinab ins Tal. Die Jungen waren fort, aber Mutter Wolf, hinten in der Höhle, hörte an seinem Atem, daß etwas ihren Frosch bekümmerte.

»Was hast du, Sohn?« sagte sie.

»Fledermausgeschwätz über Shere Khan«, rief er zurück. »Ich jage diese Nacht auf den gepflügten Feldern«, und er stürzte sich durch die Büsche abwärts zum Strom auf dem Grund des Tals. Dort blieb er plötzlich stehen, denn er hörte das Gellen des jagenden Rudels, das Brüllen eines gehetzten Sambhar und das Schnauben des Bocks, als er sich stellte. Dann kam das böse, beißende Heulen der jungen Wölfe: »Akela! Akela! Der Einsame Wolf soll seine Kraft zeigen. Macht Platz für den Führer des Rudels! Spring, Akela!«

Der Einsame Wolf mußte gesprungen sein und gefehlt haben, denn Mowgli hörte seine Zähne schnappen und dann ein Jaulen, als der Sambhar ihn mit dem Vorderfuß niederschlug.

Er wartete nicht länger, sondern rannte weiter; und hinter ihm wurde das Gellen schwächer, als er über das Ackerland lief, wo die Dörfler lebten.

»Bagheera hat die Wahrheit gesagt«, keuchte er, während er

sich neben dem Fenster einer Hütte in einen Haufen Viehfutter preßte. »Morgen steht für Akela und für mich das gleiche auf dem Spiel.«

Dann drückte er sein Gesicht nah ans Fenster und beobachtete das Feuer auf dem Herd. Er sah, wie die Frau des Bauern nachts aufstand und es mit schwarzen Klumpen fütterte; und als der Morgen kam und die Nebel ganz weiß und kalt waren, sah er das Kind des Mannes einen innen mit Lehm bestrichenen Weidenkorb nehmen, Klumpen rotglühender Holzkohle hineinlegen, seine Decke darüberbreiten und hinausgehen, um nach den Kühen im Stall zu sehen.

»Ist das alles?« sagte Mowgli. »Wenn ein Menschenjunges das tun kann, dann gibt es da nichts zu fürchten«; deshalb lief er um die Ecke und zu dem Jungen, nahm ihm den Korb aus der Hand und verschwand im Nebel, während der Junge vor Angst laut heulte.

»Sie sind mir sehr ähnlich«, sagte Mowgli; er blies in den Korb, wie er es von der Frau gesehen hatte. »Dieses Ding wird sterben, wenn ich ihm nichts zu essen gebe«; und er warf Zweige und trockene Borke auf den roten Stoff. Auf der Hälfte des Hügelhangs traf er Bagheera; in seinem Fell glitzerte Morgentau wie Mondsteine.

»Akela hat verfehlt«, sagte der Panther. »Sie hätten ihn letzte Nacht schon getötet, aber dich wollen sie auch. Sie haben auf dem Hügel nach dir gesucht.«

»Ich war auf dem gepflügten Land. Ich bin bereit. Sieh mal!« Mowgli hielt den Feuerkorb hoch.

»Gut! Also, ich hab gesehen, wie Menschen einen trockenen Ast in diesen Stoff tauchen, und bald darauf blüht die Rote Blume am Ende des Asts. Hast du keine Angst?«

»Nein. Wovor denn? Ich erinnere mich jetzt – wenn es kein Traum ist –, wie ich, bevor ich ein Wolf war, neben der Roten Blume gelegen hab, und das war warm und angenehm.«

Diesen ganzen Tag saß Mowgli in der Höhle, kümmerte sich

um seinen Feuertopf und tauchte trockene Zweige hinein, um zu sehen, was mit ihnen geschah. Er fand einen Ast, der ihn zufriedenstellte, und als am Abend Tabaqui in die Höhle kam und ihm reichlich grob mitteilte, man erwarte ihn am Ratsfelsen, lachte er, bis Tabaqui fortlief. Dann ging Mowgli zum Rat, und er lachte noch immer.

Akela, der Einsame Wolf, lag neben seinem Felsen, als Zeichen dafür, daß die Führung des Rudels offen war, und Shere Khan mit seiner Gefolgschaft von abfallfressenden Wölfen wanderte ganz offen hin und her und wurde umschmeichelt. Bagheera lag nahe bei Mowgli, und der Feuertopf stand zwischen Mowglis Knien. Als alle versammelt waren, begann Shere Khan zu reden – etwas, was er nie gewagt hätte, als Akela noch bei voller Kraft war.

»Er hat kein Recht dazu«, flüsterte Bagheera. »Sag es. Er ist ein Hundesohn. Er wird sich fürchten.«

Mowgli sprang auf. »Freies Volk«, rief er, »führt Shere Khan etwa das Rudel? Was hat ein Tiger mit unserer Führerschaft zu tun?«

»Da die Frage der Führerschaft offen ist und man mich gebeten hat zu sprechen ...« begann Shere Khan.

»Wer hat dich gebeten?« sagte Mowgli. »Sind wir denn *alle* Schakale, daß wir vor diesem Rindermörder auf dem Bauch kriechen? Die Führung des Rudels geht nur das Rudel etwas an.«

Rufe gellten auf wie »Schweig, du Menschenjunges!« und »Laßt ihn reden. Er hat unser Gesetz geachtet«; und schließlich grollten die Ältesten des Rudels. »Der Tote Wolf soll sprechen.« Wenn ein Rudelführer beim Töten verfehlt hat, wird er der Tote Wolf genannt, solange er lebt, was meistens nicht lang ist.

Akela hob müde sein altes Haupt. »Freies Volk, und auch ihr, Schakale von Shere Khan, zwölf Jahre habe ich euch zum Töten und wieder zurück geführt, und in der ganzen Zeit ist keiner in eine Falle geraten oder verstümmelt worden. Nun habe ich beim Töten verfehlt. Ihr wißt, wie dafür gesorgt worden ist. Ihr wißt, wie ihr mich, damit jeder meine Schwäche sieht, zu einem Bock gebracht habt, der noch nicht müde gehetzt war. Das war sehr schlau. Jetzt habt ihr das Recht, mich hier auf dem Ratsfelsen zu töten. Deshalb frage ich – wer kommt und macht dem Einsamen Wolf ein Ende? Es ist nämlich mein Recht, nach dem Gesetz des Dschungels, daß ihr einzeln kommt, einer nach dem anderen.«

Langes Schweigen folgte, denn keiner der Wölfe legte Wert darauf, allein mit Akela bis zum Tod zu kämpfen. Dann brüllte Shere Khan: »Bah! was haben wir mit diesem zahnlosen Narren zu schaffen? Er wird ohnehin bald sterben! Es geht um das Menschenjunge, das schon zu lange lebt. Freies Volk, er war von Anfang an mein Fleisch. Gebt ihn mir. Ich habe dieses dumme Mensch-Wolf-Spiel satt. Er stört den Dschungel seit zehn Jahren. Gebt mir das Menschenjunge, sonst werde ich immer hier jagen und euch keinen einzigen Knochen abgeben. Er ist ein Mensch, ein Kind von Menschen, und bis ins Mark meiner Knochen hasse ich ihn!«

Da gellte mehr als die Hälfte des Rudels: »Ein Mensch! Ein Mensch! Was hat ein Mensch bei uns zu suchen? Er soll gehen, wo er hingehört.«

»Und alle Leute aus den Dörfern auf uns hetzen?« schrie Shere Khan. »Nein; gebt ihn mir. Er ist ein Mensch, und keiner von uns kann ihm in die Augen sehen.«

Akela hob abermals seinen Kopf und sagte: »Er hat unsere Speise gegessen. Er hat mit uns geschlafen. Er hat Wild für uns gejagt. Er hat kein Wort des Dschungelgesetzes gebrochen.«

»Außerdem habe ich für ihn mit einem Bullen bezahlt, als er angenommen wurde. Der Wert eines Bullen ist gering, aber Bagheeras Ehre ist etwas, für das er vielleicht kämpfen wird«, sagte Bagheera mit seiner sanftesten Stimme.

»Ein Bulle, vor zehn Jahren bezahlt!« murrte das Rudel. »Was kümmern uns Knochen, die zehn Jahre alt sind?«

»Und ein Gelübde?« sagte Bagheera; er fletschte seine weißen Zähne. »Und das nennt sich das Freie Volk!«

»Kein Menschenjunges darf mit dem Volk des Dschungels laufen«, heulte Shere Khan. »Gebt ihn mir!«

»Er ist unser Bruder in allem, außer im Blut«, fuhr Akela fort; »und ihr wollt ihn hier töten! Ich habe wirklich zu lange gelebt. Einige von euch sind Viehfresser, und von anderen habe ich gehört, daß sie nach Shere Khans Weisung in dunklen Nächten losziehen und Kinder von den Türschwellen der Dörfler stehlen. Deshalb weiß ich, daß ihr Feiglinge seid, und an Feiglinge wende ich mich. Es steht fest, daß ich sterben muß, und mein Leben ist ohne Wert, sonst würde ich es für das des Menschenjungen bieten. Aber um der Ehre des Rudels willen – ein geringfügiges Ding, das ihr ohne Führer vergessen habt – verspreche ich: Wenn ihr das Menschenjunge gehen laßt, wo es hingehört, werde ich, wenn meine Zeit zum Sterben kommt, keinen Zahn gegen euch blecken. Ich werde sterben, ohne zu kämpfen. Das wird dem Rudel mindestens drei Leben retten. Mehr kann ich nicht tun; aber wenn ihr wollt, kann ich euch wenigstens die Schande ersparen, einen Bruder getötet zu haben, der keine Schuld begangen hat – einen Bruder, für den gesprochen wurde und der ins Rudel gekauft wurde gemäß dem Gesetz des Dschungels.«

»Er ist ein Mensch – ein Mensch – ein Mensch!« knurrte das Rudel; und die meisten Wölfe begannen sich um Shere Khan zu sammeln, dessen Schwanz schon durch die Luft peitschte.

»Nun liegt alles in deiner Hand«, sagte Bagheera zu Mowgli. »*Wir* können nichts mehr tun außer kämpfen.«

Mowgli stand aufrecht da – den Feuertopf in den Händen. Dann streckte er die Arme aus und gähnte der Ratsversammlung ins Gesicht; aber er raste vor Wut und Trauer, denn nach Wolfsart hatten die Wölfe ihm nie gesagt, wie sehr sie ihn haßten. »Hört zu, ihr da!« rief er. »Dieses Hundegekläff ist unnütz. Ihr habt mir heute abend so oft gesagt, daß ich ein Mensch bin (und dabei wäre ich als Wolf bis an mein Lebensende bei euch geblieben), und jetzt fühle ich, daß ihr recht habt. Deshalb werde ich euch nicht mehr meine Brüder nennen, sondern *sag* [Hunde], wie es einem Menschen zusteht. Was ihr tun und was ihr nicht tun werdet, darüber habt ihr nicht zu bestimmen. Das liegt alles bei *mir;* und damit wir die Sache ein wenig deutlicher sehen, habe ich, der Mensch, die Rote Blume hergebracht, vor der ihr, Hunde, euch fürchtet.«

Er warf den Feuertopf zu Boden, und einige der roten Kohlen entzündeten ein trockenes Moosbüschel, das aufloderte; und die ganze Ratsversammlung wich entsetzt vor den springenden Flammen zurück.

Mowgli stieß seinen toten Ast ins Feuer, bis die Zweige sich entzündeten und knisterten, und schwenkte ihn zwischen den kauernden Wölfen über seinem Kopf herum.

»Du bist der Herr«, sagte Bagheera leise. »Rette Akela vor dem Tod. Er ist immer dein Freund gewesen.«

Akela, der grimme alte Wolf, der in seinem Leben nie um Gnade gebeten hatte, warf Mowgli einen kläglichen Blick zu, als der Junge ganz nackt da stand; das lange schwarze Haar strömte ihm über die Schultern, im Licht des lodernden Asts, das die Schatten tanzen und zittern ließ.

»Gut!« sagte Mowgli; er starrte langsam rund um sich. »Ich sehe, ihr seid Hunde. Ich gehe fort von euch zu meinen eigenen Leuten – wenn sie denn meine Leute sind. Der Dschungel ist mir versperrt, und ich muß eure Sprache und eure Gesellschaft vergessen; aber ich will gnädiger sein als ihr. Weil ich in allem außer im Blut euer Bruder war, verspreche ich, daß ich euch, wenn ich ein Mensch unter Menschen bin, nicht an die Menschen verraten werde, wie ihr mich verraten habt.« Er trat mit dem Fuß nach dem Feuer, und Funken flogen auf. »Zwischen uns und dem Rudel soll kein Krieg herrschen. Aber hier ist noch eine Schuld zu begleichen, bevor ich gehe.« Er schritt dorthin, wo Shere Khan saß und blöde in die Flammen blinzelte, und packte ihn am Haarbüschel auf seinem Kinn. Bagheera folgte, für alle Fälle. »Auf, du Hund!« schrie Mowgli. »Auf, wenn ein Mensch redet, oder ich stecke dein Fell in Brand!«

Shere Khans Ohren legten sich flach an den Kopf, und er schloß die Augen, denn der flammende Ast war sehr nah.

»Dieser Viehmörder hat gesagt, er will mich im Rat töten, weil er mich nicht getötet hat, als ich ein Junges war. Da, so, und so, schlagen wir Hunde, wenn wir Menschen sind. Beweg nur ein einziges Barthaar, Langri, und ich ramm dir die Rote Blume in den Rachen!« Er schlug Shere Khan mit dem Ast auf den Kopf, und der Tiger wimmerte und winselte in Todesangst.

»Pah! Versengte Dschungelkatze – geh jetzt! Aber denk dran, wenn ich das nächste Mal zum Ratsfelsen komme, wie ein Mensch es tun sollte, dann komme ich mit Shere Khans Fell auf dem Kopf. Im übrigen ist Akela frei und kann leben, wie es ihm gefällt. Ihr werdet ihn *nicht* töten, weil ich es nicht will. Ich glaube auch nicht, daß ihr hier noch länger herumsitzt und eure Zungen heraushängen laßt, als ob ihr etwas Besseres wärt als Hunde, die ich fortjage – so! Geht!« Das Feuer flackerte heftig am Ende des Asts, und Mowgli schlug um sich, rechts und links, und die Wölfe rannten heulend fort, mit sengenden Funken im Fell. Schließlich blieben nur Akela, Bagheera und vielleicht zehn Wölfe zurück, die sich auf Mowglis Seite gestellt hatten. Dann begann etwas, Mowgli innen weh zu tun, wie nie zuvor in seinem Leben etwas ihm weh getan hatte, und er schnappte nach Luft und schluchzte, und die Tränen rannen sein Gesicht hinab.

»Was ist das? Was ist das?« sagte er. »Ich will den Dschungel nicht verlassen, und ich weiß nicht, was das ist. Sterbe ich etwa, Bagheera?«

»Nein, Kleiner Bruder. Das sind nur Tränen, wie Menschen sie haben«, sagte Bagheera. »Jetzt weiß ich, daß du ein Mann bist und nicht länger ein Menschenjunges. Der Dschungel ist dir nun wirklich in Zukunft versperrt. Laß sie fließen, Mowgli. Es sind nur Tränen.« So saß Mowgli da und weinte, als ob das Herz ihm brechen wollte; und in seinem ganzen Leben hatte er nie zuvor geweint.

»Jetzt«, sagte er, »werde ich zu Menschen gehen. Aber zuerst muß ich meiner Mutter Lebwohl sagen«; und er ging zu der Höhle, wo sie mit Vater Wolf lebte, und er weinte in ihr Fell, während ihre vier Söhne jämmerlich heulten.

»Ihr werdet mich nicht vergessen?« sagte Mowgli.

»Niemals, solange wir noch einer Fährte folgen können«, sagten die jungen Wölfe. »Komm zum Fuß des Hügels, wenn du ein Mensch bist, und wir werden mit dir reden; und wir werden bei Nacht ins Ackerland kommen, um mit dir zu spielen.«

»Komm bald!« sagte Vater Wolf. »O kluger kleiner Frosch, komm bald wieder; denn wir sind alt, deine Mutter und ich.«

»Komm bald«, sagte Mutter Wolf, »mein kleiner nackter Sohn; denn höre, Menschenkind, dich habe ich mehr geliebt als meine eigenen Jungen.«

»Ich komme ganz bestimmt«, sagte Mowgli; »und wenn ich komme, dann wird es sein, um Shere Khans Fell auf dem Ratsfelsen auszubreiten. Vergeßt mich nicht! Sagt denen im Dschungel, daß sie mich nie vergessen sollen!«

Der Morgen brach bereits an, als Mowgli allein den Hügel hinabging, um jenen rätselhaften Wesen zu begegnen, die Menschen genannt werden.

HUNTING-SONG OF THE SEEONEE PACK

As the dawn was breaking the Sambhur belled
   Once, twice and again!
And a doe leaped up, and a doe leaped up
From the pond in the wood where the wild deer sup
This I, scouting alone, beheld,
   Once, twice and again!

As the dawn was breaking the Sambhur belled
   Once, twice and again!
And a wolf stole back, and a wolf stole back
To carry the word to the waiting pack,
And we sought and we found and we bayed on his track
   Once, twice and again!

As the dawn was breaking the Wolf Pack yelled
   Once, twice and again!
Feet in the jungle that leave no mark!
Eyes that can see in the dark—the dark!
Tongue—give tongue to it! Hark! O hark!
   Once, twice and again!

JAGDGESANG DES SEONI-RUDELS

Als der Morgen brach brüllte der Sambhar
einmal, zweimal und wieder!
Und ein Reh sprang auf, und ein Reh sprang auf
bei dem Teich im Wald wo die Hirsche äsen.
Dies hab ich, einsam auf Kundschaft, gesehn,
einmal, zweimal und wieder!

Als der Morgen brach brüllte der Sambhar
einmal, zweimal und wieder!
Und ein Wolf schlich heim, und ein Wolf schlich heim,
um dem wartenden Rudel Bescheid zu geben,
und wir suchten und fanden und bellten auf der Spur
einmal, zweimal und wieder!

Als der Morgen brach hat das Rudel gegellt
einmal, zweimal und wieder!
Füße im Dschungel die spurlos sind!
Augen die im Dunkel sehn!
Laut – gib Laut jetzt! Hört! O hört!
Einmal, zweimal und wieder!

KAAS JAGD

His spots are the joy of the Leopard: his horns are the Buffalo's pride.
Be clean, for the strength of the hunter is known by the gloss of his hide.
If ye find that the bullock can toss you, or the heavy-browed Sambhur can gore;
Ye need not stop work to inform us: we knew it ten seasons before.
Oppress not the cubs of the stranger, but hail them as Sister and Brother,
For though they are little and fubsy, it may be the Bear is their mother.
'There is none like to me!' says the Cub in the pride of his earliest kill;
But the jungle is large and the Cub he is small. Let him think and be still.

Maxims of Baloo.

[Die Flecken sind des Leoparden Freude, die Hörner des Büffels Stolz.
Sei reinlich – die Stärke des Jägers zeigt sich am Glanz seines Fells.
Entdeckt ihr, daß euch der Ochse werfen, der Sambhur aufs Horn nehmen kann –
macht weiter, statt es zu melden: Wir wußten das schon vor zehn Jahren.
Bedrückt nicht die Jungen des Fremden, sondern grüßt sie als Schwester und Bruder,
denn wenn sie auch klein sind und feist – vielleicht ist die Bärin die Mutter.
»Keiner kommt mir gleich!« sagt der Wölfling im Stolz seines ersten Tötens;
doch der Dschungel ist groß und der Wölfling ist klein. Er soll denken und schweigen.

Maximen von Baloo]

ALLES was hier erzählt ist geschah einige Zeit bevor Mowgli aus dem Seoni-Wolfsrudel ausgestoßen wurde und ehe er sich an Shere Khan dem Tiger rächte. Es war in den Tagen, da Baloo ihn das Gesetz des Dschungels lehrte. Der große, ernsthafte, alte braune Bär war entzückt, einen so gelehrigen Schüler zu haben, denn die jungen Wölfe mögen vom Gesetz des Dschungels nur das lernen, was ihr eigenes Rudel und ihren Stamm betrifft, und sie laufen weg, sobald sie den Jagdspruch wiederholen können: »Füße, die keinen Lärm machen; Augen, die im Dunkel sehen können; Ohren, die in ihren Lagern die Winde hören, und scharfe weiße Zähne, all diese Dinge sind die Zeichen unserer Brüder, bis auf Tabaqui den Schakal und die Hyäne, die wir hassen.« Aber Mowgli als Menschenjunges mußte viel mehr als das lernen. Manchmal kam Bagheera, der Schwarze Panther, durch den Dschungel geschlendert, um zu sehen, wie sein Liebling sich machte, und er legte den Kopf an einen Baum und schnurrte, während Mowgli seine Tageslektion für Baloo aufsagte. Der Junge kletterte nun fast so gut wie er schwamm, und er schwamm fast so gut wie er lief; deshalb brachte Baloo, der Lehrer des Gesetzes, ihm die Gesetze von Wald und Wasser bei: wie man einen morschen Ast von einem heilen unterscheidet; wie man höflich zu den wilden Bienen ist, wenn man fünfzig Fuß über dem Boden einem ihrer Schwärme begegnet; was man zu Mang der Fledermaus sagt, wenn man sie um Mittag in den Ästen stört; und wie man die Wasserschlangen in den Teichen warnt, ehe man zwischen ihnen herumplanscht. Keiner vom Dschungel-Volk mag gestört werden, und alle stürzen sich sehr schnell auf einen Eindringling. Weiter lernte Mowgli auch den Jagdruf des Fremdlings, der laut wiederholt werden muß, bis er beantwortet wird, wenn einer vom Dschungel-Volk außerhalb seiner eigenen Gründe jagt. Übersetzt bedeutet er: »Erlaubt mir hier zu jagen, denn ich bin hungrig«; und die Antwort ist: »Dann jage um Nahrung, aber nicht zum Vergnügen.«

All das wird euch zeigen, wieviel Mowgli auswendig zu lernen hatte, und er wurde sehr müde, wenn er hundertmal das gleiche sagen mußte; aber, wie Baloo zu Bagheera sagte, als er Mowgli eines Tages geknufft hatte und der Junge wütend fortgerannt war: »Ein Menschenjunges ist ein Menschenjunges, und er muß das *ganze* Gesetz des Dschungels lernen.«

»Aber bedenk doch, wie klein er ist«, sagte der Schwarze Panther, der Mowgli verzogen hätte, wenn es nach ihm gegangen wäre. »Wie kann sein kleiner Kopf all dein langes Reden aufnehmen?«

»Ist irgendwas im Dschungel zu klein, um getötet zu werden? Nein. Deshalb bring ich ihm all das bei, und deshalb hau ich ihn, ganz sanft, wenn er vergißt.«

»Sanft! Was weißt du denn von Sanftheit, alter Eisenfuß?« knurrte Bagheera. »Sein Gesicht ist heute ganz wund von deiner – Sanftheit. Ugh.«

»Besser, er ist von Kopf bis Fuß wund durch mich, der ihn liebt, als daß er durch Unwissenheit zu Schaden kommt«, antwortete Baloo sehr ernst. »Ich lehre ihn jetzt die Meisterworte des Dschungels, die ihm Schutz verschaffen werden bei den Vögeln und dem Schlangenvolk und allem, was auf vier Füßen jagt, außer seinem eigenen Rudel. Wenn er nur die Worte behält, kann er nun von allen im Dschungel Schutz fordern. Ist das nicht ein bißchen Haue wert?«

»Na ja, dann sieh aber zu, daß du das Menschenjunge nicht tötest. Er ist kein Baumstumpf, an dem du deine stumpfen Krallen schärfen kannst. Wie lauten denn diese Meisterworte? Ich werde wohl eher Hilfe geben als erbitten« – Bagheera reckte eine Pranke und bewunderte die stahlblauen, reißnagelscharfen Krallen an ihrem Ende –, »trotzdem wüßte ich sie gern.«

»Ich werde Mowgli rufen und er wird sie aufsagen – wenn er will. Komm, Kleiner Bruder!«

»Mein Kopf summt wie ein Bienenstock«, sagte eine dünne, mürrische Stimme über ihren Köpfen, und Mowgli glitt sehr verärgert und entrüstet einen Baumstamm hinab; als er den Boden erreichte, setzte er hinzu: »Ich komme wegen Bagheera und nicht wegen *dir*, fetter alter Baloo!«

»Das ist mir ganz gleich«, sagte Baloo, obwohl er verletzt und traurig war. »Dann sag jetzt Bagheera die Meisterworte des Dschungels, die ich dir heut beigebracht hab.«

»Meisterworte für welches Volk?« sagte Mowgli, der sich freute, angeben zu können. »Der Dschungel hat viele Zungen. *Ich* kenne sie alle.«

»Du kennst ein bißchen, aber nicht viel. Du siehst, o Bagheera, sie danken ihrem Lehrer nie. Kein einziger kleiner Wölfling ist je wiedergekommen, um sich beim alten Baloo für die

Belehrung zu bedanken. Also, sag das Wort für das Jagende Volk – du großer Gelehrter.«

»Wir sind eines Blutes, ihr und ich«, sagte Mowgli; er sprach die Worte mit dem Akzent des Bären aus, den alles Jagende Volk versteht.

»Gut. Jetzt für die Vögel.«

Mowgli wiederholte, mit dem Geierpfiff am Ende des Satzes.

»Jetzt für das Schlangen-Volk«, sagte Bagheera.

Die Antwort war ein vollkommen unbeschreibliches Zischen, und Mowgli schlug einen Purzelbaum, klatschte sich selbst Beifall und sprang auf Bagheeras Rücken, wo er zur Seite gewandt sitzen blieb, mit den Fersen auf das glänzende Fell trommelte und Baloo die schlimmsten Fratzen schnitt, die ihm einfielen.

»Siehst du! Siehst du! Das war doch ein bißchen Wundsein wert«, sagte der braune Bär zärtlich. »Eines Tages wirst du an mich denken.« Dann wandte er sich Bagheera zu und erzählte ihm, wie er die Meisterworte erbeten hatte von Hathi, dem Wilden Elefanten, der alles über diese Dinge weiß, und wie Hathi Mowgli mitgenommen hatte zu einem Tümpel, um das Schlangen-Wort von einer Wasserschlange zu erfahren, weil Baloo es nicht aussprechen konnte, und wie Mowgli nun gegen alles Unglück im Dschungel einigermaßen geschützt war, da weder Schlange noch Vogel noch Tier ihm etwas antun würde.

»Er braucht also keinen zu fürchten«, schloß Baloo; dabei tätschelte er stolz seinen dicken pelzigen Bauch.

»Außer seinem eigenen Stamm«, sagte Bagheera leise; dann, laut, zu Mowgli: »Sei vorsichtig mit meinen Rippen, Kleiner Bruder! Was soll denn das Herumtanzen?«

Mowgli hatte versucht, Gehör zu bekommen, indem er an Bagheeras Schulterfell zerrte und heftig strampelte. Als die beiden sich ihm zuwandten, schrie er so laut er konnte: »Und ich werde meinen eigenen Stamm haben und ihn den ganzen Tag durch die Äste führen.«

»Was ist denn das für ein neuer Unsinn, du kleiner Träumer?« sagte Bagheera.

»Ja, und Äste und Schmutz auf den alten Baloo werfen«, fuhr Mowgli fort. »Sie haben es mir versprochen. Au!«

»Wuuf!« Baloos große Tatze fegte Mowgli von Bagheeras Rücken, und als der Junge zwischen den großen Vorderpranken lag, konnte er sehen, daß der Bär böse war.

»Mowgli«, sagte Baloo, »du hast mit den *Bandar-log* geredet – den Affen-Leuten.«

Mowgli schaute Bagheera an um zu sehen, ob auch der Panther zornig sei, und Bagheeras Augen waren hart wie Jadesteine.

»Du bist beim Affen-Volk gewesen – den grauen Affen – dem Volk ohne Gesetz – den Allesfressern. Es ist eine große Schande.«

»Als Baloo mir am Kopf wehgetan hat«, sagte Mowgli (er lag noch immer auf dem Rücken), »bin ich fortgegangen, und die grauen Affen sind aus den Bäumen gekommen und haben mich bedauert. Niemand sonst hatte Mitleid mit mir.« Er schniefte ein wenig.

»Das Mitleid des Affen-Volks!« Baloo schnaubte. »Die Stille des Gebirgsflusses! Die Kühle der Sommersonne! Und weiter, Menschenjunges?«

»Und dann, und dann, dann haben sie mir Nüsse gegeben und andere leckere Dinge, und sie . . . sie haben mich in den Armen zu den Baumwipfeln getragen und gesagt, ich wäre ihr Blutsbruder, bloß daß ich keinen Schwanz hätte, und irgendwann würde ich ihr Führer sein.«

»Sie haben keinen Führer«, sagte Bagheera. »Sie lügen. Sie haben immer gelogen.«

»Sie waren sehr nett und haben gesagt, ich soll wiederkommen. Warum habt ihr mich nie zum Affen-Volk gebracht? Sie stehen auf den Füßen wie ich. Sie hauen mich nicht mit harten Tatzen. Sie spielen den ganzen Tag. Laß mich aufstehn! Böser Baloo, laß mich hoch! Ich will wieder mit ihnen spielen.«

»Hör zu, Menschenjunges«, sagte der Bär, und seine Stimme grollte wie Donner in einer heißen Nacht. »Ich habe dich das ganze Gesetz des Dschungels für alle Völker des Dschungels gelehrt – außer für die Affen-Leute, die in den Bäumen hausen. Sie haben kein Gesetz. Sie sind Ausgestoßene. Sie haben keine eigene Sprache, sondern benutzen gestohlene Wörter, die sie aufschnappen, wenn sie oben in den Ästen hocken und lauschen und lugen und warten. Ihre Art ist nicht unsere. Sie sind ohne Führer. Sie haben kein Gedächtnis. Sie prahlen und plappern und behaupten, sie seien ein großes Volk und würden bald große Dinge im Dschungel tun, aber sobald eine Nuß fällt, denken sie wieder nur ans Lachen, und alles ist vergessen. Wir aus dem Dschungel wollen nichts mit ihnen zu tun haben. Wir trinken nicht da, wo die Affen trinken; wir gehen nicht, wohin die Affen gehen; wir jagen nicht, wo sie jagen; wir sterben nicht, wo sie sterben. Hast du mich bis heute je von den *Bandar-log* reden hören?«

»Nein«, sagte Mowgli ganz leise, denn der Wald war sehr still, als Baloo geendet hatte.

»Das Dschungel-Volk spricht nicht von ihnen und denkt nicht an sie. Es sind sehr viele, übel, schmutzig, schamlos, und sie wollen, wenn sie überhaupt etwas wirklich wollen, daß das Dschungel-Volk sie beachtet. Aber wir beachten sie *nicht*, nicht einmal, wenn sie uns Nüsse und Dreck auf die Köpfe werfen.«

Er hatte dies kaum gesagt, als ein Schauer von Nüssen und Zweigen durch die Äste herabprasselte; und hoch oben in der Luft zwischen den dünnen Ästen konnten sie es husten und heulen und hüpfen hören.

»Das Affen-Volk ist verboten«, sagte Baloo, »für das Dschungel-Volk verboten. Denk dran.«

»Verboten«, sagte Bagheera; »aber trotzdem finde ich, Baloo hätte dich vor ihnen warnen sollen.«

»Ich? Ich? Woher sollte ich denn wissen, daß er mit diesem Schmutz spielen würde? Das Affen-Volk! Pah!«

Ein neuer Schauer kam über ihre Köpfe, und die beiden trabten davon und nahmen Mowgli mit sich. Was Baloo über die Affen gesagt hatte war die Wahrheit. Sie gehörten in die Baumwipfel, und da Tiere sehr selten aufblicken, gab es kaum Gelegenheiten der Begegnung zwischen den Affen und dem Dschungel-Volk. Doch sooft sie einen kranken Wolf oder einen wunden Tiger oder Bären fanden, quälten die Affen ihn, und nach jedem Tier warfen sie Stöcke und Nüsse, zum Spaß und weil sie hofften, beachtet zu werden. Dann heulten und kreischten sie sinnlose Gesänge und luden das Dschungel-Volk ein, die Bäume zu erklimmen und mit ihnen zu kämpfen, oder sie trugen untereinander wüste Schlachten aus und ließen die toten Affen dort, wo das Dschungel-Volk sie sehen konnte. Immer waren sie unmittelbar davor, einen Führer zu haben und eigene Gesetze und Bräuche, aber daraus wurde nie etwas, weil ihr Gedächtnis nicht von einem Tag bis zum nächsten reichte, und deshalb einigten sie sich auf ein von ihnen erfundenes Sprichwort: »Was die *Bandar-log* heute denken, denkt bald der Dschungel«, und das tröstete sie sehr. Kein Tier konnte sie erreichen, aber andererseits schenkte kein Tier ihnen Beachtung, und deshalb waren sie so erfreut, als Mowgli kam und mit ihnen spielte und als sie hörten, wie verärgert Baloo war.

Mehr wollten sie nicht – die *Bandar-log* wollen nie irgendwas Bestimmtes; aber einer von ihnen hatte etwas, was er für eine glänzende Idee hielt, und er erzählte allen anderen, es wäre nützlich, Mowgli im Stamm zu haben, da er zum Schutz gegen den Wind Zweige zusammenflechten könne; und wenn sie ihn fingen, könnten sie es sich von ihm beibringen lassen. Als Kind eines Holzfällers hatte Mowgli natürlich alle möglichen Instinkte ererbt und machte oft aus abgefallenen Ästen kleine Hütten, ohne darüber nachzudenken, wie er dazu kam, und das Affen-Volk, das von den Bäumen zuschaute, fand seine Spielerei ganz wunderbar. Diesmal, sagten sie, würden sie wirklich einen Führer haben und das klügste Volk im Dschungel werden

– so klug, daß alle anderen sie beachten und beneiden müßten. Deshalb folgten sie Baloo und Bagheera und Mowgli ganz leise durch den Dschungel, bis es Zeit für den Mittagsschlummer war; und Mowgli, der sich sehr schämte, schlief zwischen dem Panther und dem Bären und war entschlossen, nichts mehr mit dem Affen-Volk zu tun zu haben.

Das nächste, woran er sich erinnerte, war das Gefühl von Händen an seinen Beinen und Armen – harten, starken, kleinen Händen –, dann klatschten Zweige in sein Gesicht, und dann starrte er hinab zwischen schwankenden Ästen, während Baloo mit seinen tiefen Schreien den Dschungel weckte und Bagheera, alle Zähne gebleckt, den Stamm hochsprang. Die *Bandar-log* heulten vor Triumph und tobten zu den höchsten Ästen hinauf, wohin Bagheera nicht zu folgen wagte; dabei schrien sie: »Er hat uns bemerkt! Bagheera hat uns beachtet! Das ganze Dschungel-Volk bewundert uns, weil wir geschickt und schlau sind.« Dann machten sie sich auf die Flucht, und die Flucht des Affen-Volks durch Baum-Land ist ein Ding, das keiner beschreiben kann. Sie haben richtige Straßen und Kreuzungen, bergauf und bergab führende Wege, alle zwischen fünfzig und siebzig oder gar hundert Fuß über dem Boden angelegt, und notfalls können sie über diese Straßen sogar bei Nacht reisen. Zwei der stärksten Affen packten Mowgli unter den Armen und schwangen sich mit ihm durch die Wipfel, zwanzig Fuß auf einen Satz. Wären sie allein gewesen, hätten sie doppelt so schnell laufen können, aber das Gewicht des Jungen hielt sie zurück. Mowgli war übel und schwindlig; dennoch konnte er nicht anders als die wilde Jagd genießen, obwohl er erschrak, wenn er flüchtig die Erde tief unten weghuschen sah, und obwohl das schreckliche Rucken und Reißen nach dem weiten Satz über nichts als leere Luft ihm das Herz zwischen die Zähne trieb. Rasend schnell schleppten seine Entführer ihn Bäume hinauf, bis er die dünnsten höchsten Äste sich unter ihnen biegen und knirschen fühlte, und dann warfen sie sich mit einem

Husten und Keuchen vorwärts und hinab in die Luft und fingen sich, indem sie mit Händen oder Füßen an den unteren Ästen des nächsten Baumes hingen. Manchmal konnte er viele Meilen weit über den stillen grünen Dschungel schauen, wie jemand im Masttopp eines Schiffs Meilen weit über die See blikken kann; dann wieder peitschten Zweige und Blätter durch sein Gesicht, und er und seine beiden Wärter waren abermals fast am Boden. So raste der ganze Stamm der *Bandar-log* hüpfend und stürzend und keuchend und kreischend über die Baumstraßen mit Mowgli, ihrem Gefangenen.

Zuerst hatte er Angst, sie könnten ihn fallen lassen; dann wurde er böse, hütete sich aber davor, zu zappeln, und schließlich begann er nachzudenken. Als erstes würde er Baloo und Bagheera eine Nachricht übermitteln müssen, denn er wußte, daß seine Freunde bei dem Tempo, mit dem die Affen flohen, weit zurückbleiben mußten. Hinabschauen war sinnlos, denn er konnte nur die Oberseiten der Äste sehen; deshalb starrte er empor und sah, fern im blauen Himmel, Chil den Geier, der dort schwebte und Kreise zog, während er über dem Dschungel wachte und darauf wartete, daß etwas stürbe. Chil sah, daß die Affen etwas trugen, und ließ sich einige hundert Meter fallen, um herauszufinden, ob ihre Last eßbar war. Er pfiff überrascht, als er sah, wie Mowgli auf einen Baumwipfel geschleppt wurde, und als er ihn den Geierschrei für »Wir sind eines Blutes, du und ich« ausstoßen hörte. Die Wogen der Äste schlossen sich über dem Jungen, aber Chil glitt zeitig genug zum nächsten Baum, um das kleine braune Gesicht wieder auftauchen zu sehen. »Merk dir meine Fährte«, schrie Mowgli. »Sag es Baloo vom Seoni-Rudel und Bagheera vom Ratsfelsen.«

»In wessen Name, Bruder?« Chil hatte Mowgli nie zuvor gesehen, aber natürlich von ihm gehört.

»Mowgli der Frosch. Menschenjunges nennen sie mich. Merk dir meine Fä-hähr-te!«

Die letzten Wörter kreischte er, weil er wieder durch die Luft flog, aber Chil nickte und stieg empor, bis er nicht größer aussah als ein Staubfleck, und da hing er und beobachtete mit seinen Teleskopaugen das Schwanken der Wipfel, durch die Mowgli und seine Wächter wirbelten.

»Die gehen nie weit«, sagte er glucksend. »Die führen nie aus, was sie tun wollen. Picken immer was Neues auf, die *Bandar-log*. Diesmal, wenn meine Augen nicht trügen, haben sie sich Ärger aufgepickt; Baloo ist nämlich kein Küken, und Bagheera kann, wie ich gut weiß, nicht nur Ziegen töten.«

So schaukelte er auf seinen Schwingen, die Füße an den Leib gezogen, und wartete.

Inzwischen waren Baloo und Bagheera rasend vor Zorn und Kummer. Bagheera klomm, wie er nie geklommen war, aber die dünnen Zweige brachen unter seinem Gewicht und er rutschte hinunter, die Krallen voller Borke.

»Warum hast du das Menschenjunge nicht gewarnt?« brüllte er den armen Baloo an, der in einen täppischen Trab gefallen war in der Hoffnung, die Affen zu überholen. »Was nützt es denn, ihn halb totzuprügeln, wenn du ihn nicht warnst?«

»Schnell! Beeil dich doch! Wir... wir holen sie vielleicht noch ein!« keuchte Baloo.

»Bei deinem Tempo! Damit machst du nicht mal eine wunde Kuh müde. Lehrer des Gesetzes – Welpenprügler – noch eine Meile von diesem Rumpeln und Schwanken und dir birst der Bauch. Sitz ruhig und denk! Mach einen Plan. Es ist nicht die Zeit zum Jagen. Wenn wir ihnen zu nahe kommen, lassen sie ihn noch fallen.«

»*Arrula! Whuu!* Vielleicht haben sie ihn schon fallen gelassen, weil sie vom Schleppen müde geworden sind. Wer kann sich denn auf die *Bandar-log* verlassen? Leg mir tote Fledermäuse auf den Kopf! Gib mir morsche Knochen zu essen! Roll mich in die Stöcke wilder Bienen, damit sie mich zu Tode stechen, und begrab mich mit der Hyäne, denn ich bin der erbärmlichste aller Bären! *Arulala! Wahuua!* O Mowgli, Mowgli!

Warum habe ich dich nicht vor dem Affen-Volk gewarnt, statt dir den Kopf einzuschlagen? Vielleicht habe ich ihm ja sogar die Tageslektion aus dem Verstand herausgehauen, und er ist allein im Dschungel ohne die Meisterworte.«

Baloo umklammerte seine Ohren mit den Pranken und rollte jammernd hin und her.

»Immerhin hat er mir vor kurzem noch alle Worte richtig aufgesagt«, sagte Bagheera unwirsch. »Baloo, du hast kein Gedächtnis und keine Selbstachtung. Was würde der Dschungel denken wenn ich, der Schwarze Panther, mich wie Ikki das Stachelschwein zusammenrollte und jaulte?«

»Was kümmerts mich, was der Dschungel denkt? Er ist jetzt vielleicht schon tot.«

»Solange sie ihn nicht zum Spaß aus den Ästen fallen lassen oder ihn aus Langeweile töten, hab ich keine Angst um das Menschenjunge. Er ist schlau und hatte einen guten Lehrer, und vor allem hat er die Augen, vor denen sich das Dschungel-Volk fürchtet. Aber, und das ist sehr schlimm, er ist in der Gewalt der *Bandar-log*, und weil sie in den Bäumen wohnen, haben sie keine Angst vor einem aus unserem Volk.« Nachdenklich leckte Bagheera eine Vorderpranke.

»Was für ein Narr ich bin! O was für ein fetter, brauner, wurzelfressender Narr ich bin«, sagte Baloo; mit einem Ruck setzte er sich aufrecht. »Es stimmt schon, was Hathi, der Wilde Elefant, sagt: ›*Jedem seine eigene Angst*‹; und sie, die *Bandar-log*, fürchten sich vor Kaa, der Felsenschlange. Er kann genauso gut klettern wie sie. Er stiehlt nachts die jungen Affen. Wenn sein Name geflüstert wird, frieren ihnen die bösen Schwänze. Laß uns zu Kaa gehen.«

»Was soll er für uns tun? Er gehört nicht zu unserem Stamm, er hat ja keine Füße – und sehr schlimme Augen«, sagte Bagheera.

»Er ist sehr alt und sehr schlau. Vor allem ist er immer hungrig«, sagte Baloo hoffnungsvoll. »Versprich ihm viele Ziegen.«

»Er schläft einen ganzen Monat, wenn er einmal gegessen hat. Vielleicht schläft er jetzt auch, und selbst wenn er wach ist – was, wenn er vielleicht seine Ziegen lieber selber tötet?« Bagheera, der nicht viel über Kaa wußte, war natürlich mißtrauisch.

»In dem Fall könnten wir beide, du und ich, alter Jäger, ihn vielleicht zur Vernunft bringen.« Hier rieb Baloo seine angegraute braune Schulter am Panther, und sie machten sich auf die Suche nach Kaa, dem Felspython.

Sie fanden ihn auf einem warmen Steinsims ausgestreckt in der Nachmittagssonne; er bewunderte sein feines neues Kleid, denn die letzten zehn Tage hatte er sich von der Welt zurückgezogen und seine Haut gewechselt, und nun war er ganz prächtig – er ließ seinen großen stumpfnasigen Kopf über den Boden schießen, drehte seinen dreißig Fuß langen Leib zu fantastischen Knoten und Kurven und leckte sich die Lippen beim Gedanken an sein künftiges Mahl.

»Er hat noch nicht gegessen«, sagte Baloo mit erleichtertem Knurren, sobald er das wunderschön gefleckte braungelbe Gewand sah. »Sieh dich vor, Bagheera! Wenn er die Haut gewechselt hat, ist er zuerst immer ein bißchen blind und stößt sehr schnell zu.«

Kaa war keine Giftschlange – tatsächlich verachtete er Giftschlangen, die er für Feiglinge hielt; seine Stärke war seine Umarmung, und wenn er einmal einen mit seinen riesigen Schlingen umhüllt hatte, gab es nicht mehr viel zu sagen. »Gutes Jagen!« rief Baloo; er hockte sich auf die Hinterbeine. Wie alle Schlangen seiner Art war Kaa ziemlich taub und hörte den Ruf zunächst nicht. Dann rollte er sich zusammen, mit gesenktem Kopf, zu allem bereit.

»Uns allen Gutes Jagen«, antwortete er. »Oha, Baloo, was machst du hier? Gutes Jagen, Bagheera. Wenigstens einer von uns braucht etwas zu essen. Wißt ihr, ob Wild unterwegs ist? Ein Reh etwa, oder sogar ein junger Bock? Ich bin leer wie ein trockener Brunnen.«

»Wir sind auf der Jagd«, sagte Baloo ganz beiläufig. Er wußte, daß man Kaa nicht drängen darf. Er ist zu groß.

»Dann erlaubt, daß ich mit euch komme«, sagte Kaa. »Ein Jagdhieb mehr oder weniger kostet euch nichts, Bagheera oder Baloo, aber ich – ich muß tagelang warten, nichts als warten auf einem Waldweg und die halbe Nacht auf Bäume klettern, nur um vielleicht einen jungen Affen zu erwischen. Pfffsss! Die Äste sind auch nicht mehr, was sie in meiner Jugend einmal waren. Morsche Zweige und dürre Stengel, das ist alles.«

»Vielleicht spielt dein großes Gewicht dabei eine Rolle«, sagte Baloo.

»Ich bin schön lang – sehr schön lang«, sagte Kaa ein wenig stolz. »Aber trotz allem, es liegt an diesem nachgewachsenen Holz. Auf meiner letzten Jagd wäre ich fast gefallen – wirklich, es war knapp –, und als ich abgerutscht bin, mein Schwanz war nämlich nicht dicht genug um den Baum gewickelt, hat das Geräusch die *Bandar-log* geweckt, und sie haben mich mit sehr schlimmen Namen belegt.«

»Fußloser gelber Regenwurm«, sagte Bagheera in seinen Bart, als versuche er, sich an etwas zu erinnern.

»Sssss! Haben sie mich je *so* genannt?« sagte Kaa.

»So etwas Ähnliches haben sie uns letzten Mond zugerufen, aber wir haben sie nicht beachtet. Die sagen ja furchtbar viel – sogar, daß du alle Zähne verloren hast und dich an nichts mehr herantraust, was größer als ein Kitz ist, weil du (diese *Bandar-log* sind wirklich unverschämt) – weil du Angst hast vor den Hörnern des Ziegenbocks«, fuhr Bagheera sanft fort.

Nun zeigt eine Schlange, vor allem ein wachsamer alter Python wie Kaa, sehr selten, daß sie verärgert ist, aber Baloo und Bagheera konnten sehen, wie die großen Schlingmuskeln an beiden Seiten von Kaas Kehle wogten und schwollen.

»Die *Bandar-log* haben ihren Aufenthaltsort gewechselt«, sagte Kaa ruhig. »Als ich heute an die Sonne kam, habe ich sie zwischen den Baumwipfeln johlen hören.«

»Wir . . . wir sind hinter den *Bandar-log* her«, sagte Baloo; aber die Wörter blieben ihm in der Kehle stecken, denn soweit er zurückdenken konnte war es das erste Mal, daß einer vom Dschungel-Volk zugab, am Treiben der Affen interessiert zu sein.

»Dann ist es zweifellos nichts Unwichtiges, was zwei solche Jäger – die gewiß in ihrem eigenen Dschungel Führer sind – auf die Fährte der *Bandar-log* bringt«, erwiderte Kaa höflich; dabei blähte er sich vor Neugier.

»Eigentlich«, begann Baloo, »bin ich nur der alte und manchmal sehr närrische Lehrer des Gesetzes für die jungen Seoni-Wölfe, und Bagheera hier . . .«

»Ist Bagheera«, sagte der Schwarze Panther, und seine Kiefer schlossen sich mit hörbarem Schnappen, denn er hielt nicht viel von Demut. »Es geht um Folgendes, Kaa. Diese Nußdiebe und Palmblattzupfer haben unser Menschenjunges gestohlen, von dem du vielleicht gehört hast.«

»Von Ikki (er ist dreist, weil er Stacheln hat) habe ich etwas über ein Menschending gehört, das in ein Wolfsrudel aufgenommen worden sein soll, aber ich habe es nicht geglaubt. Ikki quillt über von Geschichten, die er nur halb verstanden hat und sehr schlecht erzählt.«

»Aber es stimmt. Er ist ein Menschenjunges, wie es noch nie eines gegeben hat«, sagte Baloo. »Das beste und klügste und mutigste aller Menschenjungen – mein eigener Schüler, der Baloos Name in allen Dschungeln berühmt machen wird; und außerdem – ich . . . wir . . . lieben ihn, Kaa.«

»Ts! Ts!« sagte Kaa; er wog den Kopf hin und her. »Auch ich habe einmal gewußt, was Liebe ist. Ich könnte Geschichten erzählen, die . . .«

»Die man nur in einer klaren Nacht richtig würdigen kann, wenn wir alle gut gegessen haben«, sagte Bagheera schnell. »Unser Menschenjunges ist jetzt in den Händen der *Bandar-log*, und wir wissen, daß sie unter allem Dschungel-Volk nur Kaa fürchten.«

»Sie fürchten mich allein. Dazu haben sie guten Grund«, sagte Kaa. »Geschwätzig, närrisch, eitel – eitel, närrisch, geschwätzig, so sind die Affen. Aber ein Menschending in ihren Händen ist in einer schlimmen Lage. Die Nüsse, die sie pflükken, haben sie bald satt, und dann werfen sie sie auf den Boden. Einen halben Tag lang schleppen sie einen Ast und wollen große Dinge damit tun, und dann brechen sie ihn entzwei. Das Menschending ist nicht zu beneiden. Außerdem haben sie mich wie genannt? ›Gelber Fisch‹, war es das?«

»Wurm . . . Wurm . . . Regenwurm«, sagte Bagheera, »und noch vieles andere, was ich jetzt nicht wiedergeben kann, ohne mich zu schämen.«

»Wir müssen sie daran erinnern, daß sie über ihren Meister höflich reden sollten. Aaa-sssh! Wir müssen ihrem schweifenden Gedächtnis ein wenig nachhelfen. Also, wohin sind sie mit dem Jungen gegangen?«

»Das weiß allein der Dschungel. Gen Sonnenuntergang, glaube ich«, sagte Baloo. »Wir hatten gedacht, du wüßtest es, Kaa.«

»Ich? Wie denn? Ich nehme sie, wenn sie mir über den Weg laufen, aber ich jage die *Bandar-log* nicht, und auch keine Frösche – oder, was das angeht, grünen Schaum auf einem Wasserloch.«

»Auf, auf! Auf, auf! Hillo! Illo! Illo, schau auf, Baloo vom Seoni-Wolfsrudel!«

Baloo blickte auf um zu sehen, woher die Stimme kam, und da war Chil der Geier; er rauschte herab, und die Sonne schien auf die ragenden Ränder seiner Schwingen. Für Chil war es fast Schlafenszeit, aber er war über dem ganzen Dschungel umhergezogen, hatte den Bären gesucht und ihn im dichten Blattwerk nicht gefunden.

»Was gibt es?« sagte Baloo.

»Ich habe Mowgli gesehen, bei den *Bandar-log*. Er sagte, ich soll es dir erzählen. Ich habe beobachtet. Die *Bandar-log* haben ihn über den Fluß gebracht, zur Stadt der Affen – nach Kalte Stätten. Dort bleiben sie vielleicht eine Nacht, oder zehn Nächte, oder eine Stunde. Ich habe den Fledermäusen aufgetragen, während der Dunkelheit zu wachen. Das ist meine Botschaft. Gutes Jagen, euch allen da unten!«

»Dir eine volle Kehle und tiefen Schlaf, Chil!«, rief Bagheera. »Wenn ich das nächste Mal töte, denke ich an dich und lege den Kopf für dich allein beiseite, du bester aller Geier!«

»Nicht der Rede wert. Nicht der Rede wert. Der Junge hatte das Meisterwort. Weniger konnte ich gar nicht tun«, und Chil stieg wieder in Kreisen auf zu seinem Horst.

»Er hat nicht vergessen, seine Zunge zu gebrauchen«, sagte Baloo, mit einem Kichern des Stolzes. »Wenn man bedenkt, daß einer, der so jung ist, sich an das Meisterwort für die Vögel erinnert, während man ihn durch die Wipfel zerrt!«

»Es ist ihm ja auch gründlich eingebleut worden«, sagte Bagheera. »Aber ich bin stolz auf ihn, und jetzt müssen wir nach Kalte Stätten gehen.«

Sie alle wußten, wo dieser Ort war, aber nur wenige vom Dschungel-Volk gingen je dorthin, denn was sie Kalte Stätten nannten, war eine alte verlassene Stadt, verloren und im Dschungel vergraben, und Tiere nutzen selten einen Ort, den einmal Menschen genutzt haben. Vielleicht tut es der wilde Eber, aber die jagenden Stämme nicht. Überdies lebten die Affen dort, falls man von ihnen sagen kann, daß sie überhaupt irgendwo leben, und kein Tier mit Selbstachtung würde sich der Stelle bis auf Sichtweite nähern, außer in Dürrezeiten, wenn die halbverfallenen Zisternen und Speicher noch ein wenig Wasser bergen.

»Eine halbe Nacht brauchen wir bis dorthin – wenn wir uns beeilen«, sagte Bagheera, und Baloo blickte sehr ernst drein. »Ich laufe, so schnell ich kann«, sagte er besorgt.

»Wir können nicht auf dich warten. Komm hinterher, Baloo. Wir müssen, so schnell die Füße können, dorthin – Kaa und ich.«

»Füße oder nicht, ich bin immer noch schneller als du mit allen vieren«, sagte Kaa knapp. Baloo mühte sich zu laufen, mußte sich aber keuchend hinsetzen; er würde später nachkommen, und sie ließen ihn zurück. Bagheera eilte vorwärts, im schnellen Panthergalopp. Kaa sagte nichts, aber so sehr Bagheera sich auch bemühte, der große Felspython blieb neben ihm. Als sie zu einem Gebirgsbach kamen, gewann Bagheera einen Vorsprung, denn er setzte hinüber, während Kaa schwamm, den Kopf und zwei Fuß Nacken über dem Wasser, aber auf festem Grund holte Kaa gleich wieder auf.

»Bei dem Zerbrochenen Riegel der mich freiließ«, sagte Bagheera, als die Dämmerung begonnen hatte, »du bist kein langsamer Läufer!«

»Ich habe Hunger«, sagte Kaa. »Außerdem haben sie mich einen gesprenkelten Frosch genannt.«

»Wurm – Regenwurm, und gelb noch dazu.«

»Alles eins. Weiter«, und Kaa schien sich über den Boden zu gießen; dabei fand er mit seinen sicheren Augen immer den kürzesten Weg.

In Kalte Stätten dachte das Affen-Volk überhaupt nicht an Mowglis Freunde. Sie hatten den Jungen zur Verlorenen Stadt gebracht und waren im Augenblick sehr zufrieden mit sich. Mowgli hatte nie zuvor eine indische Stadt gesehen, und obwohl diese fast nur ein Haufen Ruinen war, erschien sie ihm doch ganz wundervoll und prächtig. Ein König hatte sie vor langer Zeit auf einem kleinen Hügel erbaut. Man konnte die steinernen Dammstraßen noch immer erkennen, die zu den verfallenen Toren führten, wo letzte Holzsplitter an abgenutzten, rostigen Angeln hingen. Bäume waren in und aus den Wällen gewachsen; die Zinnen waren eingestürzt und zerfallen, und aus den Türmen auf den Mauern hingen wilde Schlingpflanzen in dicken Büschen.

Ein großer unbedachter Palast krönte den Hügel, und der Marmor der Höfe und Brunnen war geborsten und grün und rot gefleckt, und selbst die Kopfsteine des Hofs, in dem die Elefanten des Königs gewohnt hatten, waren von Gräsern und jungen Bäumen angehoben und zersprengt. Vom Palast konnte man die unzähligen Reihen dachloser Häuser sehen, aus denen die Stadt bestand, wie leere Honigwaben, angefüllt mit Dunkel; den formlosen Steinblock, der ein Götze gewesen war, auf dem Platz, wo vier Straßen zusammenkamen; die Gruben und Dellen an Straßenecken, wo einst öffentliche Brunnen gestanden hatten, und die zerschmetterten Kuppeln der Tempel, an deren Wänden nun wilde Feigen sprossen. Die Affen nannten den Ort ihre Stadt und taten, als verachteten sie das Dschungel-Volk, weil es im Wald lebte. Und doch erfuhren sie nie, wozu die Bauwerke gemacht waren noch wie man sie nutzen konnte. Sie saßen im Kreis auf der Diele der königlichen Ratskammer und kratzten nach Flöhen und taten wie Menschen; oder sie rannten durch die dachlosen Häuser und sammelten Mörtelstücke und alte Ziegel in einer Ecke und vergaßen, wo sie sie versteckt hatten, und kämpften und schrien in raufenden Haufen, und dann brachen sie den Kampf ab, um die Terrassen im Garten des Königs hinauf und hinab zu spielen, wobei sie die Orangen- und Rosenbäume schüttelten, nur um Früchte und Blumen fallen zu sehen. Sie erforschten alle Gänge und dunklen Tunnels im Palast und die Hunderte kleiner düsterer Räume, aber nie erinnerten sie sich, was sie gesehen hatten und was nicht; und so trieben sie einzeln oder zu zweit oder in Haufen umher und erzählten einander, sie benähmen sich wie Menschen. Sie tranken aus den Zisternen und verschmutzten das Wasser, und dann kämpften sie darum, und schließlich rannten sie alle in Gruppen herum und schrien: »Niemand im Dschungel ist so klug und gut und schlau und stark und edel wie die *Bandar-log.*« Dann begann alles von vorn, bis sie der Stadt überdrüssig wurden, zu den Baumwipfeln zurückkehrten und hofften, das Dschungel-Volk würde sie beachten.

Mowgli, der unter dem Gesetz des Dschungels erzogen worden war, konnte diese Sorte Leben weder mögen noch verstehen. Spät am Nachmittag schleppten die Affen ihn nach Kalte Stätten hinein, und statt sich schlafenzulegen, wie Mowgli es nach einer langen Reise getan hätte, faßten sie einander bei den Händen und tanzten umher und sangen ihre närrischen Lieder. Einer der Affen hielt eine Rede und sagte seinen Gefährten, Mowglis Gefangennahme bedeute etwas Neues in der Geschichte der *Bandar-log*, denn Mowgli werde ihnen zeigen, wie man Rohr und Zweige zum Schutz gegen Regen und Kälte zusammenflicht. Mowgli nahm einige Schlingpflanzen auf und begann sie zu verflechten, und die Affen versuchten es nachzuahmen; aber schon nach wenigen Minuten verloren sie das Interesse und zogen ihre Freunde an den Schwänzen oder hüpften keckernd auf allen vieren auf und nieder.

»Ich will etwas essen«, sagte Mowgli. »Ich bin fremd in diesem Teil des Dschungels. Bringt mir etwas zu essen oder erlaubt mir, hier zu jagen.«

Zwanzig oder dreißig Affen sprangen fort, um ihm Nüsse und wilde *paupaus* zu bringen; aber unterwegs begannen sie zu raufen und es war zu mühsam, mit den Überresten der Früchte zurückzukehren. Mowgli war wund und wütend und ebenso hungrig, und er streifte durch die leere Stadt und stieß von Zeit zu Zeit den Jagdruf des Fremdlings aus, aber niemand antwortete ihm, und Mowgli empfand, daß er an einen wirklich schlimmen Ort geraten war. ›Alles was Baloo über die *Bandar-log* gesagt hat stimmt‹, dachte er. ›Sie haben kein Gesetz, keinen Jagdruf und keine Führer – nichts als närrisches Gerede und kleine zupfende diebische Hände. Wenn ich also hier verhungere oder getötet werde, ist es ganz und gar meine Schuld. Aber ich muß versuchen, in meinen eigenen Dschungel heimzukehren. Bestimmt wird Baloo mich schlagen, aber das ist besser als mit den *Bandar-log* blöde Rosenblätter jagen.‹

Kaum war er bis zur Stadtmauer gelangt, als die Affen ihn zurückzerrten und ihm erzählten, er wisse gar nicht, wie glücklich er sei; und sie zwickten ihn, damit er dankbar war. Er biß die Zähne zusammen und sagte nichts, sondern ging mit den schreienden Affen zu einer Terrasse oberhalb der roten Sandsteinzisternen, die halb gefüllt waren mit Regenwasser. Mitten auf der Terrasse stand ein zerfallenes Sommerhaus aus weißem Marmor, erbaut für Königinnen, die seit hundert Jahren tot waren. Das Kuppeldach war zur Hälfte eingefallen und versperrte den unterirdischen Gang vom Palast, durch den die Königinnen einzutreten pflegten; aber die Wände waren aus Schichten marmornen Maßwerks gefertigt – wunderschönes milchweißes Gitterwerk, besetzt mit Achat, Karneol, Jaspis und Lapislazuli, und als der Mond über den Hügel stieg, schien er durch die durchbrochene Arbeit und warf auf den Boden Schatten wie schwarze Samtstickerei. So wund, schläfrig und hungrig er auch war, mußte Mowgli doch lachen, als zwanzig von den *Bandar-log* gleichzeitig begannen, ihm zu erzählen, wie großartig und weise und stark und edel sie seien, und wie dumm es von ihm war, daß er sie verlassen wollte. »Wir sind groß. Wir sind frei. Wir sind herrlich. Wir sind das herrlichste Volk im ganzen Dschungel! Wir alle sagen das, also muß es ja stimmen«, schrien sie. »Und weil du ein neuer Zuhörer bist und unsere Worte dem Dschungel-Volk überbringen kannst, damit sie uns in Zukunft beachten, wollen wir dir alles von uns überaus vortrefflichen Wesen erzählen.« Mowgli erhob keine Einwände, und die Affen sammelten sich zu Hunderten und Aberhunderten auf der Terrasse, um ihren eigenen Sprechern zu lauschen, die das Lob der *Bandar-log* sangen, und sooft ein Sprecher atemlos innehielt, schrien sie alle zusammen: »Das ist wahr; wir alle sagen es.« Mowgli nickte und blinzelte und sagte »Ja«, wenn sie ihn etwas fragten, und sein Kopf wirbelte von dem Krach. ›Tabaqui, der Schakal, muß sie alle gebissen haben‹, sagte er sich, ›und jetzt haben sie alle den Wahnsinn. Das ist ganz bestimmt *dewanee*, der Wahnsinn. Ob sie denn niemals schlafen gehn? Da kommt jetzt eine Wolke, die den Mond bedeckt. Wenn sie nur groß genug wär, könnt ich versuchen, in der Dunkelheit wegzurennen. Aber ich bin müde.‹

Die gleiche Wolke wurde von zwei guten Freunden im verfallenen Graben unterhalb der Stadtmauer beobachtet, denn Bagheera und Kaa wußten sehr wohl, wie gefährlich die Affen-Leute in großer Menge waren, und wollten deshalb kein Risiko eingehen. Die Affen kämpfen nie, außer sie sind hundert gegen einen, und im Dschungel legen wenige Wert auf ein solches Zahlenverhältnis.

»Ich gehe zur westlichen Mauer«, flüsterte Kaa, »da kann ich schnell herunterkommen, der Hang hilft mir. Sie werden sich nicht zu Hunderten auf *meinen* Rücken stürzen, aber ...«

»Ich weiß«, sagte Bagheera. »Wenn Baloo doch hier wäre; aber wir müssen tun was wir tun können. Wenn die Wolke da den Mond bedeckt, gehe ich auf die Terrasse. Sie halten da wohl eine Art Rat ab über den Jungen.«

»Gutes Jagen«, sagte Kaa grimmig und glitt fort zur westlichen Mauer. Diese war noch am besten erhalten, und die große Schlange brauchte einige Zeit, um einen Weg auf die Steine zu finden. Die Wolke verbarg den Mond, und als Mowgli sich eben fragte, was als nächstes geschehen würde, hörte er Bagheeras leichte Füße auf der Terrasse. Der Schwarze Panther war fast lautlos den Hang hinaufgerast und hieb – er war klug genug, keine Zeit mit Beißen zu vergeuden – rechts und links zwischen die Affen, die in fünfzig oder sechzig Kreisen um Mowgli saßen. Ein Geheul von Furcht und Wut erhob sich, und als dann Bagheera über die rollenden strampelnden Körper unter ihm stolperte, schrie ein Affe: »Er ist ja allein! Tötet ihn! Tötet!« Eine tobende Masse von Affen deckte beißend, kratzend, reißend und zerrend Bagheera zu, während fünf oder sechs Mowgli ergriffen, ihn die Wand des Sommerhauses hinaufschleppten und ihn durch das Loch der geborstenen Kuppel stießen. Ein von Menschen erzogener Junge hätte sich schlimm verletzt, bei dem fünfzehn Fuß tiefen Fall, aber Mowgli fiel, wie Baloo es ihn gelehrt hatte, und landete auf seinen Füßen.

»Da kannst du bleiben«, schrien die Affen, »bis wir deine Freunde getötet haben, und später werden wir ein wenig mit dir spielen – wenn das Gift-Volk dich am Leben läßt.«

»Wir sind eines Blutes, ihr und ich.« Mowgli stieß schnell den Schlangenruf aus. Im Schutt ringsumher konnte er es rasseln und zischen hören, und um sicher zu gehen sagte er den Schlangenruf noch einmal.

»Recht ssso! Alle Hauben runter!« sagte ein halbes Dutzend leiser Stimmen. (Früher oder später wird jede Ruine in Indien zur Heimstatt von Schlangen, und das alte Sommerhaus wimmelte von Kobras.) »Steh still, Kleiner Bruder, deine Füße könnten uns weh tun.«

Mowgli stand so ruhig er konnte, spähte durch das durchbrochene Mauerwerk und lauschte dem wilden Kampfgetöse um den Schwarzen Panther – dem Gellen, Keckern und Raufen und Bagheeras tiefem heiseren Keuchen, während er sich unter den Haufen seiner Feinde bäumte und beugte und wand und warf. Zum ersten Mal seit seiner Geburt kämpfte Bagheera um sein Leben.

›Baloo muß in der Nähe sein; Bagheera ist bestimmt nicht allein gekommen‹, dachte Mowgli; und dann rief er laut: »Zur Zisterne, Bagheera. Roll dich zur Zisterne. Wälz dich und spring rein! Zum Wasser!«

Bagheera hörte es, und der Ruf, der ihm sagte, daß Mowgli in Sicherheit war, gab ihm neuen Mut. Mit verzweifelter Kraft erkämpfte er sich Zoll für Zoll den Weg zu den Wasserspeichern; schweigend hieb er um sich. Dann erscholl vom verfallenen Wall gleich am Dschungel Baloos grollender Kriegsschrei. Der alte Bär hatte sein Möglichstes getan, aber nicht schneller kommen können. »Bagheera«, rief er. »Ich bin da. Ich klettere! Ich eile! *Ahuwora!* Die Steine rutschen unter mir weg! Wartet nur, bis ich da bin, o ihr verfluchten *Bandar-log*!« Er keuchte die Terrasse hinauf, wo er sofort bis zum Kopf in einer Welle von Affen verschwand, aber er ließ sich wuchtig auf das Gesäß fallen, streckte die Vorderpfoten aus, drückte so viele Affen an sich, wie er fassen konnte, und hieb dann um sich mit einem gleichmäßigen *batz-batz-batz* ähnlich dem platschenden Schlag eines Schaufelrads. Ein Klatschen und Prasseln sagte Mowgli, daß Bagheera sich zum Wasserbecken durchgekämpft hatte, in das die Affen nicht folgen konnten. Der Panther lag da, den Kopf gerade aus dem Wasser, und rang nach Luft, während die Affen in Dreierreihen auf den roten Stufen standen und vor Wut tanzten, bereit, sich von allen Seiten auf ihn zu stürzen, wenn er herauskäme, um Baloo zu helfen. In diesem Augenblick hob Bagheera sein triefendes Kinn und stieß verzweifelt den Schlangenruf nach Hilfe aus – »Wir sind eines Blutes, ihr und ich« –, denn er glaubte, Kaa habe sich in letzter Minute davongemacht. Selbst Baloo, am Rand der Terrasse halb erdrückt von den Affen, mußte kichern, als er den Schwarzen Panther um Hilfe bitten hörte.

Kaa war eben erst mühsam über die westliche Mauer gekommen; die Wucht seines Aufpralls hatte einen schweren Stein von der Mauerkappe in den Graben geschleudert. Kaa hatte nicht die Absicht, die Vorteile zu vergeuden, die der Boden ihm gab, und ein- oder zweimal ringelte und entringelte er sich, um sicher zu sein, daß jeder Fuß seines langen Leibes in bester Verfassung war. In dieser ganzen Zeit ging der Kampf mit Baloo weiter, und die Affen am Wasserspeicher um Bagheera herum schrien gellend, und Mang die Fledermaus flatterte hin und her und trug die Nachricht von der großen Schlacht über den Dschungel, bis sogar Hathi, der Wilde Elefant, trompetete und weit entfernt verstreute Horden des Affen-Volks erwachten und über die Baum-Straßen gesprungen kamen, um ihren Kameraden in Kalte Stätten zu helfen, und das Tosen des Kampfes alle Tagvögel im Umkreis von Meilen weckte. Dann kam Kaa, geradeaus, schnell und begierig zu töten. Die Kampfkraft eines Python liegt im wuchtigen Stoß seines Kopfes, in den alle Stärke und alles Gewicht seines Körpers fließt. Wenn Ihr Euch eine Lanze vorstellt oder einen Rammbock oder einen Hammer, der fast eine halbe Tonne wiegt und gelenkt wird von einem kühlen, ruhigen Verstand, der in seinem Stiel wohnt, dann habt Ihr eine ungefähre Vorstellung von dem, was Kaa war, wenn er kämpfte. Ein vier oder fünf Fuß langer Python kann einen Mann niederstoßen, wenn er ihn genau an der Brust trifft, und Kaa war dreißig Fuß lang, wie Ihr wißt. Seinen ersten Stoß richtete er ins Herz der Menge um Baloo – ein furchtbarer stiller Hieb mit geschlossenem Mund, und ein zweiter war nicht mehr nötig. Die Affen spritzten auseinander mit dem Schrei: »Kaa! Es ist Kaa! Flieht! Flieht!«

Ganze Affengeschlechter waren von ihren Eltern zu gutem Benehmen gebracht worden mit schrecklichen Geschichten von Kaa, dem Nachträuber, der still, wie Moos wächst, die Äste entlangschlüpfen und den stärksten Affen, den es je gab, schnappen konnte; vom alten Kaa, der aussehen mochte wie ein toter Ast oder morscher Baumstumpf, daß sogar die Klügsten sich täuschen ließen, bis der Ast sie erwischte. Kaa stand für alles, was die Affen im Dschungel fürchteten, denn keiner von ihnen kannte die Grenzen von Kaas Gewalt, keiner von ihnen konnte ihm ins Gesicht sehen, und keiner war je lebend seiner Umarmung entkommen. Deshalb flohen sie auf die Wände und Dächer der Häuser, stammelten vor Grauen, und Baloo holte tief und erleichtert Luft. Sein Fell war viel dicker als Bagheeras; dennoch hatte er im Kampf schlimm gelitten. Dann öffnete Kaa zum ersten Mal seinen Mund und sagte ein langes zischendes Wort, und die Affen von weither, die zur Verteidigung von Kalte Stätten geeilt kamen, blieben wo sie waren, kauerten sich zusammen, bis die beladenen Äste sich unter ihnen bogen und knirschten. Die Affen auf den Mauern und leeren Häusern hörten auf zu schreien, und in der Stille, die sich über die Stadt senkte, hörte Mowgli, wie Bagheera seine nassen Flanken schüttelte, als er aus der Zisterne kletterte. Dann brach der Lärm wieder los. Die Affen klommen höher auf die Mauern; sie klammerten sich an die Hälse der großen Steingötzen und kreischten, als sie über die Dielen rasten, während Mowgli im Sommerhaus auf der Stelle tanzte, das Auge ans marmorne Netzwerk preßte und wie eine Eule dumpf durch die Zähne pfiff, um Hohn und Verachtung zu zeigen.

»Holt das Menschenjunge aus der Falle da; ich kann nicht mehr«, ächzte Bagheera. »Laßt uns das Menschenjunge holen und gehen. Sie könnten noch einmal angreifen.«

»Sie werden sich nicht bewegen, bis ich es ihnen befehle. Bleibt genau ssso!« Kaa zischte, und die Stadt verfiel wieder in Schweigen. »Ich konnte nicht schneller kommen, Bruder, aber kann es sein, daß ich *dich* rufen hörte?« Das galt Bagheera.

»Ich . . . eh, vielleicht habe ich im Kampf irgendwas gerufen«, antwortete Bagheera. »Baloo, bist du verletzt?«

»Ich bin nicht sicher, ob sie mich nicht in hundert kleine Bärchen zerrissen haben«, sagte Baloo ernst; nacheinander schüttelte er seine Beine. »Uau! Bin ich wund! Kaa, ich glaube, wir verdanken dir unser Leben – Bagheera und ich.«

»Nicht der Rede wert. Wo ist der Menschling?«

»Hier, in einer Falle. Ich kann nicht rausklettern«, rief Mowgli. Über seinem Kopf wölbte sich die geborstene Kuppel.

»Holt ihn heraus. Er tanzt wie Mor der Pfau. Er wird unsere Kleinen zertreten«, sagten die Kobras drinnen.

»Hah!« sagte Kaa mit einem Glucksen. »Er hat überall Freunde, dieser Menschling. Tritt zurück, Menschling; und ihr, Gift-Leute, versteckt euch. Ich breche die Wand nieder.«

Kaa musterte die Wand sorgfältig, bis er im marmornen Netzwerk einen verfärbten Riß fand, der eine Schwachstelle anzeigte, klopfte zwei- oder dreimal leicht mit seinem Kopf dagegen, um die Entfernung zu prüfen, und dann hob er sechs Fuß seines Körpers senkrecht in die Luft und jagte, mit der Nase voraus, ein halbes Dutzend schmetternder Schläge mit voller

Wucht gegen die Wand. Das Netzwerk zerbrach und stürzte in einer Wolke von Staub und Schutt zu Boden, und Mowgli sprang durch die Öffnung und warf sich zwischen Baloo und Bagheera – einen Arm um jeden großen Hals.

»Bist du verletzt?« sagte Baloo; er umarmte ihn sanft.

»Ich bin wund, hungrig und ganz schön zerschunden; aber euch, o meine Brüder, haben sie übel zugerichtet! Ihr blutet.«

»Andere auch«, sagte Bagheera; er leckte sich die Lippen und blickte auf die toten Affen auf der Terrasse und bei der Zisterne.

»Das macht nichts, das macht gar nichts, wenn du nur in Sicherheit bist, o du mein Stolz unter allen kleinen Fröschen«, wimmerte Baloo.

»Darüber reden wir später«, sagte Bagheera in einem trockenen Tonfall, den Mowgli überhaupt nicht mochte. »Aber dort ist Kaa; wir verdanken ihm die Schlacht, und du verdankst ihm dein Leben. Danke ihm, wie es bei uns üblich ist, Mowgli.«

Mowgli wandte sich um und sah einen Fuß über seinem Kopf den des großen Python schweben.

»Also das ist der Menschling«, sagte Kaa. »Ganz weich ist seine Haut, und er ist den *Bandar-log* gar nicht unähnlich. Sieh dich vor, Menschling, daß ich dich nicht irgendwann einmal im Zwielicht, wenn ich gerade meine Haut gewechselt habe, für einen Affen halte.«

»Wir sind eines Blutes, du und ich«, antwortete Mowgli. »Heute nacht nehme ich mein Leben von dir entgegen. Was ich töte soll sein was du tötest, wenn du je hungrig bist, o Kaa.«

»Großen Dank, Kleiner Bruder«, sagte Kaa, aber seine Augen zwinkerten. »Und was kann ein so kühner Jäger denn wohl töten? Ich frage nur, damit ich folgen kann, wenn er das nächste Mal auszieht.«

»Ich töte nichts – ich bin zu klein –, aber ich treibe denen, die sie verwenden können, Ziegen zu. Wenn du leer bist, komm zu mir und sieh, ob ich die Wahrheit sage. Ich bin ganz geschickt hiermit« – er streckte seine Hände aus –, »und wenn du jemals in eine Falle gerätst, kann ich vielleicht das begleichen, was ich dir, Bagheera und Baloo hier schulde. Gutes Jagen euch allen, meine Meister.«

»Gut gesprochen«, knurrte Baloo, denn Mowgli hatte seinen Dank sehr fein abgestattet. Der Python legte eine Minute lang seinen Kopf leicht auf Mowglis Schulter. »Ein tapferes Herz und eine höfliche Zunge«, sagte er. »Sie werden dich im Dschungel weit bringen, Menschling. Aber nun geh schnell fort mit deinen Freunden. Geh und schlaf, denn der Mond geht unter, und was folgt solltest du besser nicht sehen.«

Der Mond sank hinter die Hügel, und die Reihen bebender Affen, die sich auf den Mauern und Dielen aneinanderdrängten, sahen aus wie zottige zittrige Fransen von Dingen. Baloo ging hinab zur Zisterne um zu trinken, und Bagheera brachte sein Fell in Ordnung, während Kaa hinausglitt in die Mitte der Terrasse. Er klappte seine Kiefer zusammen mit einem klirrenden Biß, der die Augen aller Affen auf ihn zog.

»Der Mond geht unter«, sagte er. »Ist es noch hell genug um zu sehen?«

Von den Mauern kam ein Seufzen wie Wind in den Wipfeln: »Wir sehen, o Kaa.«

»Gut. Es beginnt nun der Tanz – der Tanz des Hungers von Kaa. Sitzt still und seht.«

Zwei- oder dreimal wand er sich zu einem großen Ring, wobei er seinen Kopf von rechts nach links fädelte. Dann begann er mit seinem Leib Schlingen und Achten zu bilden und weiche sickernde Dreiecke, die zu Vierecken und fünfseitigen Figuren schmolzen und Hügeln von Schlingen, ohne Rast, ohne Hast und ohne je seinen leisen summenden Gesang zu unterbrechen. Es wurde immer dunkler, bis schließlich die schleifenden scharrenden Schlingen verschwanden, aber das Rascheln der Schuppen war noch zu hören.

Baloo und Bagheera standen still wie Stein; in ihren Kehlen knurrten sie, ihre Nackenhaare stellten sich auf, und Mowgli schaute und staunte.

»Bandar-log«, sagte Kaas Stimme endlich, »könnt ihr Hand oder Fuß ohne meinen Befehl rühren? Sprecht!«

»Ohne deinen Befehl können wir weder Hand noch Fuß rühren, o Kaa!«

»Gut! Kommt alle einen Schritt näher zu mir.«

Die Reihen der Affen schwankten hilflos vorwärts, und mit ihnen machten Baloo und Bagheera einen steifen Schritt nach vorn.

»Näher!« zischte Kaa, und wieder bewegten sich alle.

Mowgli legte seine Hände auf Baloo und Bagheera, um sie fortzubringen, und die beiden großen Tiere fuhren auf, als habe man sie aus einem Traum geweckt.

»Laß deine Hand auf meiner Schulter«, flüsterte Bagheera. »Laß sie da, sonst muß ich zurück – zurück zu Kaa. *Aah!*«

»Es ist doch nur der alte Kaa, der Kreise im Staub macht«, sagte Mowgli. »Laßt uns gehen«; und die drei schlüpften durch eine Mauerlücke zurück in den Dschungel.

»Uuuf!« sagte Baloo, als er wieder unter den stillen Bäumen stand. »Nie wieder will ich Kaa zum Verbündeten haben«, und er schüttelte sich am ganzen Leib.

»Er weiß mehr als wir«, sagte Bagheera zitternd. »Wenn ich geblieben wäre, wäre ich sehr bald durch seine Kehle gegangen.«

»Viele werden diese Straße gehen, ehe der Mond wieder steigt«, sagte Baloo. »Er wird gutes Jagen haben – auf seine eigene Art.«

»Aber was hatte das alles zu bedeuten?« sagte Mowgli, der nichts von der hypnotischen Kraft eines Pythons wußte. »Ich habe nichts gesehen als eine große Schlange, die blöde Kreise geschlagen hat, bis es dunkel wurde. Und seine Nase war ganz wund. Ho! Ho!«

»Mowgli«, sagte Bagheera ärgerlich, »seine Nase war *deinetwegen* wund; wie meine Ohren und Flanken und Pranken und Baloos Nacken und Schultern *deinetwegen* zerbissen sind. Baloo und Bagheera werden viele Tage lang nicht fröhlich jagen können.«

»Das macht nichts«, sagte Baloo; »wir haben das Menschenjunge wieder.«

»Das stimmt; aber er hat uns sehr viel Zeit gekostet, die wir auf gutes Jagen hätten verwenden können; und er hat uns Wunden gekostet, und Haare – auf dem Rücken bin ich halb gerupft –, und schließlich auch Ehre. Denn erinnere dich, Mowgli, ich, der Schwarze Panther, mußte Kaa um Hilfe bitten, und durch den Hungertanz sind Baloo und ich beide so dumm gemacht worden wie kleine Vögel. Und all das, Menschenjunges, weil du mit den *Bandar-log* gespielt hast.«

»Das stimmt; das stimmt ja«, sagte Mowgli bekümmert. »Ich bin ein schlimmes Menschenjunges, und mein Magen ist ganz traurig in mir.«

»*Mf!* Was sagt das Gesetz des Dschungels, Baloo?«

Baloo wollte Mowgli in keine weiteren Schwierigkeiten bringen, aber das Gesetz durfte er nicht verdrehen, deshalb murmelte er: »Bedauern schützt nicht vor Strafe. Aber denk daran, Bagheera, er ist sehr klein.«

»Ich werde daran denken; aber er hat Schaden angerichtet, und nun müssen Schläge sein. Mowgli, hast du etwas zu sagen?«

»Nichts. Ich habe Unrecht getan. Baloo und du, ihr seid verwundet. Es ist gerecht.«

Bagheera gab ihm ein halbes Dutzend liebevolle Klapse; vom Standpunkt eines Panthers hätten sie kaum ausgereicht, eines seiner eigenen Kleinen zu wecken, aber für einen siebenjährigen Jungen waren es sehr schlimme Prügel, wie man sie am liebsten vermeidet. Als alles vorbei war, nieste Mowgli und raffte sich wortlos auf.

»Und jetzt«, sagte Bagheera, »spring auf meinen Rücken, Kleiner Bruder; wir gehen nach Hause.«

Eine der schönen Seiten des Dschungelgesetzes ist, daß Strafe alle Rechnungen begleicht. Hinterher gibt es kein Zanken.

Mowgli legte seinen Kopf auf Bagheeras Rücken und schlief so tief, daß er nicht einmal aufwachte, als er in der heimischen Höhle neben Mutter Wolf gelegt wurde.

ROAD-SONG OF THE BANDAR-LOG

Here we go in a flung festoon,
Half-way up to the jealous moon!
Don't you envy our pranceful bands?
Don't you wish you had extra hands?
Wouldn't you like if your tails were—*so*—
Curved in the shape of a Cupid's bow?
  Now you're angry, but—never mind,
  Brother, thy tail hangs down behind!

Here we sit in a branchy row,
Thinking of beautiful things we know;
Dreaming of deeds that we mean to do,
All complete, in a minute or two—
Something noble and grand and good,
Won by merely wishing we could.
  Now we're going to—never mind,
  Brother, thy tail hangs down behind!

All the talk we ever have heard
Uttered by bat or beast or bird—
Hide or fin or scale or feather—
Jabber it quickly and all together!
Excellent! Wonderful! Once again!
Now we are talking just like men.
  Let's pretend we are . . . never mind,
  Brother, thy tail hangs down behind!

Then join our leaping lines that scumfish through the pines,
That rocket by where, light and high, the wild-grape swings.
By the rubbish in our wake, and the noble noise we make,
Be sure, be sure, we're going to do some splendid things!

WANDERLIED DER BANDAR-LOG

In Schwinggirlanden, so toben wir
fast bis zum neidischen Mond hinauf!
Wärt ihr nicht gern prächtig mit dabei?
Hättet ihr nicht gern Extrahände?
Hättet ihr nicht gern Schwänze – *so* –
fein gekrümmt wie Cupidos Bogen?
  Jetzt seid ihr böse, bloß – was? egal,
  Bruder, dein Schwanz schleift hinten nach!

Im Geäst sitzen wir in Reihen,
denken an all die feinen Dinge;
träumen von Taten die wir gleich tun,
ganz komplett in ein paar Minuten –
irgendwas Edles und Großes und Gutes,
fertig, wenn wir nur wollten, wir könnten.
  Jetzt machen wir gleich – was? egal,
  Bruder, dein Schwanz schleift hinten nach!

Alles Gerede das wir je hörten
von Fledermaus oder Tier oder Vogel –
Fell oder Flosse oder Schuppe oder Feder –
plappert es schnell und alle zusammen!
Großartig! Wunderbar! Gleich noch mal!
Jetzt reden wir genau wie Menschen.
  Tun wir mal, als wären wir – was? egal,
  Bruder, dein Schwanz schleift hinten nach!

Also komm, hüpf mit uns, wenn wir durch die Bäume wuseln,
zischen wo wilder Wein schaukelt, licht und hoch.
Bei dem Müll, den wir machen, und bei unsrem feinen Lärm,
seid sicher, seid gewiß, wir tun gleich ganz was Tolles!

»TIGER! TIGER!«

What of the hunting, hunter bold?
  Brother, the watch was long and cold.
What of the quarry ye went to kill?
  Brother, he crops in the jungle still.
Where is the power that made your pride?
  Brother, it ebbs from my flank and side.
Where is the haste that ye hurry by?
  Brother, I go to my lair—to die.

[Was macht das Jagen, Jäger kühn?
  Bruder, die Wacht war lang und kalt.
Was macht die Beute, die du töten wolltest?
  Bruder, sie weidet noch immer im Dschungel.
Wo ist die Kraft, die dein Stolz war?
  Bruder, sie ebbt aus meiner Flanke.
Wohin die Hast, mit der du eilst?
  Bruder, ich geh in mein Lager – zum Sterben.]

NUN müssen wir zurück zur ersten Geschichte. Als Mowgli nach dem Kampf mit dem Rudel am Ratsfelsen die Wolfshöhle verließ, ging er zu den gepflügten Landen hinab, wo die Dörfler lebten, aber dort wollte er nicht anhalten, weil es zu nah am Dschungel war und er wußte, daß er sich mindestens einen schlimmen Feind im Rat gemacht hatte. Deshalb eilte er weiter; er hielt sich an den unebenen Weg, der talabwärts führte, und folgte ihm in gleichmäßigem Schlendertrab fast zwanzig Meilen weit, bis er in eine Gegend kam, die er nicht kannte. Das Tal öffnete sich zu einer weiten Ebene, übersät mit Felsen und zerschnitten von Hohlwegen. An einem Ende stand ein kleines Dorf und am anderen zog sich der dichte Dschungel bis zu den Weideflächen hinab und endete dort wie abgehackt. Auf der ganzen Ebene grasten Rinder und Büffel, und als die kleinen Hütejungen Mowgli sahen, schrien sie und liefen davon, und die gelben streunenden Hunde, die bei jedem indischen Dorf herumlungern, bellten. Mowgli ging weiter, denn er hatte Hunger, und als er den Eingang des Dorfs erreichte, sah er den großen Dornbusch, der bei Anbruch des Zwielichts vor das Tor gezogen wurde, seitlich verschoben.

»Umph!« sagte er, denn bei seinen nächtlichen Streifzügen auf der Suche nach eßbaren Dingen hatte er mehr als einmal solche Sperren gesehen. »Dann fürchten sich die Menschen also auch hier vor dem Dschungel-Volk.« Er ließ sich neben dem Tor nieder, und als ein Mann herauskam, stand er auf, öffnete seinen Mund und deutete hinein, um zu zeigen, daß er Nahrung brauchte. Der Mann starrte ihn an und lief die eine Straße des Dorfs hinauf, wobei er nach dem Priester rief, einem großen dicken Mann in weißem Gewand mit einem rotgelben Zeichen auf der Stirn. Der Priester kam zum Tor, und mit ihm mindestens hundert Leute, die starrten und redeten und riefen und auf Mowgli deuteten.

›Sie haben keine Manieren, diese Mensch-Leute‹, sagte Mowgli sich. ›Nur die grauen Affen würden sich benehmen wie sie.‹ Deshalb warf er sein langes Haar zurück und blickte die Menge finster an.

»Wovor habt ihr denn Angst?« sagte der Priester. »Seht doch die Male auf seinen Armen und Beinen. Das sind Wolfsbisse. Er ist nur ein Wolfskind, das aus dem Dschungel geflohen ist.«

Natürlich hatten die jungen Wölfe beim gemeinsamen Spielen Mowgli oft härter gezwickt als sie eigentlich wollten, und seine Arme und Beine waren ganz bedeckt von weißen Narben. Aber er hätte sie niemals Bisse genannt, denn er wußte, was wirkliches Beißen bedeutete.

»Arré! Arré!« sagten zwei oder drei Frauen gleichzeitig. »Armes Kind, von Wölfen gebissen zu werden! Er ist ein hübscher Junge. Er hat Augen wie rotes Feuer. Bei meiner Ehre, Messua, er sieht deinem Jungen ganz ähnlich, den der Tiger geholt hat.«

»Laßt mich sehen«, sagte eine Frau mit schweren Kupferringen an Handgelenken und Knöcheln, und unter der Handfläche hinweg betrachtete sie Mowgli. »Das stimmt, er sieht ihm ähnlich. Er ist dünner, aber er sieht fast genau so aus wie mein Junge.«

Der Priester war schlau und wußte, daß Messua die Frau des reichsten Dorfbewohners war. Deshalb blickte er eine Minute lang zum Himmel empor und sagte dann feierlich: »Was der Dschungel nahm, das gab der Dschungel zurück. Nimm deinen Jungen in dein Haus auf, o Schwester, und vergiß nicht, den Priester zu ehren, der so tief in das Leben der Menschen schaut.«

›Bei dem Bullen, um den ich gekauft worden bin‹, sagte Mowgli sich, ›all dieses Gerede ist ja wie eine zweite Musterung durch das Rudel! Na, wenn ich denn ein Mensch bin, muß ich mich wohl damit abfinden.‹

Die Menge teilte sich, als die Frau Mowgli zu ihrer Hütte winkte; dort gab es ein rotes lackiertes Bett, eine große irdene Getreidelade mit seltsamen hervortretenden Mustern, ein halbes Dutzend kupferner Kochtöpfe, das Standbild eines Hindugottes in einem kleinen Alkoven und an der Wand einen richtigen Spiegel, wie man ihn bei Jahrmärkten auf dem Land verkauft.

Sie gab ihm viel Milch und etwas Brot, und dann legte sie die Hand auf seinen Kopf und sah ihm in die Augen; sie dachte nämlich, er könne vielleicht wirklich ihr Sohn sein, heimgekehrt aus dem Dschungel, in den der Tiger ihn geschleppt hatte. Deshalb sagte sie: »Nathoo, o Nathoo!« Mowgli zeigte durch nichts, daß er den Namen kannte. »Erinnerst du dich nicht mehr an den Tag, wo ich dir deine neuen Schuhe gegeben habe?« Sie berührte seinen Fuß, und der war fast so hart wie Horn. »Nein«, sagte sie traurig; »diese Füße haben nie in Schuhen gesteckt, aber du bist meinem Nathoo ganz ähnlich, und du sollst mein Sohn sein.«

Mowgli fühlte sich unbehaglich, denn er war nie zuvor unter einem Dach gewesen; als er aber das Stroh betrachtete, sah er, daß er es jederzeit herausreißen konnte, falls er würde fliehen wollen, und daß das Fenster nicht fest zu verschließen war. ›Was nützt es, ein Mensch zu sein‹, sagte er sich schließlich, ›wenn man die Menschenrede nicht versteht? Hier bin ich so dumm und stumm wie ein Mensch es bei uns im Dschungel wäre. Ich muß ihre Sprache lernen.‹

Er hatte ja bei den Wölfen nicht umsonst gelernt, wie der Kampfschrei der Dschungelhirsche und das Grunzen des kleinen Wildschweins nachzuahmen sind. Sobald nun Messua ein Wort sagte, ahmte Mowgli es nahezu vollkommen genau nach, und bis zum Abend hatte er die Namen vieler Dinge in der Hütte gelernt.

Zur Schlafenszeit gab es eine Schwierigkeit, denn Mowgli wollte keineswegs in etwas schlafen, das so sehr einer Pantherfalle glich wie diese Hütte, und als die Tür geschlossen wurde, kletterte er aus dem Fenster. »Laß ihm seinen Willen«, sagte Messuas Mann. »Vergiß nicht, daß er bis heute nie auf einem Bett geschlafen haben kann. Wenn er uns wirklich anstelle unseres Sohnes geschickt worden ist, wird er nicht fortlaufen.«

So streckte Mowgli sich in langem sauberen Gras am Rand des Feldes aus, aber noch ehe er die Augen schließen konnte, stupste eine weiche graue Nase ihn unter dem Kinn.

»Puh!« sagte Grauer Bruder (er war das älteste von Mutter Wolfs Kindern). »Das ist kein guter Lohn dafür, daß ich dir zwanzig Meilen gefolgt bin. Du riechst nach Holzrauch und Vieh – schon ganz wie ein Mensch. Wach auf, Kleiner Bruder; ich habe Neuigkeiten.«

»Sind im Dschungel alle wohlauf?« sagte Mowgli; dabei umarmte er ihn.

»Alle außer den Wölfen, die von der Roten Blume verbrannt worden sind. Aber hör zu. Shere Khan ist fortgegangen; er will weit entfernt jagen, bis sein Kleid wieder gewachsen ist; er ist nämlich schlimm versengt. Er schwört, wenn er wiederkommt, wird er deine Knochen in den Wainganga werfen.«

»Dazu gehören zwei. Ich habe auch ein kleines Versprechen abgelegt. Aber Neuigkeiten höre ich immer gern. Ich bin müde heute nacht – ganz müde von neuen Dingen, Grauer Bruder –, aber bring mir immer die Neuigkeiten.«

»Du wirst nicht vergessen, daß du ein Wolf bist? Die Menschen werden es dich nicht vergessen lassen?« sagte Grauer Bruder besorgt.

»Niemals. Ich werde immer daran denken, daß ich dich und alle in unserer Höhle liebe; ich werde aber auch immer daran denken, daß ich aus dem Rudel ausgestoßen wurde.«

»Und daß du aus einem weiteren Rudel ausgestoßen werden kannst. Menschen sind nur Menschen, Kleiner Bruder, und ihr Gerede ist wie das von Fröschen in einem Tümpel. Wenn ich wieder herkomme, werde ich im Bambus am Rand der Weideflächen auf dich warten.«

Nach dieser Nacht kam Mowgli drei Monate lang kaum je vor das Dorftor, so sehr war er damit beschäftigt, Art und Gebräuche der Menschen zu lernen. Als erstes mußte er sich in ein Tuch hüllen, was ihn schrecklich störte; und dann mußte er den Umgang mit Geld lernen, was er überhaupt nicht begriff, und alles über das Pflügen, dessen Sinn er nicht einsah. Dann ärgerten ihn die kleinen Kinder im Dorf sehr. Zum Glück hatte das Gesetz des Dschungels ihn gelehrt, sich zu beherrschen, denn im Dschungel hängen Leben und Nahrung davon ab, daß man sich beherrschen kann; aber wenn sie ihn verspotteten, weil er nicht mit ihnen spielen oder Drachen steigen lassen wollte oder weil er irgendein Wort falsch aussprach, dann hielt ihn nur das Wissen, daß es unsportlich war, kleine nackte Junge zu töten, davon ab, sie zu packen und entzweizureißen.

Er wußte gar nicht, wie stark er war. Er wußte, daß er im Dschungel schwach war, verglichen mit den Tieren, aber im Dorf sagten die Leute, er sei stark wie ein Bulle.

Und Mowgli hatte auch nicht die geringste Ahnung von den Unterschieden zwischen den Menschen, die verschiedenen Kasten angehören. Als der Esel des Töpfers in die Lehmgrube rutschte, zog Mowgli ihn am Schwanz heraus und half auch, die Töpfe für die Reise zum Markt in Kaniwara zu verstauen. Auch das war ganz schlimm, denn der Töpfer gehört einer niedrigen Kaste an, und sein Esel ist noch übler. Als der Priester ihn schalt, drohte Mowgli, ihn auch auf den Esel zu setzen, und der Priester sagte Messuas Mann, Mowgli solle am besten so schnell wie möglich ans Arbeiten gebracht werden; und der Dorfälteste sagte Mowgli, am nächsten Tag müsse er mit den Büffeln hinausgehen und sie hüten, während sie grasten. Niemand freute sich mehr darüber als Mowgli; und weil er damit sozusagen als Diener des Dorfs angestellt war, ging er an diesem Abend zu dem Zirkel, der sich jeden Abend auf einer gemauerten Plattform unter einem großen Feigenbaum traf. Es war der Dorfclub, und der Dorfälteste und der Wächter und der Barbier (der allen Klatsch im Dorf kannte) und der alte Buldeo, der Dorfjäger, der eine Tower-Muskete hatte, trafen sich dort und rauchten. Die Affen hockten oben auf den Ästen und schwatzten, und unter der Plattform gab es ein Loch, in dem eine Kobra lebte, die jeden Abend ein Schüsselchen mit Milch bekam, denn sie war heilig; und die alten Männer saßen um den Baum herum und schwatzten und sogen an den großen *hookahs* (den Wasserpfeifen) bis tief in die Nacht hinein. Sie erzählten wundervolle Geschichten von Göttern und Menschen und Geistern; und Buldeo erzählte noch wundervollere über das Leben der Tiere im Dschungel, bis die außerhalb des Kreises sitzenden Kinder Glubschaugen bekamen. Die meisten Geschichten handelten von Tieren, denn der Dschungel lag ja vor der Tür. Die Hirsche und Wildschweine fraßen die Ernten ab, und hin und wieder schleppte in der Dämmerung der Tiger einen Menschen fort, in Sichtweite der Dorftore.

Mowgli, der natürlich einiges über das wußte, wovon sie redeten, mußte sein Gesicht bedecken, damit sie nicht sahen, wie er lachte, während Buldeo mit seiner Tower-Muskete quer über den Knien sich von einer wunderlichen Geschichte zur nächsten steigerte und Mowglis Schultern zuckten.

Buldeo erklärte eben, der Tiger, der Messuas Sohn verschleppt hatte, sei ein Geistertiger, und sein Körper sei bewohnt vom Geist eines bösen alten Geldverleihers, der vor einigen Jahren gestorben war. »Und ich weiß, daß das stimmt«, sagte er, »weil Purun Dass immer gehumpelt hat von dem Hieb, den er bei einem Aufruhr abkriegte, als seine Kontobücher verbrannten, und der Tiger, von dem ich rede, der humpelt auch; die Spuren, die er hinterläßt, sind nämlich ungleich.«

»Das stimmt; das stimmt; so muß es wohl sein«, sagten die Graubärte; alle nickten.

»Sind all eure Geschichten so, Spinnweben und das Geschwätz von Mondsüchtigen?« sagte Mowgli. »Dieser Tiger humpelt, weil er lahm geboren wurde, wie jeder weiß. Dieses Gerede von der Seele eines Geldverleihers in einem Tier, das nie auch nur soviel Mut hatte wie ein Schakal, das ist doch Kindergeschwätz.«

Buldeo war einen Moment lang sprachlos vor Überraschung, und der Älteste stierte.

»Oha! Das ist der Dschungelbalg, oder?« sagte Buldeo. »Wenn du so schlau bist, dann schaff doch am besten das Tigerfell nach Kaniwara; die Regierung hat nämlich hundert Rupien auf ihn ausgesetzt. Noch besser wärs aber, wenn du den Mund hieltest, während Ältere reden.«

Mowgli stand auf um zu gehen. »Den ganzen Abend habe ich hier gelegen und zugehört«, rief er über die Schulter zurück, »und außer ein- oder zweimal hat Buldeo über den Dschungel, der direkt vor seiner Tür liegt, kein wahres Wort gesagt. Wie soll ich da die Geschichten von Geistern und Göttern und Gnomen glauben, die er gesehen haben will?«

»Höchste Zeit, daß der Junge ans Viehhüten kommt«, sagte der Älteste, während Buldeo wegen Mowglis Unverschämtheit schnaubte und pustete.

In den meisten indischen Dörfern ist es üblich, daß ein paar Jungen früh am Morgen die Rinder und Büffel zum Weiden hinaustreiben und abends wieder zurückbringen; und die gleichen Rinder, die einen erwachsenen Weißen zu Tode trampeln würden, lassen sich von Kindern, die ihnen kaum bis zur Nase reichen, knuffen und schlagen und anschreien. Solange die Jungen bei den Herden bleiben, sind sie in Sicherheit, denn nicht einmal der Tiger wagt es, eine große Rinderherde anzugreifen. Aber wenn sie herumbummeln, um Blumen zu pflücken oder Eidechsen zu jagen, werden sie bisweilen verschleppt. Mowgli zog in der Morgendämmerung durch die Dorfstraße; er saß auf dem Rücken von Rama, dem großen Leitbullen; und die schieferblauen Büffel mit ihren langen, zurückgebogenen Hörnern und wilden Augen kamen nacheinander aus ihren Ställen und folgten ihm, und Mowgli machte den Kindern, die mitkamen, ganz klar, daß er der Meister war. Mit einem langen glatten Bambusstock trieb er die Büffel, und einem der Jungen, Kamya, sagte er, sie sollten allein die Rinder hüten, während er mit den Büffeln weiterzog, und sie sollten sich vorsehen und sich nicht von der Herde entfernen.

Ein indischer Weidegrund besteht ganz aus Felsen und Gestrüpp und Grasbüscheln und kleinen Spalten, in denen die Herden sich verstreuen und verschwinden. Die Büffel halten sich gewöhnlich an die Tümpel und schlammigen Stellen, wo sie sich herumwälzen oder im warmen Schlamm stundenlang sonnen. Mowgli trieb sie weiter bis zum Rand der Ebene, wo der Wainganga-Fluß aus dem Dschungel kam; dann ließ er sich von Ramas Nacken fallen, trabte zu einem Bambusgesträuch und fand Grauer Bruder. »Ah«, sagte Grauer Bruder, »ich habe hier sehr viele Tage gewartet. Was soll diese Rinderhüterei bedeuten?«

»Das ist ein Befehl«, sagte Mowgli. »Für die nächste Zeit bin ich ein Dorfhirt. Was gibt es Neues über Shere Khan?«

»Er ist zurückgekommen und hat hier sehr lange auf dich gewartet. Nun ist er wieder fort, weil das Wild hier knapp ist. Aber er hat vor, dich zu töten.«

»Sehr gut«, sagte Mowgli. »Solange er fort ist, solltest du oder einer der vier Brüder hier auf dem Felsen sitzen, damit ich es sehen kann, wenn ich aus dem Dorf komme. Wenn er zurückkehrt, warte auf mich in der Senke neben dem *dhâk*-Baum mitten in der Ebene. Wir müssen Shere Khan nicht unbedingt ins Maul rennen.«

Dann suchte Mowgli sich einen schattigen Platz, legte sich nieder und schlief, während die Büffel um ihn her grasten. Viehhüten in Indien ist eines der bequemsten Dinge auf der Welt. Die Rinder wandern herum und kauen und legen sich hin und gehen weiter, aber sie brüllen nicht einmal. Sie grunzen nur, und die Büffel sagen selten überhaupt etwas; nacheinander klettern sie in die schlammigen Tümpel und wühlen sich in den Schlamm, bis nur noch die Nasen und die porzellanblauen Glotzaugen über der Oberfläche sind, und da bleiben sie liegen wie die Baumstämme. Die Sonne läßt die Felsen in der Hitze tanzen, und die Hütejungen hören einen Geier (niemals mehr als einen) fast außer Sichtweite über ihnen pfeifen, und sie wissen, wenn sie sterben oder eine Kuh stirbt, wird der Geier sich herabstürzen, und der nächste Geier, Meilen entfernt, wird ihn stürzen sehen und folgen, und der nächste und wieder der nächste, und fast bevor man tot ist, sind Dutzende dieser Geier wie aus dem Nichts gekommen. Also schlafen die Jungen und wachen auf und schlafen wieder ein, und sie flechten aus trockenem Gras kleine Körbe und setzen Grashüpfer hinein; oder sie fangen zwei Gottesanbeterinnen und lassen sie gegeneinander kämpfen; oder sie reihen rote und schwarze Dschungelnüsse zu einem Halsband auf; oder sie schauen einer Eidechse zu, die auf einem Felsen ein Sonnenbad nimmt, oder einer Schlange, die bei den Suhlen einen Frosch jagt. Dann singen sie lange, lange Gesänge mit merkwürdigen Eingeborenen-Trillern am Ende, und der Tag scheint länger zu sein als das ganze Leben für die meisten Leute, und vielleicht bauen sie eine Lehmburg mit Lehmfiguren von Männern und Pferden und Büffeln und stekken den Männern Halme in die Hände und tun so, als wären sie Könige und die Figuren ihre Heere, oder Götter, die man anbetet. Dann kommt der Abend, und die Kinder rufen, und die Büffel wühlen sich aus dem klebrigen Schlamm mit Geräuschen wie nacheinander abgefeuerte Böller, und in langer Reihe ziehen sie über die graue Ebene zurück zu den zwinkernden Lichtern des Dorfs.

Tag für Tag führte Mowgli die Büffel hinaus zu ihren Suhlen, und Tag für Tag sah er den Rücken von Grauer Bruder aus anderthalb Meilen in der Ebene (so wußte er, daß Shere Khan noch nicht zurückgekommen war), und Tag für Tag lag er im Gras und lauschte den Geräuschen ringsumher und träumte von den alten Zeiten im Dschungel. Wenn Shere Khan mit seiner lahmen Pfote im Dschungel am Wainganga einen falschen Schritt getan hätte, dann hätte Mowgli ihn an diesen langen stillen Vormittagen gehört.

Endlich kam ein Tag, an dem er Grauer Bruder nicht an der vereinbarten Stelle sah, und er lachte und lenkte die Büffel zur Senke neben dem *dhâk*-Baum, der ganz von rotgoldenen Blüten bedeckt war. Dort saß Grauer Bruder; alle Borsten seines Rükkens waren gesträubt.

»Einen Monat lang hat er sich versteckt, damit du nicht mehr achtgibst. Letzte Nacht ist er mit Tabaqui über die Berge gekommen, ganz heiß auf deiner Fährte«, sagte der Wolf keuchend.

Mowgli schnitt eine Grimasse. »Ich habe keine Angst vor Shere Khan, aber Tabaqui ist sehr gerissen.«

»Keine Sorge«, sagte Grauer Bruder; er leckte sich leicht die Lippen. »Ich bin Tabaqui im Morgengrauen begegnet. Jetzt vertraut er seine ganze Weisheit den Geiern an, aber *mir* hat er alles erzählt, bevor ich ihm den Rücken gebrochen habe. Shere Khan hat vor, heute abend auf dich am Dorftor zu warten – auf dich und sonst keinen. Jetzt schläft er im großen trockenen Arm des Wainganga.«

»Hat er heute gegessen oder jagt er leer?« sagte Mowgli; die Antwort bedeutete Leben oder Tod für ihn.

»Er hat im Morgengrauen getötet – ein Schwein –, und getrunken hat er auch. Du weißt doch, Shere Khan hat noch nie fasten können, nicht einmal, wenn es um Rache ging.«

»Ach, der Narr! Narr! Was für eine dumme Welpe er ist! Hat gegessen und auch getrunken und meint, ich warte, bis er ausgeschlafen hat! Also, wo genau schläft er? Wenn wir bloß zu zehn wären, dann könnten wir ihn erledigen, wo er jetzt liegt. Diese Büffel hier werden nicht angreifen, ehe sie ihn wittern, und ich spreche ihre Sprache nicht. Können wir auf seine Fährte kommen, damit sie ihn riechen?«

»Er ist den Wainganga weit hinabgeschwommen, um das zu verhindern«, sagte Grauer Bruder.

»Das hat ihm bestimmt Tabaqui gesagt. Allein wäre er nie darauf gekommen.« Mowgli stand da mit dem Finger im Mund und überlegte. »Die große Wainganga-Schlucht. Die mündet keine halbe Meile von hier in die Ebene. Ich kann die Herde durch den Dschungel zum Kopf der Schlucht führen und dann hindurchjagen – aber er würde sich am unteren Ende verdrücken. Den Ausgang müssen wir blockieren. Grauer Bruder, kannst du für mich die Herde in zwei Teile trennen?«

»Ich vielleicht nicht – aber ich habe einen weisen Helfer mitgebracht.« Grauer Bruder trabte fort und verschwand in einem Loch. Dann hob sich dort ein großer grauer Kopf, den Mowgli gut kannte, und die heiße Luft wurde erfüllt vom schaurigsten Schrei des ganzen Dschungels – dem Jagdheulen eines Wolfs zur Mittagszeit.

»Akela! Akela!« sagte Mowgli; er klatschte in die Hände. »Ich hätte wissen müssen, daß du mich nicht vergißt. Wir haben schwere Arbeit zu erledigen. Trenn die Herde in zwei

Teile, Akela. Halt die Kühe und Kälber zusammen, und die Bullen und Pflügebüffel auch.«

Wie im Wechseltanz liefen die beiden Wölfe durch die Herde; die Tiere schnaubten und warfen die Köpfe hoch und teilten sich in zwei Haufen. In einem standen die Büffelkühe mit den Kälbern in der Mitte und stierten und stampften, bereit, sich auf einen Wolf zu stürzen und ihn zu Tode zu trampeln, wenn er nur lange genug stillstand. Im anderen Haufen grunzten und stampften die Bullen und Jungbullen; aber wenn sie auch furchterregender aussahen, waren sie doch viel weniger gefährlich, denn sie hatten keine Kälber zu schützen. Sechs Männer hätten die Herde nicht so sauber teilen können.

»Was jetzt?« keuchte Akela. »Sie versuchen, wieder zusammenzukommen.«

Mowgli glitt auf Ramas Rücken. »Treib die Bullen weg, nach links, Akela. Grauer Bruder, wenn wir fort sind, halt die Kühe zusammen und treib sie zum Fußende der Schlucht.«

»Wie weit?« sagte Grauer Bruder; er hechelte und schnappte.

»Bis dahin, wo die Seiten höher sind als Shere Khan springen kann«, schrie Mowgli. »Da halt sie fest, bis wir runterkommen.« Die Bullen stürmten los, als Akela bellte, und Grauer Bruder baute sich vor den Kühen auf. Sie stürzten sich auf ihn und er rannte immer knapp vor ihnen zum unteren Ende der Schlucht, während Akela die Bullen weit nach links trieb.

»Gut so! Noch einmal angehen, dann sind sie gut in Schwung. Vorsicht jetzt – Vorsicht, Akela. Ein Biß zuviel und die Bullen gehen auf dich los. *Hujah!* Das ist wildere Arbeit als Schwarzböcke jagen. Hast du gewußt, daß sie so schnell laufen können?« rief Mowgli.

»Ich hab ... hab sie auch gejagt, zu meiner Zeit«, keuchte Akela im Staub. »Soll ich sie in den Dschungel drängen?«

»Ja, abdrehen! Ganz schnell! Rama rast vor Wut. Ach, wenn ich ihm doch sagen könnte, wozu ich ihn heut brauch!«

Diesmal wurden die Bullen nach rechts gedrängt und krachten ins hohe Dickicht. Die anderen Hütekinder, die eine halbe Meile entfernt bei den Rindern zuschauten, liefen ins Dorf, so schnell ihre Beine sie trugen, und schrien dabei, die Büffel seien verrückt geworden und fortgerannt.

Aber Mowglis Plan war einfach genug. Er wollte nur einen großen Bogen bergauf schlagen und zum Kopf der Schlucht gelangen und dann die Bullen hindurchjagen, so daß Shere Khan zwischen die Bullen und die Kühe geriet; denn er wußte, daß Shere Khan, nachdem er gegessen und viel getrunken hatte, weder würde kämpfen noch die Wände der Schlucht hinaufklimmen können. Er besänftigte die Büffel nun durch Zurufe, und Akela hatte sich weit zurückfallen lassen; nur ein- oder zweimal jaulte er noch, um die Nachhut zur Eile zu treiben. Es war ein langer, langer Bogen, denn sie durften nicht zu nah an die Schlucht kommen und Shere Khan warnen. Endlich ließ Mowgli die verwirrte Herde am Kopfende der Schlucht schwenken, auf einem Stück Grasbodens, der sich steil zur eigentlichen Schlucht senkte. Aus dieser Höhe konnte man über die Baumwipfel hinab auf die Ebene blicken; aber Mowgli blickte auf die Wände der Schlucht und sah zu seiner Zufriedenheit, daß sie überall fast senkrecht waren, während die Schling- und Kletterpflanzen an ihnen einem Tiger, der hinauswollte, keinen Halt geben würden.

»Laß sie verschnaufen, Akela«, sagte er; er hob die Hand. »Sie haben ihn noch nicht gewittert. Laß sie verpusten. Ich muß Shere Khan sagen, wer zu ihm kommt. Wir haben ihn in der Falle.«

Er legte die Hände an den Mund und schrie die Schlucht hinunter – es war beinahe, als riefe er in einen Tunnel hinein –, und die Echos hüpften von Fels zu Fels.

Nach langer Zeit ertönte das schleppende schläfrige Knurren eines eben aufgewachten, vollgefressenen Tigers.

»Wer ruft da?« sagte Shere Khan, und ein prächtiger Pfau flatterte kreischend aus der Schlucht.

»Ich, Mowgli. Rinderdieb, es ist Zeit, zum Ratsfelsen zu kommen! Runter – jag sie runter, Akela! Runter, Rama, runter!«

Die Herde hielt einen Moment am Rand des Abhangs, aber Akela stieß sein lautestes Jagdgellen aus, und einer nach dem anderen stürzten sie sich hinunter, ganz wie Dampfer Stromschnellen hinabschießen; Sand und Steine spritzten um sie auf. Einmal in Schwung waren sie nicht mehr zu halten, und noch ehe sie die Sohle der Schlucht erreicht hatten, witterte Rama Shere Khan und brüllte.

»Ha! Ha!« sagte Mowgli auf seinem Rücken. »Jetzt weißt du es!« und die Sturzflut schwarzer Hörner, schäumender Schnauzen und stierender Augen toste die Schlucht hinab wie Felsblöcke in einer Überschwemmung; die schwächeren Büffel wurden hinausgeschleudert an die Wände der Schlucht, wo sie durch die Schlingpflanzen rasten. Sie wußten, welche Art Werk vor ihnen lag – der furchtbare Ansturm der Büffelherde, dem sich kein Tiger stellen kann. Shere Khan hörte das Donnern der Hufe, raffte sich auf und torkelte die Schlucht hinunter, wobei er auf allen Seiten nach einem Fluchtweg suchte; aber die Wände der Schlucht waren steil und er mußte weiter, schwer vom Essen und Trinken und zu allem anderen eher bereit als zum Kämpfen. Die Herde platschte durch den Tümpel, den er eben verlassen hatte und brüllte, bis das enge Tal hallte. Mowgli hörte vom Fuß der Schlucht die Antwort brüllen, sah Shere Khan sich drehen (der Tiger wußte, wenn es zum Schlimmsten kam, war es besser, sich den Bullen zu stellen als den Kühen mit ihren Kälbern), und dann strauchelte Rama, stolperte und rannte weiter über etwas Weiches, und mit den Bullen auf seinen Fersen krachte er voll in die andere Herde, während es die schwächeren Büffel durch die Wucht des Zusammenpralls glatt von den Beinen riß. Der Ansturm trug beide

Herden hinaus in die Ebene, stoßend und stampfend und schnaubend. Im günstigsten Moment glitt Mowgli von Ramas Nacken und schlug mit seinem Stock rechts und links um sich.

»Schnell, Akela! Auflösen! Treib sie auseinander, sonst bringen sie sich um. Treib sie weg, Akela. *Hai*, Rama! *Hai! hai! hai!* meine Kinder. Ruhig, ganz ruhig jetzt! Es ist ja alles vorbei.«

Akela und Grauer Bruder rannten hin und her, schnappten nach den Beinen der Büffel, und obwohl die Herde einmal schwenkte, um wieder die Schlucht hinaufzustürmen, gelang es Mowgli, Rama zu wenden, und die anderen folgten ihm zu den Suhlen.

Shere Khan brauchte kein Trampeln mehr. Er war tot, und es näherten sich ihm die Geier.

»Brüder, das war ein Tod wie für einen Hund«, sagte Mowgli; er tastete nach dem Messer, das er, seit er bei den Menschen lebte, immer in einer Scheide am Hals trug. »Aber er hätte sich nie zum Kampf gestellt. Sein Fell wird sich auf dem Ratsfelsen gut machen. Wir müssen schnell an die Arbeit gehen.«

Ein unter Menschen erzogener Junge hätte nicht im Traum daran gedacht, einen zehn Fuß großen Tiger allein zu häuten; Mowgli wußte jedoch besser als jeder andere, wie einem Tier die Haut angepaßt ist und wie man sie abnehmen kann. Aber es war harte Arbeit, und Mowgli schlitzte und riß und grunzte eine Stunde lang, während die Wölfe die Zungen hängen ließen oder auf seinen Befehl hin kamen und zerrten.

Plötzlich fiel eine Hand auf seine Schulter, und als er aufblickte, sah er Buldeo mit der Tower-Muskete. Die Kinder hatten dem Dorf von den durchgegangenen Büffeln berichtet, und Buldeo war verärgert aufgebrochen, nur zu gern bereit, Mowgli zu bestrafen, weil er nicht besser auf die Herde aufgepaßt hatte. Die Wölfe verschwanden, sobald sie den Mann kommen sahen.

»Was soll denn dieser Unsinn?« sagte Buldeo zornig. »Sich einzubilden, du könntest allein einen Tiger häuten! Wo haben die Büffel ihn getötet? Es ist der Lahme Tiger, auch das noch, und auf seinen Kopf sind hundert Rupien ausgesetzt. Na ja, wir wollen ein Auge zudrücken, daß du die Herde hast laufen lassen, und vielleicht geb ich dir eine Rupie von der Belohnung, wenn ich das Fell nach Kaniwara gebracht hab.« Er kramte in seiner Westentasche nach Stahl und Feuerstein und bückte sich, um Shere Khans Schnurrbarthaare abzusengen. Die meisten eingeborenen Jäger sengen die Haare des Tigers ab, damit sein Geist sie nicht heimsucht.

»Hm!« sagte Mowgli halb zu sich selbst, als er das Fell an einer Vordertatze aufschlitzte. »Wegen der Belohnung willst du also das Fell nach Kaniwara bringen und mir vielleicht eine Rupie abgeben? Ich glaub aber, daß ich die Haut für meine eigenen Zwecke brauch. Heh! alter Mann, nimm das Feuer da weg!«

»Wie redest du denn mit dem Oberjäger des Dorfs? Dein Glück und die Dummheit deiner Büffel haben dir geholfen, den hier zu töten. Der Tiger hatte eben gegessen, sonst wäre er jetzt zwanzig Meilen weit weg. Du kannst ihn ja nicht mal richtig häuten, kleiner Bettlerlümmel, und dann muß ich, Buldeo, mir sagen lassen, ich soll seinen Bart nicht absengen. Mowgli, ich werde dir keinen Anna von der Belohnung geben, bloß eine sehr große Tracht Prügel. Weg vom Kadaver!«

»Bei dem Bullen, um den ich gekauft wurde«, sagte Mowgli, der an die Schulter zu kommen suchte, »muß ich den ganzen Tag mit einem alten Affen schnattern? Hierher, Akela, dieser Mann ist mir lästig.«

Buldeo, der sich noch immer über Shere Khans Kopf bückte, fand sich ausgestreckt im Gras wieder, unter einem grauen Wolf, während Mowgli mit dem Häuten weitermachte, als ob er in ganz Indien allein wäre.

»Ja-a«, sagte er durch die Zähne. »Du hast ganz recht, Buldeo. Du wirst mir nicht einmal einen Anna von der Belohnung geben. Ein alter Krieg herrscht zwischen diesem lahmen Tiger und mir – ein sehr alter Krieg, und – ich hab gewonnen.«

Um gerecht zu Buldeo zu sein – wäre er zehn Jahre jünger gewesen, dann hätte er es auf einen Kampf mit Akela ankommen lassen, wenn er den Wolf im Wald getroffen hätte; aber ein Wolf, der den Befehlen dieses Jungen gehorchte, der Privatkriege mit menschenfressenden Tigern austrug, war kein gewöhnliches Tier. Das war Hexerei, schlimmste Magie, dachte Buldeo, und er fragte sich, ob das Amulett an seinem Hals ihn schützen würde. Er lag so still er nur konnte und rechnete jederzeit damit, daß Mowgli sich auch in einen Tiger verwandelte.

»Maharadsch! Großer König!« sagte er schließlich mit heiserem Flüstern.

»Ja«, sagte Mowgli, ohne den Kopf zu wenden; er kicherte leise.

»Ich bin ein alter Mann. Ich wußte doch nicht, daß du etwas anderes bist als ein Hütejunge. Darf ich aufstehen und fortgehen, oder wird dein Diener mich in Stücke reißen?«

»Geh, und Friede sei mit dir. Nur misch dich nicht noch mal in meine Angelegenheiten. Laß ihn gehen, Akela.«

Buldeo hinkte zurück zum Dorf, so schnell er konnte; dabei blickte er über seine Schulter zurück, falls Mowgli sich in etwas Furchtbares verwandeln sollte. Als er ins Dorf kam, erzählte er eine Geschichte von Magie und Zauber und Hexerei, und der Priester schaute sehr ernst drein.

Mowgli fuhr mit seiner Arbeit fort, aber es war beinahe Zwielicht, bis er und die Wölfe das große bunte Fell vom Körper abgezogen hatten.

»Das müssen wir jetzt verstecken und die Büffel heimbringen! Hilf mir, sie zusammenzutreiben, Akela.«

Im nebligen Zwielicht sammelte sich die Herde, und als sie in die Nähe des Dorfs kamen, sah Mowgli Lichter und hörte, wie die Muschelhörner und Glocken des Tempels geblasen und geschlagen wurden. Das halbe Dorf schien ihn am Tor zu erwarten. ›Das ist wohl, weil ich Shere Khan getötet habe‹, sagte er sich; aber ein Steinschauer pfiff um seine Ohren, und die Dörfler schrien: »Hexer! Wolfsbalg! Dschungeldämon! Geh fort! Geh schnell fort, oder der Priester wird dich wieder zum Wolf machen. Schieß, Buldeo, schieß!«

Die alte Tower-Muskete ging mit einem Knall los, und ein junger Büffel brüllte vor Schmerzen.

»Noch mehr Hexerei!« schrien die Dörfler. »Er kann Kugeln ablenken. Buldeo, das war *dein* Büffel.«

»Also, was soll *das* denn?« sagte Mowgli verblüfft, als die Steine dichter flogen.

»Sie sind dem Rudel ganz ähnlich, diese deine Brüder«, sagte Akela; gelassen setzte er sich nieder. »Ich glaube fast, wenn Kugeln irgendwas zu bedeuten haben, dann wollen sie dich ausstoßen.«

»Wolf! Wolfskind! Geh fort!« schrie der Priester; dabei schwenkte er einen Sproß der heiligen *tulsi*-Pflanze.

»Schon wieder? Letztes Mal war es, weil ich ein Mensch war. Diesmal, weil ich ein Wolf bin. Komm, Akela, wir gehen.«

Eine Frau – es war Messua – kam zur Herde herübergelaufen und rief: »O mein Sohn, mein Sohn! Sie sagen, du bist ein Hexer, der sich in ein Tier verwandeln kann. Ich glaube es nicht, aber geh, sonst töten sie dich. Buldeo sagt, du bist ein Zauberer, aber ich weiß, daß du Nathoos Tod gerächt hast.«

»Komm zurück, Messua!« schrie die Menge. »Komm zurück, oder wir steinigen dich.«

Mowgli lachte ein kleines häßliches Lachen, denn ein Stein hatte ihn am Mund getroffen. »Lauf zurück, Messua. Das ist eine von den närrischen Geschichten, die sie in der Abenddämmerung unter dem großen Baum erzählen. Wenigstens hab ich für das Leben deines Sohnes gezahlt. Lebwohl; und lauf rasch, ich werde nämlich die Herde schneller hineinschicken als ihre Ziegelbrocken. Ich bin kein Zauberer, Messua. Lebwohl!«

»Jetzt nochmal, Akela«, rief er. »Treib die Herde hinein.«

Die Büffel wollten ohnehin schnell ins Dorf. Akelas Gellen war kaum nötig; sie stürmten durch das Tor wie ein Wirbelwind und zerstreuten die Menge nach rechts und links.

»Zählt sie gut!« schrie Mowgli voller Verachtung. »Vielleicht hab ich ja einen gestohlen. Zählt sie, ich werde sie nämlich nicht mehr für euch hüten. Lebt wohl, ihr Kinder von Menschen, und dankt Messua dafür, daß ich nicht mit meinen Wölfen ins Dorf komm und euch eure Straße rauf und runter jage.«

Er drehte sich jäh um und ging mit dem Einsamen Wolf fort; und als er zu den Sternen hinaufblickte, fühlte er sich glücklich. »Ich brauche nicht mehr in Fallen zu schlafen, Akela. Laß uns Shere Khans Fell holen und weggehen. Nein; wir wollen dem Dorf nichts tun, denn Messua war lieb zu mir.«

Als der Mond über die Ebene stieg und sie ganz milchig machte, sahen die entsetzten Dörfler Mowgli, wie er mit zwei Wölfen auf den Fersen und einem Bündel auf dem Kopf in dem gleichmäßigen Wolfstrab dahinlief, der die langen Meilen wie Feuer frißt. Da schlugen sie die Tempelglocken und bliesen die Muschelhörner lauter als je zuvor; und Messua weinte, und Buldeo schmückte die Geschichte von seinen Abenteuern im Dschungel aus, bis er schließlich behauptete, Akela habe auf den Hinterbeinen gestanden und geredet wie ein Mensch.

Der Mond ging eben unter, als Mowgli und die beiden Wölfe den Hügel des Ratsfelsens erreichten, und vor Mutter Wolfs Höhle hielten sie an.

»Sie haben mich aus dem Menschenrudel verstoßen, Mutter«, rief Mowgli, »aber ich komme mit Shere Khans Haut, um mein Wort zu halten.« Mutter Wolf kam steif aus der Höhle, gefolgt von den Jungen, und ihre Augen glühten, als sie das Fell sah.

»Ich hab es ihm gesagt, an dem Tag, als er mit seinem Kopf und seinen Schultern den Höhleneingang verstopft hat und dir ans Leben wollte, Kleiner Frosch – da hab ich ihm gesagt, daß der Jäger der Gejagte sein würde. Es ist gut so.«

»Kleiner Bruder, es ist gut so«, sagte eine tiefe Stimme im Dickicht. »Wir waren einsam im Dschungel ohne dich«, und Bagheera kam zu Mowglis nackten Füßen gelaufen. Zusammen kletterten sie auf den Ratsfelsen, und Mowgli breitete das Fell auf dem flachen Stein aus, wo Akela immer gesessen hatte, und steckte es mit vier Bambussplittern fest, und Akela legte sich darauf nieder und rief den alten Ruf an den Rat, »Seht – gut wägen, Wölfe!«, genau wie er gerufen hatte, als Mowgli zum ersten Mal dorthin gebracht worden war.

Seit Akelas Absetzung war das Rudel ohne Führer gewesen, hatte gekämpft und gejagt, wie es den Wölfen gerade gefiel. Aber aus Gewohnheit antworteten sie auf den Ruf, und einige waren lahm, weil sie in Fallen gestürzt waren, und einige hinkten von Schußwunden, und einige waren räudig, weil sie schlechte Dinge gegessen hatten, und viele fehlten; aber sie kamen zum Ratsfelsen, alle, die noch übrig waren, und sahen Shere Khans gestreiftes Fell auf dem Felsen, und die riesigen Krallen baumelten am Ende der leeren, baumelnden Füße. Da war es, daß Mowgli ein Lied machte ohne jeden Reim, ein Lied, das ganz von selbst in seine Kehle stieg, und er schrie es laut und sprang dabei auf dem raschelnden Fell herum und schlug mit seinen Fersen den Takt, bis er keine Luft mehr übrig hatte, während Grauer Bruder und Akela zwischen den Strophen heulten.

»Gut wägen, Wölfe. Hab ich mein Wort gehalten?« sagte Mowgli, als er fertig war; und die Wölfe bellten »Ja«, und ein zerfetzter Wolf heulte:

»Führ uns wieder, o Akela. Führ uns wieder, o Menschenjunges, denn wir sind krank von dieser Gesetzlosigkeit, und wir wollen wieder das Freie Volk sein.«

»Nein.« Bagheera schnurrte. »Das kann nicht sein. Wenn ihr vollgefressen seid, mag der Wahnsinn wieder über euch kommen. Nicht umsonst werdet ihr das Freie Volk genannt. Ihr habt für die Freiheit gekämpft, und sie gehört euch. Nun freßt sie, o Wölfe.«

»Menschenrudel und Wolfsrudel haben mich ausgestoßen«, sagte Mowgli. »Jetzt werde ich allein im Dschungel jagen.«

»Und wir jagen mit dir«, sagten die vier Wolfsjungen.

Also ging Mowgli fort und jagte von diesem Tag an mit den vier Wolfsjungen im Dschungel. Aber er blieb nicht immer allein, denn Jahre später wurde er ein Mann und heiratete.

Aber das ist eine Geschichte für Erwachsene.

MOWGLI'S SONG

THAT

HE SANG AT THE COUNCIL ROCK

WHEN HE DANCED ON SHERE KHAN'S HIDE

The Song of Mowgli—I, Mowgli, am singing. Let the jungle listen to the things I have done.

Shere Khan said he would kill—would kill! At the gates in the twilight he would kill Mowgli, the Frog!

He ate and he drank. Drink deep, Shere Khan, for when wilt thou drink again? Sleep and dream of the kill.

I am alone on the grazing-grounds. Gray Brother, come to me! Come to me, Lone Wolf, for there is big game afoot.

Bring up the great bull-buffaloes, the blue-skinned herdbulls with the angry eyes. Drive them to and fro as I order.

Sleepest thou still, Shere Khan? Wake, oh wake! Here come I, and the bulls are behind.

Rama, the King of the Buffaloes, stamped with his foot. Waters of the Waingunga, whither went Shere Khan?

He is not Ikki to dig holes, nor Mor, the Peacock, that he should fly. He is not Mang, the Bat, to hang in the branches. Little bamboos that creak together, tell me where he ran?

Ow! He is there. *Ahoo!* He is there. Under the feet of Rama lies the Lame One! Up, Shere Khan! Up and kill! Here is meat; break the necks of the bulls!

Hsh! He is asleep. We will not wake him, for his strength is very great. The kites have come down to see it. The black ants have come up to know it. There is a great assembly in his honour.

MOWGLIS GESANG

DEN

ER AM RATSFELSEN SANG

ALS ER AUF SHERE KHANS FELL TANZTE

Mowglis Gesang – ich, Mowgli, singe. Der Dschungel soll hören, was ich getan habe.

Shere Khan sagte, er würde töten – töten! In der Dämmerung am Tor Mowgli töten, den Frosch!

Er aß und er trank. Trink dich satt, Shere Khan, denn wann wirst du wieder trinken? Schlaf und träum vom Töten.

Ich bin allein auf den Weideplätzen. Grauer Bruder, komm zu mir! Komm zu mir, Einsamer Wolf, denn großes Wild ist unterwegs!

Bringt die großen Büffelbullen, die blauhäutigen Herdenbullen mit den bösen Augen. Treibt sie hin und her wie ich es sage.

Schläfst du noch immer, Shere Khan? Wach auf, o wach auf! Hier komme ich, gefolgt von den Stieren.

Rama, der König der Büffel, stampfte mit seinem Fuß. Wässer des Wainganga, wohin ist Shere Khan denn gegangen?

Er ist nicht Ikki, gräbt keine Löcher, auch nicht Mor der Pfau, daß er fliegen könnte. Er ist nicht Mang, die Fledermaus, hängt nicht in den Ästen. Kleine Bambusstäbe die zusammen ächzen, sagt mir, wohin ist er gerannt?

Ah! Da ist er. *Ahoo!* Er ist da. Unter den Füßen von Rama liegt der Lahme! Auf, Shere Khan! Auf und töte! Hier ist Fleisch; brich die Nacken der Stiere!

Scht! Er schläft. Wir wollen ihn nicht wecken, denn seine Kraft ist sehr groß. Die Geier sind heruntergekommen, um sie zu sehen. Die schwarzen Ameisen sind heraufgekommen, um sie zu erfahren. Eine große Versammlung, ihn zu ehren.

Alala! I have no cloth to wrap me. The kites will see that I am naked. I am ashamed to meet all these people.

Lend me thy coat, Shere Khan. Lend me thy gay striped coat that I may go to the Council Rock.

By the Bull that bought me, I have made a promise—a little promise. Only thy coat is lacking before I keep my word.

With the knife—with the knife that men use—with the knife of the hunter, the man, I will stoop down for my gift.

Waters of the Waingunga, bear witness that Shere Khan gives me his coat for the love that he bears me. Pull, Gray Brother! Pull, Akela! Heavy is the hide of Shere Khan.

The Man-Pack are angry. They throw stones and talk child's talk. My mouth is bleeding. Let us run away.

Through the night, through the hot night, run swiftly with me, my brothers. We will leave the lights of the village and go to the low moon.

Waters of the Waingunga, the Man-Pack have cast me out. I did them no harm, but they were afraid of me. Why?

Wolf-Pack, ye have cast me out too. The jungle is shut to me and the village gates are shut. Why?

As Mang flies between the beasts and the birds, so fly I between the village and the jungle. Why?

I dance on the hide of Shere Khan, but my heart is very heavy. My mouth is cut and wounded with the stones from the village, but my heart is very light because I have come back to the jungle. Why?

Alala! Ich habe kein Tuch, mich zu umhüllen. Die Geier werden sehen daß ich nackt bin. Ich schäme mich, all diesen Leuten so zu begegnen.

Leih mir deinen Mantel, Shere Khan. Leih mir deinen bunten gestreiften Mantel, daß ich zum Ratsfelsen gehen kann.

Beim Stier der mich kaufte, ich habe ein Versprechen gegeben – ein kleines Versprechen. Nur dein Mantel fehlt noch, damit ich mein Wort einhalte.

Mit dem Messer – mit dem Messer, das die Menschen verwenden – mit dem Messer des Jägers, des Mannes, will ich mich bücken nach meinem Geschenk.

Wässer des Wainganga, ihr seid Zeugen, daß Shere Khan mir sein Fell schenkt wegen der Liebe die er für mich hegt. Zieh, Grauer Bruder! Zieh, Akela! Schwer ist das Fell von Shere Khan.

Das Menschen-Rudel ist zornig. Sie werfen Steine und reden wie Kinder. Mein Mund ist blutig. Laßt uns fortlaufen.

Durch die Nacht, durch die heiße Nacht, lauft schnell mit mir, meine Brüder. Wir wollen die Lichter des Dorfs verlassen und zum niedrigen Mond gehen.

Wässer des Wainganga, das Menschen-Rudel hat mich ausgestoßen. Ich habe ihnen nichts Böses getan, aber sie hatten Angst vor mir. Warum?

Wolfs-Rudel, auch ihr habt mich ausgestoßen. Der Dschungel ist mir verschlossen und die Dorftore sind verschlossen. Warum?

Wie Mang fliegt zwischen den Tieren und Vögeln, so fliege ich zwischen Dorf und Dschungel. Warum?

Ich tanze auf dem Fell von Shere Khan, aber mein Herz ist sehr schwer. Mein Mund ist zerschnitten und wund von den Steinen, aber mein Herz ist sehr leicht, denn ich bin zurückgekommen zum Dschungel. Warum?

These two things fight together in me as the snakes fight in the spring.

The water comes out of my eyes; yet I laugh while it falls. Why?

I am two Mowglis, but the hide of Shere Khan is under my feet.

All the jungle knows that I have killed Shere Khan. Look—look well, O Wolves!

Ahae! My heart is heavy with the things that I do not understand.

Diese beiden Dinge kämpfen in mir miteinander wie die Schlangen im Frühling.

Das Wasser kommt mir aus den Augen; aber ich lache, während es fällt. Warum?

Ich bin zwei Mowglis, aber die Haut von Shere Khan ist unter meinen Füßen.

Der ganze Dschungel weiß, daß ich Shere Khan getötet habe. Seht – gut wägen, Wölfe!

Ahae! Mein Herz ist schwer von den Dingen die ich nicht verstehe.

DIE WEISSE ROBBE

Oh! hush thee, my baby, the night is behind us,
  And black are the waters that sparkled so green.
The moon, o'er the combers, looks downward to find us
  At rest in the hollows that rustle between.
Where billow meets billow, there soft be thy pillow;
  Ah, weary wee flipperling, curl at thy ease!
The storm shall not wake thee, nor shark overtake thee,
  Asleep in the arms of the slow-swinging seas.

Seal Lullaby.

[O schlaf nun, mein Kleines, die Nacht hat uns wieder
  und schwarz sind die Wasser die funkelten grün.
Der Mond über Schaumkronen sucht uns und sieht uns
  wie wir in den rauschenden Tälern jetzt ruhn.
Dein Kissen sei weich, dort wo Woge trifft Woge;
  ach müd sind die Flossen, drum kuschel dich fein!
Kein Sturm soll dich wecken, kein Hai soll dich holen,
  schlaf sanft in den Armen der wiegenden See.

Robbenschlaflied]

All diese Dinge geschahen vor einigen Jahren an einem Ort namens Novastoshna oder Nord-Ost-Punkt, auf der Insel St. Paul, weit oben in der Bering-See. Limmershin, der Winterkönig, hat mir die Geschichte erzählt, als es ihn auf die Takelung eines nach Japan fahrenden Dampfers wehte und ich ihn mit in meine Kabine nahm und wärmte und ein paar Tage lang fütterte, bis er kräftig genug war, um wieder zurück nach St. Paul zu fliegen. Limmershin ist ein komischer kleiner Vogel, aber er erzählt die Wahrheit.

Niemand kommt je nach Novastoshna, außer in Geschäften; und die einzigen Leute, die dort regelmäßig Geschäfte zu erledigen haben, sind die Robben. In den Sommermonaten kommen sie zu vielen Hunderttausenden aus der kalten grauen See; unter allen Plätzen der Welt bietet nämlich der Strand von Novastoshna die beste Unterkunft für Seehunde.

Seekerl wußte das, und jedes Frühjahr schwamm er von dem

Ort, wo er gerade war – schwamm wie ein Torpedoboot direkt nach Novastoshna, und dort kämpfte er einen Monat lang mit seinen Genossen um einen guten Platz auf den Felsen, so nah wie möglich am Meer. Seekerl war fünfzehn Jahre alt, ein großer grauer Seebär mit fast schon einer Mähne auf den Schultern und langen, bösen Hundezähnen. Wenn er sich auf den Vorderflossen hochstemmte, ragte er mehr als vier Fuß über den Boden, und wäre jemand mutig genug gewesen, ihn zu wiegen, hätte er festgestellt, daß Seekerl an die siebenhundert Pfund wog. Am ganzen Körper war er von den Narben wilder Kämpfe gezeichnet, aber immer zu dem einen weiteren Kampf bereit. Dabei legte er seinen Kopf auf die Seite, als hätte er Angst, dem Feind ins Gesicht zu sehen; dann ließ er ihn blitzartig vorschnellen, und wenn die großen Zähne sicher im Nacken des anderen Seehunds saßen, mochte dieser versuchen, zu entkommen, aber Seekerl half ihm nicht dabei.

Seekerl jagte jedoch niemals eine unterlegene Robbe, denn das verstieß gegen das Gesetz des Strandes. Alles was er wollte war Platz am Meer für sein Kinderzimmer; aber das wollten auch vierzig- oder fünfzigtausend andere Seehunde jedes Frühjahr, deshalb waren das Pfeifen, Brüllen, Röhren und Prusten auf dem Strand ziemlich furchterregend.

Von einem kleinen Hügel namens Hutchinsons Berg konnte man über dreieinhalb Meilen Boden blicken, der bedeckt war von kämpfenden Robben; und in der Brandung wimmelten Punkte, die Köpfe von Robben, die an Land stürzten, um mit ihrem Teil des Kampfs zu beginnen. Sie kämpften in den Brechern, sie kämpften im Sand, und sie kämpften auf den glattgeschliffenen Basaltfelsen der Kinderstuben; sie waren nämlich genauso dumm und ungefällig wie Menschen. Ihre Frauen kamen nie vor Ende Mai oder Anfang Juni auf die Insel, denn sie legten keinen Wert darauf, in Stücke gerissen zu werden; und die jungen zwei-, drei- und vierjährigen Seehunde, die noch keinen Haushalt hatten, gingen durch die Reihen der

Kämpfenden hindurch etwa eine halbe Meile landeinwärts, wo sie in Herden und Legionen auf den Sanddünen tollten und alles noch so kleine Grünzeug, das dort wuchs, abrieben. Man nannte sie die *hollustschickie* – die Junggesellen –, und allein bei Novastoshna gab es vielleicht zwei- oder dreihunderttausend von ihnen.

In einem Frühjahr hatte Seekerl eben seinen fünfundvierzigsten Kampf beendet, als Matkah, seine weiche, geschmeidige, sanftäugige Frau aus dem Meer auftauchte; er packte sie am Genick und ließ sie auf sein erkämpftes Reservat plumpsen. Dabei sagte er unwirsch: »Ziemlich spät, wie gewöhnlich. Wo hast du bloß gesteckt?«

In den vier Monaten am Strand aß Seekerl nie etwas, deshalb war er normalerweise schlecht gelaunt. Matkah wußte das und hütete sich zu antworten. Sie schaute sich um und gurrte: »Wie aufmerksam von dir! Du hast wieder unseren alten Platz genommen.«

»Natürlich hab ich das«, sagte Seekerl. »Sieh mich bloß mal an!«

Er war zerkratzt und blutete an zwanzig Stellen; ein Auge war fast blind, und seine Flanken hingen in Fetzen.

»Ach, ihr Männer, ihr Männer!« sagte Matkah; sie befächelte sich mit ihrer Hinterflosse. »Warum könnt ihr denn nicht vernünftig sein und die Plätze ganz ruhig aushandeln? Du siehst aus, als ob du mit dem Mörderwal gekämpft hättest.«

»Seit Mitte Mai hab ich überhaupt *nur* gekämpft. Dieses Jahr ist der Strand so überlaufen, das ist schon eine Schande. Ich hab mindestens hundert Robben vom Lukannon-Strand getroffen, die hier Unterkunft suchen. Warum bleiben die Leute nicht einfach da, wo sie hingehören?«

»Ich habe schon oft überlegt, ob wir nicht auf dem Otter-Eiland viel glücklicher wären als hier in diesem Gedränge«, sagte Matkah

»Pah! Zum Otter-Eiland gehen nur die *hollustschickie*. Wenn wir dahin gingen, würde es heißen, wir haben Angst. Wir müssen das Gesicht wahren, meine Liebe.«

Seekerl zog den Kopf stolz zwischen die fetten Schultern und tat, als wolle er ein paar Minuten schlafen; dabei hielt er die ganze Zeit scharf Ausschau nach einem Kampf. Nun, da alle Seehunde und ihre Frauen an Land waren, konnte man über den lautesten Sturm hinweg ihr Geschrei meilenweit auf See hinaus hören. Selbst bei ganz vorsichtiger Zählung gab es über eine Million Robben am Strand – alte Seehunde, Mutterrobben, winzige Babies und *hollustschickie*, die miteinander kämpften, rauften, blökten, krabbelten und spielten; in Gruppen und Regimentern gingen sie zur See hinab und kamen wieder zurück; soweit das Auge reichte lagen sie auf jedem Fußbreit Bodens, und zu Brigaden plänkelten sie im Nebel herum. Bei Novastoshna ist es fast immer neblig, außer wenn die Sonne durchkommt und alles für kurze Zeit perlig und regenbogenfarben aussehen läßt.

Kotick, Matkahs Baby, wurde mitten in diesem Durcheinander geboren, und er bestand ganz aus Kopf und Schultern und hatte helle, wasserblaue Augen, wie es sich für kleine Robben gehört; aber etwas an seinem Fell ließ die Mutter sehr genau hinsehen.

»Seekerl«, sagte sie schließlich, »unser Baby wird weiß sein!«

»Leere Muscheln und dürrer Seetang!« grunzte Seekerl. »Sowas hats auf der Welt noch nie gegeben, eine weiße Robbe.«

»Da kann man nichts machen«, sagte Matkah; »jetzt gibt es eben eine«; und sie sang den leisen, summenden Seehund-Gesang, den alle Mutterrobben ihren Babies vorsingen:

You mustn't swim till you're six weeks old,
  Or your head will be sunk by your heels;
And summer gales and Killer Whales
  Are bad for baby seals.

Are bad for baby seals, dear rat,
   As bad as bad can be;
But splash and grow strong,
And you can't be wrong,
   Child of the Open Sea!

[Mit sechs Wochen darfst du schwimmen, nicht eher,
   dein Schwanz zieht den Kopf sonst hinab;
und Sommerstürme und Mörderwale
   sind schlecht für kleine Robben.

Sind schlecht für kleine Robben, du Ratz,
   und schlechter geht es nicht;
aber platsch und werd stark,
dann wird alles gut,
   du Kind der offenen See!]

Natürlich verstand der kleine Kerl am Anfang die Worte nicht. Er paddelte und krabbelte neben seiner Mutter her und lernte es, aus dem Weg zu kriechen, wenn sein Vater mit einem anderen Seehund kämpfte und die beiden die glitschigen Felsen hinauf und hinab rollten und röhrten. Matkah schwamm in die See hinaus, um Essen zu beschaffen, und der Kleine wurde nur jeden zweiten Tag gefüttert; aber dann aß er, soviel er konnte, und es bekam ihm gut.

Das erste, was er selbständig tat, war landeinwärts zu kriechen, und da traf er Zehntausende Babies in seinem Alter, und wie Welpen spielten sie miteinander, gingen auf dem sauberen Sand schlafen und spielten wieder. Die alten Leute in den Kinderstuben beachteten sie nicht, und die *hollustschickie* blieben auf ihrem eigenen Gelände, also konnten die Babies wunderbar spielen.

Wenn Matkah von ihren Tiefsee-Fischzügen heimkam, ging sie gleich zum Spielplatz und rief, wie ein Mutterschaf nach dem Lamm ruft, und wartete, bis sie Kotick blöken hörte. Dann ging sie auf dem allerkürzesten Weg zu ihm und schlug dabei mit den Vorderflossen um sich, daß die Kleinen rechts und links kopfüber durcheinanderpurzelten. Auf den Spielplätzen suchten immer ein paar hundert Mütter nach ihren Kindern, und die Babies wurden in Bewegung gehalten; aber, wie Matkah Kotick sagte: »Solange du nicht in schmutzigem Wasser liegst und die Räude kriegst oder dir den harten Sand in einen Riß oder Kratzer reibst und solange du nie schwimmen gehst wenn schwerer Seegang ist, so lange wird dir hier nichts Böses passieren.«

Kleine Robben können genausowenig schwimmen wie kleine Kinder, aber sie sind erst glücklich, wenn sie es gelernt haben. Als Kotick das erste Mal ins Meer ging, trug eine Welle ihn in tiefes Wasser hinaus, und sein großer Kopf sank und seine kleinen Hinterflossen flogen hoch, genau wie seine Mutter es ihm im Lied gesagt hatte, und wenn die nächste Welle ihn nicht zurückgespült hätte, wäre er ertrunken.

Danach lernte er, wie man sich in einen Priel am Strand legt, wo die Ausläufer der Wellen einen gerade noch bedecken und anheben, wenn man paddelt, aber er hielt die Augen immer offen nach der großen Welle, die ihm wehtun würde. Zwei Wochen lang lernte er, mit seinen Flossen umzugehen; und die ganze Zeit platschte er ins Wasser und wieder heraus und hustete und grunzte und kroch auf den Strand und hielt im Sand ein Nickerchen und ging wieder zurück, bis er endlich wußte, daß er nun wirklich ins Wasser gehörte.

Ihr könnt Euch vorstellen, wieviel Spaß er jetzt mit seinen Gefährten hatte, wenn sie unter den Wogen durchtauchten; oder wenn sie auf einem Wellenkamm ritten und mit Platschen und Spritzen landeten, während die große Welle den Strand hinauf toste; oder wenn er sich auf den Schwanz stellte und den Kopf kratzte, wie es die alten Leute taten; oder wenn sie »Ich bin der König der Burg« spielten, auf schlüpfrigen, tangbewachsenen Felsen, die eben noch aus dem abfließenden Wasser ragten. Manchmal sah er eine dünne Rückenflosse, wie die eines großen Hais, langsam an der Küste entlangtreiben, und er wußte, daß dies der Mörderwal war, der Butzkopf, der junge Seehunde ißt, wenn er sie kriegen kann; und dann floh Kotick wie ein Pfeil zum Strand, und die Rückenflosse tanzte langsam fort, als ob sie überhaupt gar nichts gesucht hätte.

Spät im Oktober begannen die Robben, St. Paul zu verlassen und in Familien und Stämmen in die hohe See hinauszuziehen, und es gab keine Kämpfe mehr um Kinderstuben, und die *hollustschickie* konnten überall spielen, wo sie wollten. »Nächstes Jahr«, sagte Matkah zu Kotick, »wirst du auch ein *hollustschick* sein; aber dieses Jahr mußt du Fische fangen lernen.«

Sie machten sich gemeinsam auf den Weg über den Pazifik, und Matkah zeigte Kotick, wie er auf dem Rücken schlafen konnte, die Flossen eng an die Seiten gelegt und seine kleine Nase gerade eben über Wasser. Keine Wiege ist so gemütlich wie die lange, schaukelnde Dünung des Pazifik. Als Kotick auf der ganzen Haut ein Kribbeln fühlte, sagte Matkah ihm, er lerne jetzt das »Gefühl fürs Wasser« und daß kribblige, prickelige Gefühle schlimmes Wetter bedeuteten, und dann müsse er sehr schnell fortschwimmen.

»Bald wirst du wissen«, sagte sie, »wohin du dann schwimmen mußt, aber jetzt folgen wir einfach Seeschwein, dem Tümmler, der ist nämlich sehr weise.« Eine Schule von Tümmlern tauchte und schoß durchs Wasser, und der kleine Kotick folgte ihnen, so schnell er konnte. »Woher wißt ihr, wo ihr hinmüßt?« keuchte er. Der Führer der Schule rollte seine weißen Augen und tauchte. »Mein Schwanz kribbelt, Kleiner«, sagte er. »Das bedeutet, ein Sturm ist hinter mir her. Komm schon! Wenn du südlich von Klebriges Wasser bist [er meinte den Äquator] und dein Schwanz kribbelt, dann heißt das, ein Sturm ist vor dir und du mußt nach Norden schwimmen. Komm schon! Das Wasser hier fühlt sich schlimm an.«

Dies war eins von sehr vielen Dingen, die Kotick lernte, und er lernte dauernd. Matkah brachte ihm bei, wie man den Kabeljau und den Heilbutt die Untersee-Bänke entlang verfolgt und die Seequappe aus ihrem Loch im Tang herausreißt; wie man um die Wracks schwimmt, die hundert Faden tief im Wasser liegen, und wie man hinter den Fischen her wie eine Gewehrkugel in eine Luke hinein und aus der anderen wieder heraus schießt; wie man auf den Wellenspitzen tanzt, wenn die Blitze über den ganzen Himmel rasen, und wie man dem stumpfschwänzigen Albatros und dem Fregattvogel höflich mit der Flosse winkt, wenn sie auf dem Wind segeln; wie man drei oder vier Fuß aus dem Wasser springt wie der Delphin, die Flossen eng an den Seiten und den Schwanz gekrümmt; daß man die fliegenden Fische in Frieden läßt, weil sie nur aus Knochen bestehen; wie man in zehn Faden Tiefe bei voller Geschwindigkeit das Schulterstück aus einem Kabeljau nehmen kann; und daß man nie anhält, um sich ein Boot oder ein Schiff anzusehen, vor allem nicht ein Ruderboot. Was Kotick nach sechs Monaten nicht über Tiefseefischen wußte, lohnte sich auch nicht zu wissen, und in der ganzen Zeit setzte er keine Flosse auf trockenen Boden.

Eines Tages aber, als er schläfrig im warmen Wasser irgendwo nahe der Insel Juan Fernandez lag, fühlte er sich ganz schwach und träge, genau wie Menschen, wenn ihnen der Frühling in den Beinen steckt, und er erinnerte sich an die guten festen Strände von Novastoshna, siebentausend Meilen entfernt, an die Spiele mit seinen Gefährten, den Geruch des Seetangs und die Kämpfe. Noch in derselben Minute wandte er sich nach Norden und schwamm gleichmäßig, und auf dem Weg traf er Dutzende seiner Spielkameraden, die alle zum gleichen Ort wollten, und sie sagten: »Hallo, Kotick! Dieses Jahr sind wir alle *hollustschickie*, und wir können den Feuertanz in den Brechern vor Lukannon tanzen und auf dem neuen Gras spielen. Aber woher hast du diesen Pelz?«

Koticks Fell war nun fast ganz weiß, und obwohl er sehr stolz darauf war, sagte er nur: »Schwimmt schnell! Meine Knochen sehnen sich nach dem Land.« Und so kamen sie alle zu den Stränden, auf denen sie geboren waren, und sie hörten die alten Robben, ihre Väter, im wogenden Nebel kämpfen.

In dieser Nacht tanzte Kotick mit den einjährigen Robben den Feuertanz. In Sommernächten ist die See voll Feuer, den ganzen Weg von Novastoshna bis hinunter nach Lukannon, und jeder Seehund hinterläßt ein Kielwasser wie brennendes Öl und einen flammenden Blitz wenn er springt, und die Wellen brechen in großen phosphoreszierenden Striemen und Strudeln. Dann gingen sie landeinwärts zu den *hollustschickie*-Gründen und rollten hin und her im neuen wilden Weizen und erzählten Geschichten von den Dingen, die sie auf See getan hatten. Sie redeten über den Pazifik, wie Jungen über einen Wald reden würden, in dem sie Nüsse gesucht haben, und hätte einer sie verstanden, dann hätte er fortgehen und eine so genaue Ozeankarte machen können, wie es sie nie gegeben hat. Die drei- und vierjährigen *hollustschickie* tobten von Hutchinsons Berg herunter und schrien: »Aus dem Weg, ihr Winzlinge! Die See ist tief, und ihr kennt noch längst nicht alles, was drin ist. Wartet, bis ihr erst um Kap Hoorn gekommen seid. He, du da, Jährling, wo hast du diesen weißen Mantel gekriegt?«

»Ich habe ihn nicht gekriegt«, sagte Kotick; »er ist gewachsen.« Und gerade als er den anderen umwerfen wollte, tauchten zwei schwarzhaarige Männer mit platten roten Gesichtern hinter einer Sanddüne auf, und Kotick, der noch nie einen Menschen gesehen hatte, hustete und senkte den Kopf. Die *hollustschickie* verzogen sich nur ein paar Meter und saßen da und starrten dumm. Die Männer waren niemand anders als Kerick Buterin, der Vormann der Robbenjäger auf der Insel, und sein Sohn Patalamon. Sie kamen aus dem kleinen Dorf keine halbe Meile von den Robben-Kinderstuben entfernt, und sie überlegten, welche Seehunde sie zu den Schlachtpferchen treiben sollten (Seehunde wurden nämlich getrieben wie Schafe), wo später aus ihnen Robbenfell-Jacken gemacht würden.

»Ho!« sagte Patalamon. »Sieh mal! Da ist eine weiße Robbe!«

Kerick Buterin wurde fast weiß unter seinem Öl und Rauch; er war nämlich Alëute, und Alëuten sind nicht besonders reinlich. Dann begann er ein Gebet zu murmeln. »Rühr ihn nicht an, Patalamon. Es hat nie eine weiße Robbe gegeben seit ... seit ich geboren bin. Vielleicht ist das der Geist vom alten Zakharov. Der ist letztes Jahr im großen Sturm umgekommen.«

»Ich geh nicht an ihn ran«, sagte Patalamon. »Er bringt Unglück. Meinst du, der alte Zakharov ist wirklich so zurückgekommen? Ich schulde ihm noch was für Möweneier.«

»Schau ihn am besten gar nicht an«, sagte Kerick. »Treib die Herde von Vierjährigen da weg. Eigentlich müßten die Männer heute zweihundert Stück häuten, aber sie kennen die Arbeit noch nicht und die Jagdzeit fängt erst an. Hundert werden reichen. Schnell!«

Patalamon rasselte vor einer Herde *hollustschickie* mit ein paar Seehund-Schulterblättern, und sie blieben schnaubend und prustend stehen. Dann ging er näher, und die Robben setzten sich in Bewegung, und Kerick lenkte sie landeinwärts, und kein einziges Mal versuchten sie, zu ihren Gefährten zurückzukommen. Viele hunderttausend Robben sahen zu, wie sie fortgetrieben wurden, und spielten einfach weiter. Kotick war der einzige, der Fragen stellte, und keiner seiner Gefährten konnte ihm etwas sagen, außer daß Menschen jedes Jahr sechs oder acht Wochen lang Seehunde in diese Richtung trieben.

»Ich gehe ihnen nach«, sagte er, und als er hinter der Herde herwatschelte, traten ihm fast die Augen aus dem Kopf.

»Die weiße Robbe ist hinter uns her«, rief Patalamon. »Das ist das erste Mal, daß eine Robbe von selbst zu den Schlachtplätzen kommt.«

»Pssst! Dreh dich nicht um«, sagte Kerick. »Das ist bestimmt Zakharovs Geist! Darüber muß ich mit dem Priester reden.«

Die Schlachtplätze waren nur eine halbe Meile entfernt, aber der Weg nahm eine Stunde in Anspruch; Kerick wußte nämlich, wenn die Seehunde zu schnell gingen, würden sie sich erhitzen, und beim Häuten würde ihr Fell in Fetzen abgehen.

Deshalb gingen sie ganz langsam, vorbei am Seelöwenkap, vorbei an Websters Haus, bis sie das Salzhaus erreichten, gerade außer Sichtweite der Robben am Strand. Kotick folgte keuchend und voller Fragen. Er dachte, er sei schon am Ende der Welt, aber der Lärm von den Robben-Kinderstuben hinter ihm klang so laut wie ein Zug im Tunnel. Dann setzte Kerick sich ins Moos, zog eine schwere Taschenuhr aus Zinn hervor und ließ die Herde dreißig Minuten lang abkühlen, und vom Schirm seiner Mütze konnte Kotick den Nebeltau tropfen hören. Danach erschienen zehn oder zwölf Männer, jeder mit einer drei bis vier Fuß langen eisenbeschlagenen Keule, und Kerick deutete auf einen oder zwei aus der Herde, die von ihren Gefährten gebissen worden oder zu heiß waren, und die Männer stießen sie beiseite, mit Tritten ihrer schweren Stiefel, die aus der Haut einer Walroßkehle gemacht waren, und dann sagte Kerick: »Los jetzt!«, und die Männer hieben den Robben mit den Keulen auf die Köpfe, so schnell sie konnten.

Zehn Minuten später erkannte der kleine Kotick seine Freunde nicht mehr, denn ihre Häute waren von der Nase bis zu den Hinterflossen abgerissen – abgeschlagen und in einem Haufen auf den Boden geworfen.

Das war genug für Kotick. Er wandte sich um und galoppierte (ein Seehund kann kurze Zeit sehr schnell galoppieren) zurück zur See; sein kleiner neuer Schnurrbart sträubte sich vor Grauen. Am Seelöwenkap, wo die großen Seelöwen am Rand der Brandung sitzen, stürzte er sich Schwanz über Kopf ins kalte Wasser, und dort schaukelte er und ächzte erbärmlich. »Was ist da los?« sagte ein Seelöwe unwirsch; in der Regel bleiben die Seelöwen nämlich unter sich.

»*Skuutschnie! Otschen skuutschnie!* [Ich bin allein, so allein!]« sagte Kotick. »Sie töten alle *hollustschickie* auf allen Stränden!«

Der Seelöwe drehte den Kopf zum Land. »Unsinn!« sagte

er; »deine Freunde machen soviel Lärm wie immer. Du hast wohl den alten Kerick gesehen, wie er eine kleine Herde wegputzt. Das macht er seit dreißig Jahren.«

»Es ist furchtbar«, sagte Kotick; er ritt das Wasser aus, als eine Welle über ihn herbrach, und er richtete sich mit einem Schraubschlag seiner Flossen so auf, daß er genau drei Zoll vor einer zackigen Felskante im Wasser stand.

»Für einen Jährling war das ganz gut!« sagte der Seelöwe, der gutes Schwimmen beurteilen konnte. »Ich schätze, aus deinem Blickwinkel ist es wirklich ziemlich schrecklich; wenn ihr Seehunde aber auch jedes Jahr herkommt, erfahren die Menschen das natürlich, und falls ihr nicht eine Insel findet, wo nie Menschen hinkommen, werdet ihr immer zusammengetrieben werden.«

»Gibt es denn so eine Insel?« fragte Kotick.

»Ich folge jetzt seit zwanzig Jahren dem *poltuus* [Heilbutt], und ich habe sie noch nicht gefunden. Aber paß auf – du scheinst ja gern mit Leuten zu reden, die über dir stehen; warum gehst du nicht zur Walroß-Insel und redest mit Seesam. Vielleicht weiß der etwas. Nun stürm nicht gleich so los. Das sind sechs Meilen bis dahin, und wenn ich du wäre, Kleiner, würde ich erst mal an Land gehen und ein Nickerchen halten.«

Kotick hielt das für einen guten Rat, deshalb schwamm er zu seinem eigenen Strand zurück, kroch an Land und schlief eine halbe Stunde, wobei er wie alle Robben am ganzen Leib zuckte. Dann machte er sich gleich auf den Weg zur Walroß-Insel, einem kleinen flachen felsigen Eiland fast genau nordöstlich von Novastoshna; es bestand nur aus Felskanten und Möwennestern, und dort hausten nur die Walrosse.

Er landete nahe beim alten Seesam, einem großen, häßlichen, aufgedunsenen, pickligen Walroß des Nordpazifik, mit fettem Genick und langen Stoßzähnen. Das Walroß hat überhaupt keine Manieren, außer wenn es schläft, und Seesam schlief gerade; seine Hinterflossen waren halb in und halb außerhalb der Brandung.

»Aufwachen!« bellte Kotick; die Möwen machten nämlich großen Lärm.

»Hah! Ho! Hmph! Was ist los?« sagte Seesam, und mit seinen Stoßzähnen hieb er nach dem nächsten Walroß, um es zu wecken, und das nächste stieß nach dem nächsten und so weiter, bis alle wach waren und in alle Richtungen starrten, außer in die richtige.

»He! Ich bins«, sagte Kotick; er tanzte mit der Brandung auf und nieder und sah aus wie eine kleine weiße Schnecke.

»Also! Da will ich mich doch glatt häuten lassen!« sagte Seesam, und alle schauten Kotick an, etwa wie ein Club schläfriger alter Herren einen kleinen Jungen anschauen würde. Kotick wollte in diesem Moment nichts mehr vom Häuten hören; davon hatte er genug gesehen; deshalb rief er laut: »Gibt es denn keinen Ort für Seehunde, wo Menschen nie hinkommen?«

»Such ihn dir doch selbst«, sagte Seesam; er schloß die Augen. »Verschwinde. Wir haben hier zu tun.«

Kotick machte seinen Delphinsprung in die Luft und schrie so laut er konnte: »Muschelfresser! Muschelfresser!« Er wußte, daß Seesam in seinem ganzen Leben keinen Fisch gefangen hatte, sondern immer nach Muscheln und Seegras buddelte, dabei aber so tat, als sei er eine besonders furchteinflößende Person. Die Chickies und die Guveruskies und die Epatkas, die Tauchmöwen und Stummelmöwen und Papageientaucher, die jede Gelegenheit grob zu sein ausnutzen, nahmen natürlich den Schrei auf, und wie mir Limmershin erzählte, hätte man auf der Walroß-Insel fast fünf Minuten lang nicht einmal einen Kanonenschuß gehört. Alles schrie: »Muschelfresser! *Starik* [alter Mann]!«, während Seesam sich grunzend und hustend von einer Seite auf die andere rollte.

»Erzählst dus mir *jetzt?*« sagte Kotick, völlig außer Atem.

»Geh und frag Seekuh«, sagte Seesam. »Wenn sie noch lebt, kann sie es dir vielleicht sagen.«

»Wie erkenne ich Seekuh, wenn ich sie treffe?« sagte Kotick; dabei begann er schon zu schwimmen.

»Sie ist das einzige Wesen im Meer, das noch häßlicher ist als Seesam«, kreischte eine Tauchmöwe, die unter Seesams Nase entlangsauste. »Häßlicher und mit noch schlechteren Manieren! *Starik!*«

Kotick schwamm nach Novastoshna zurück; hinter ihm kreischten die Möwen noch immer. Zu Hause stellte er fest, daß seine geringen Versuche, einen ruhigen Platz für die Seehunde zu entdecken, niemanden interessierten. Sie erzählten ihm, die Menschen hätten schon immer die *hollustschickie* weggetrieben – das war Teil des Tagewerks –, und wenn er keine häßlichen Dinge sehen könne, solle er eben nicht zu den Schlachtplätzen gehen. Aber keiner von den anderen Seehunden hatte das Schlachten gesehen, und das machte den Unterschied aus zwischen ihm und seinen Freunden. Außerdem war Kotick eine weiße Robbe.

»Was du tun mußt«, sagte der alte Seekerl, nachdem er sich die Abenteuer seines Sohns angehört hatte, »ist erwachsen werden und ein großer Seehund wie dein Vater und eine Kinderstube auf dem Strand haben, und dann werden sie dich in Ruhe lassen. In fünf Jahren müßtest du stark genug sein, um für dich selbst zu kämpfen.« Selbst die sanfte Matkah, seine Mutter, sagte: »Das Schlachten wirst du nie beenden können. Geh und spiel im Meer, Kotick.« Und Kotick ging und tanzte den Feuertanz, mit einem sehr schweren kleinen Herzen.

In diesem Herbst verließ er den Strand so früh er konnte und machte sich allein auf den Weg, weil ihm eine Idee durch seinen runden Kopf ging. Er wollte Seekuh finden, wenn es denn irgendwo im Meer diese Person gab, und er wollte eine ruhige Insel finden mit guten festen Stränden, auf denen Robben leben konnten und wo Menschen sie nicht erreichen würden. Also forschte und erforschte er ganz allein die See vom Nordpazifik zum Südpazifik, und dabei schwamm er bis zu dreihundert Meilen in einem Tag und einer Nacht. Er erlebte mehr Abenteuer als man erzählen kann, und um ein Haar hätten ihn der Riesenhai und der Fleckenhai und der Hammerkopf erwischt, und er traf alles bösartige Gesindel, das sich in der See herumtreibt, und die großen höflichen Fische und die scharlachfleckigen Kammuscheln, die jahrhundertelang an einer Stelle festliegen und sehr stolz darauf sind; aber nie traf er Seekuh, und nie fand er eine Insel, die ihm wirklich gefiel.

Wenn der Strand gut und hart war, mit einem Abhang dahinter, auf dem Robben spielen konnten, dann hing am Horizont immer der Rauch eines Walfängers, auf dem Tran gekocht wurde, und Kotick wußte, was *das* bedeutete. Oder er sah, daß Seehunde die Insel früher einmal besucht hatten und ausgerottet worden waren, und Kotick wußte, daß die Menschen, wenn sie einmal dagewesen waren, wiederkommen würden.

Er freundete sich mit einem alten stumpfschwänzigen Albatros an, der ihm erzählte, die Insel Kerguelen sei genau das Richtige, wenn man Ruhe und Frieden suche, und als Kotick dorthin schwamm, wäre er in einem schweren Sturm mit Hagel und Blitz und Donner beinahe an üblen schwarzen Klippen zerschmettert worden. Als er aber gegen den Sturm wieder fortschwamm, konnte er sehen, daß selbst dort einmal eine Robben-Kinderstube gewesen war. Und genauso sah es auf allen andern Inseln aus, die er aufsuchte.

Limmershin zählte eine lange Liste her; er sagte, Kotick habe fünf Jahre mit dem Forschen verbracht und dabei jedes Jahr vier Monate Ruhepause bei Novastoshna gemacht, wo die *holluschickie* ihn und seine erfundenen Inseln verspotteten. Er ging zu den Galapagos, furchtbar trockenen Plätzen am Äquator, wo er beinahe zu Tode gebacken worden wäre; er ging zu den Georgia-Inseln, den Orkneys, der Smaragd-Insel, der Kleinen Nachtigallen-Insel, Goughs Insel, Bouvets Insel, den Crossets und sogar zu einem winzigen Fleckchen von Insel südlich des Kaps der Guten Hoffnung. Aber überall erzählte das Seevolk ihm das gleiche. Robben waren irgendwann einmal zu diesen Inseln gekommen, aber Menschen hatten sie alle abgeschlachtet. Selbst als er Tausende von Meilen aus dem Pazifik hinausschwamm und zu einem Ort namens Kap Corrientes kam (das war auf dem Rückweg von Goughs Insel), fand er dort ein paar hundert räudige Seehunde auf einem Felsen, und die erzählten ihm, daß Menschen auch dorthin kamen.

Das brach ihm fast das Herz, und er kehrte um Kap Hoorn heim zu seinen eigenen Stränden; und auf dem Weg nach Norden ging er auf einer Insel voll grüner Bäume an Land. Da traf er einen uralten Seehund, der im Sterben lag, und Kotick fing Fische für ihn und erzählte ihm seinen ganzen Kummer. »Jetzt«, sagte Kotick, »gehe ich zurück nach Novastoshna, und wenn ich mit den *hollustschickie* in die Schlachtpferche getrieben werde, dann ist es mir egal.«

Der alte Seehund sagte: »Mach noch einen Versuch. Ich bin der letzte von der Verlorenen Heimstatt von Masafuera, und in den Tagen, als Menschen uns zu Hunderttausenden getötet haben, wurde auf den Stränden eine Geschichte erzählt, daß eines Tages eine weiße Robbe aus dem Norden kommen und das Robbenvolk zu einem friedlichen Ort führen würde. Ich bin alt und werde diesen Tag nicht mehr erleben, aber andere wohl. Mach noch einen Versuch.«

Und Kotick zwirbelte seinen Schnurrbart (es war ein wunderschöner Schnurrbart) und sagte: »Ich bin die einzige weiße Robbe, die je auf den Stränden geboren wurde, und ich bin die einzige Robbe, schwarz oder weiß, die je daran gedacht hat, neue Inseln zu suchen.«

Das ermunterte ihn gewaltig; und als er in diesem Sommer heimkam nach Novastoshna, bat ihn Matkah, seine Mutter, zu heiraten und seßhaft zu werden, denn nun war er kein *hollustschick* mehr, sondern ein ausgewachsener Seekerl mit weißer

Kräuselmähne auf den Schultern und so schwer, groß und wild wie sein Vater. »Gib mir noch ein Jahr«, sagte er. »Und denk dran, Mutter: Es ist immer die siebte Welle, die am weitesten den Strand hinaufkommt.«

Wie ein sonderbarer Zufall es wollte gab es da eine Seehündin, die das Heiraten bis zum nächsten Jahr aufschieben wollte, und Kotick tanzte mit ihr den Feuertanz am Lukannon-Strand in der Nacht, bevor er zu seiner letzten Forschungsreise aufbrach.

Diesmal zog er nach Westen, denn er war auf die Spur eines großen Heilbuttschwarms gestoßen, und er brauchte mindestens hundert Pfund Fisch am Tag, um in guter Verfassung zu bleiben. Er jagte sie, bis er müde war; dann rollte er sich zusammen und ging in den Tälern der Dünung schlafen, die sich zur Kupfer-Insel hinzieht. Er kannte die Küste sehr gut; deshalb sagte er, als er sich gegen Mitternacht sanft gegen ein Bett aus Seegras gespült fühlte: »Hm, die Strömung ist aber diese Nacht kräftig«, und er drehte sich unter Wasser um, öffnete langsam die Augen und streckte sich aus. Dann sprang er hoch wie eine Katze, denn er sah große Wesen, die im seichten Wasser herumschnüffelten und an den dicken Tangfransen naschten.

»Bei den großen Kammwellen von Magellan!« sagte er in seinen Schnurrbart. »Wer in aller Tiefsee sind diese Leute?«

Sie waren anders als alles, was Kotick je an Walroß, Seelöwe, Robbe, Bär, Wal, Hai, Fisch, Polyp oder Riesenmuschel gesehen hatte. Sie waren zwanzig bis dreißig Fuß lang und hatten keine Hinterflossen, sondern einen schaufelartigen Schwanz, der aussah wie aus nassem Leder geschnitzt. Ihre Köpfe waren das Verrückteste, was Ihr je gesehen habt, und sie balancierten auf ihren Schwanzenden im tiefen Wasser, wenn sie nicht grasten; dabei verbeugten sie sich feierlich voreinander und winkten mit den Vorderflossen wie ein fetter Mann mit den Armen.

»Ahemm!« sagte Kotick. »Feiner Zeitvertreib, die Herrschaften?« Die großen Wesen antworteten, indem sie sich verbeugten und mit den Flossen wedelten wie der Froschbutler. Als sie wieder zu essen begannen, sah Kotick, daß ihre Oberlippe in zwei Teile gespalten war, die sie ungefähr einen Fuß weit auseinanderspreizen und mit einem ganzen Tangbüschel dazwischen wieder zusammenbringen konnten. Sie stopften das Zeug in den Mund und mampften feierlich.

»Murksige Art zu essen«, sagte Kotick. Sie verbeugten sich wieder, und Kotick verlor allmählich die Fassung. »Sehr gut«, sagte er. »Wenn ihr auch ein Extraglied in den Vorderflossen habt, braucht ihr trotzdem nicht so anzugeben. Ihr verbeugt euch ja sehr anmutig, aber lieber wärs mir, wenn ich eure Namen wüßte.« Die gespaltenen Lippen bewegten sich und zuckten, und die glasigen grünen Augen starrten; aber sie sagten nichts.

»Also wirklich!« sagte Kotick. »Ihr seid die einzigen Leute, die ich je getroffen habe, die noch häßlicher sind als Seesam, und mit noch schlechteren Manieren.«

Da fiel ihm plötzlich ein, was ihm die Tauchmöwe zugekreischt hatte, als er ein kleiner Jährling auf der Walroß-Insel gewesen war, und er taumelte im Wasser zurück, denn er wußte, daß er endlich Seekuh gefunden hatte.

Die Seekühe schlürften und grasten und mampften weiter im Tang herum, und Kotick stellte ihnen Fragen in allen Sprachen, die er im Lauf seiner Reisen aufgeschnappt hatte; und das Seevolk benutzt fast so viele Sprachen wie die Menschen. Aber die Seekühe antworteten nicht, denn Seekuh kann nicht sprechen. Sie hat nur sechs Knochen im Genick, wo eigentlich sieben sein sollten, und unter der See sagt man, daß dies sie daran hindert, sogar mit den eigenen Gefährten zu reden; aber wie Ihr wißt, hat sie ein Extraglied in der Vorderflosse, und indem sie damit auf und ab und umher winkt, kann sie sich in einer Art plumper Zeichensprache verständigen.

Bei Sonnenaufgang stand Koticks Mähne längst zu Berge, und seine Laune war dorthin verschwunden, wohin die toten

Krabben gehen. Dann begannen die Seekühe, ganz langsam nach Norden zu reisen, wobei sie manchmal haltmachten und absurde Verbeuge-Beratungen abhielten, und Kotick folgte ihnen. Er sagte sich: ›Leute, die solche Trottel sind wie die hier, wären längst getötet worden, wenn sie nicht irgendwo eine sichere Insel gefunden hätten; und was für die Seekuh gut genug ist, ist auch für den Seekerl gut genug. Trotzdem – wenn sie sich doch bloß ein bißchen beeilen würden.‹

Es war mühevolle Arbeit für Kotick. Die Herde reiste nie mehr als vierzig oder fünfzig Meilen am Tag; nachts machte sie Pause, um zu essen, und die ganze Zeit blieb sie nah an der Küste; während Kotick um sie herum und über sie her und unter ihnen hindurch schwamm, ohne sie auch nur eine halbe Meile weiterbringen zu können. Als sie weiter nach Norden kamen, hielten sie alle paar Stunden einen Verbeuge-Rat ab, und Kotick biß sich vor lauter Ungeduld fast den Schnurrbart ab, bis er bemerkte, daß sie einer warmen Wasserströmung folgten, und von da an hatte er größere Achtung vor ihnen.

In einer Nacht sanken sie durch das leuchtende Wasser – sanken wie Steine –, und zum ersten Mal, seit er sie getroffen hatte, begannen sie schnell zu schwimmen. Kotick folgte, und die Geschwindigkeit erstaunte ihn, denn er hätte nicht im Traum geglaubt, daß die Seekuh ein guter Schwimmer wäre. Sie näherten sich einer Klippe an der Küste – einer Klippe, die bis tief ins Wasser reichte, und sie tauchten in ein dunkles Loch am Fuß der Klippe, zwanzig Faden unter dem Meer. Es war ein langes, langes Schwimmen, und Kotick wäre in dem dunklen Tunnel, durch den sie ihn führten, fast erstickt.

»Bei meinem Schopf!« sagte er, als er am anderen Ende keuchend und prustend wieder in offenes Wasser aufstieg. »Das war ein langes Tauchen, aber es hat sich gelohnt.«

Die Seekühe hatten sich getrennt und grasten träge am Rand der feinsten Strände, die Kotick je gesehen hatte. Da gab es meilenlange Bänke glatt abgeschliffener Felsen, wie geschaffen für

Robben-Kinderstuben, und dahinter gab es Spielplätze aus Abhängen von hartem Sand, die sich landeinwärts zogen, und es gab Wogen, in denen Seehunde tanzen konnten, und langes Gras, um sich darin herumzuwälzen, und Sanddünen zum Klettern; und das Beste von allem war: Kotick wußte von der Art, wie sich das Wasser anfühlte (und ein richtiger Seekerl täuscht sich da nie), daß kein Mensch jemals hierhin gekommen war.

Als erstes vergewisserte er sich, daß es guten Fisch gab, und dann schwamm er die Strände entlang und zählte die herrlichen niedrigen sandigen Inseln, die halb verborgen im wundervollen wogenden Nebel lagen. Nach Norden hin verlief im Meer eine Reihe von Riffen und Untiefen und Felsen, die kein Schiff je näher als sechs Meilen an den Strand heranlassen würden; und zwischen den Inseln und dem eigentlichen Land lag ein Streifen tiefen Wassers, der bis an die senkrechten Klippen reichte, und irgendwo unter den Klippen war die Öffnung des Tunnels.

»Das ist ein zweites Novastoshna, nur zehnmal so gut«, sagte Kotick. »Seekuh muß doch klüger sein als ich geglaubt habe. Menschen können die Klippen nicht herabsteigen, selbst wenn es hier Menschen gäbe; und die Bänke zum Meer hin würden ein Schiff zu kleinen Splittern machen. Wenn es überhaupt irgendwo im Meer einen sicheren Ort gibt, dann ist es der hier.«

Er dachte an die Robben, die er zurückgelassen hatte, aber obwohl er eilig nach Novastoshna heimkehren wollte, erkundete er zuerst das neue Land sehr gründlich, damit er alle Fragen beantworten konnte.

Dann tauchte er und prägte sich die Mündung des Tunnels ein und raste hindurch nach Süden. Niemand außer einer Seekuh oder einer Robbe hätte sich so einen Ort vorstellen können, und als er sich zu den Klippen umdrehte, konnte selbst Kotick kaum glauben, daß er unter ihnen gewesen war.

Er brauchte sechs Tage für den Heimweg, obwohl er nicht langsam schwamm; und als er knapp oberhalb des Seelöwenkaps an Land ging, traf er als erste die Robbe, die auf ihn gewartet hatte, und sie sah ihm an den Augen an, daß er endlich seine Insel gefunden hatte.

Aber die *hollustschickie* und Seekerl, sein Vater, und alle anderen Seehunde lachten ihn aus, als er von seiner Entdeckung erzählte, und ein junger Seehund etwa in seinem Alter sagte: »Das ist ja alles ganz nett, Kotick, aber du kannst nicht einfach so von irgendwo herkommen und uns befehlen, dir zu folgen. Denk dran, wir haben hier um unsere Kinderstuben gekämpft, und das hast du nie getan. Du bist ja lieber auf dem Meer herumgebummelt.«

Die anderen Robben lachten, und der junge Seehund begann, seinen Kopf hin und her zu drehen. Er hatte gerade in diesem Jahr geheiratet und machte darum großen Wind.

»Ich habe keine Kinderstube, um die ich kämpfen muß«, sagte Kotick. »Ich will euch doch nur einen Platz zeigen, an dem ihr alle sicher seid. Was hat das Kämpfen für einen Sinn?«

»Ach so, wenn du kneifen willst, gibt es natürlich nichts mehr dazu zu sagen«, sagte der junge Seehund mit einem häßlichen Kichern.

»Kommst du mit mir, wenn ich gewinne?« sagte Kotick; und ein grünes Licht trat in seine Augen, denn er war sehr verärgert, daß er überhaupt kämpfen mußte.

»Na schön«, sagte der junge Seehund achtlos. »*Wenn* du gewinnst komme ich mit.«

Er hatte keine Zeit mehr, seine Meinung zu ändern, denn Koticks Kopf schoß vor und seine Zähne sanken in den Speck im Genick des jungen Seehunds. Dann ließ er sich hintenüber fallen und schleppte seinen Feind den Strand hinunter, schüttelte ihn und schmetterte ihn zu Boden. Danach brüllte Kotick die Robben an: »Ich habe die letzten fünf Jahre mein Bestes für euch getan. Ich habe für euch eine Insel gefunden, wo ihr sicher seid, aber ihr wollt es ja nicht glauben, außer man reißt euch die Köpfe von euren dummen Nacken herunter. Ich werde es euch jetzt zeigen. Seht euch vor!«

Limmershin sagte mir, er habe nie in seinem Leben – und Limmershin sieht jedes Jahr zehntausend große Seehunde kämpfen – nie in seinem Leben habe er irgend etwas gesehen, was mit Koticks wuchtigem Einfall in die Robbenplätze vergleichbar gewesen wäre. Er warf sich auf den größten Seekerl, den er finden konnte, packte ihn an der Kehle, würgte ihn und hieb und hämmerte mit ihm auf dem Boden herum, bis er um Gnade ächzte, und dann schleuderte er ihn beiseite und stürzte sich auf den nächsten. Kotick hatte ja niemals vier Monate gefastet, wie die großen Robben es jedes Jahr taten, und seine Schwimmreisen auf hoher See hielten ihn in bester Form, und, was das Wichtigste ist, er hatte noch nie gekämpft. Seine krause weiße Mähne sträubte sich vor Wut und seine Augen flammten und seine großen Hundezähne glänzten, und er war ein prachtvoller Anblick.

Der alte Seekerl, sein Vater, sah ihn vorüberstürmen, die ergrauten alten Seehunde herumwerfen wie Heilbutt und die Junggesellen in alle Himmelsrichtungen schleudern; und Seekerl stieß ein Brüllen aus und schrie: »Vielleicht ist er ein Narr, aber jedenfalls ist er der beste Kämpfer auf den Stränden. Geh nicht auf deinen Vater los, mein Sohn! Er ist auf deiner Seite!«

Kotick brüllte zur Antwort, und der alte Seekerl watschelte in den Kampf; sein Schnurrbart stand zu Berge, und er prustete wie eine Lokomotive, während Matkah und die Robbe, die Kotick heiraten würde, sich niederkauerten und ihr Mannsvolk bewunderten. Es war ein prächtiger Kampf, denn die beiden kämpften, solange noch ein Seehund seinen Kopf zu heben wagte, und danach paradierten sie großartig nebeneinander den Strand hinauf und hinab und brüllten dabei.

Nachts, als die Nordlichter durch den Nebel blinzelten und blitzten, kletterte Kotick auf einen nackten Felsen und schaute hinab auf die zersprengten Robben-Kinderstuben und die zerrissenen, blutenden Seehunde. »Jetzt«, sagte er, »habt ihr von mir eure Lektion gekriegt.«

»Bei meinem Schopf!« sagte der alte Seekerl; er stemmte sich mühsam hoch, denn er war furchtbar mitgenommen. »Der Mörderwal persönlich hätte sie nicht schlimmer zurichten können. Sohn, ich bin stolz auf dich, und was wichtiger ist, *ich* komme mit zu deiner Insel – wenn es sie denn gibt.«

»Ihr da, ihr fetten Schweine der See! Wer kommt mit mir zum Tunnel der Seekuh? Antwortet, oder ich zeige es euch nochmal«, brüllte Kotick.

Alle Strände hinauf und hinab lief ein Murmeln wie das Rieseln der Flut. »Wir kommen mit«, sagten Tausende müder Stimmen. »Wir folgen Kotick, der Weißen Robbe.«

Da ließ Kotick den Kopf zwischen die Schultern sinken und schloß stolz die Augen. Er war keine weiße Robbe mehr, sondern rot von Kopf bis Schwanz. Trotz allem hätte er es aber verschmäht, eine seiner Wunden anzuschauen oder zu berühren.

Eine Woche später brachen er und seine Armee (fast zehntausend *hollustschickie* und alte Seehunde) nach Norden zum Tunnel der Seekuh auf; Kotick führte sie, und die Robben, die bei Novastoshnah blieben, nannten sie Narren. Aber als sich im nächsten Frühjahr alle bei den Fischbänken des Pazifiks trafen, erzählten Koticks Robben solche Geschichten von den neuen Stränden jenseits des Tunnels der Seekuh, daß immer mehr Robben Novastoshna verließen.

Natürlich geschah dies nicht alles auf einmal, denn Seehunde brauchen viel Zeit, um Dinge im Geist hin und her zu drehen, aber jedes Jahr gingen mehr Seehunde fort von Novastoshna und Lukannon und den anderen Kinderstuben, hin zu den ruhigen, geschützten Stränden, wo Kotick den ganzen Sommer hindurch sitzt und jedes Jahr größer und fetter und stärker wird, während die *hollustschickie* um ihn her spielen, in der See, zu der nie ein Mensch kommt.

LUKANNON

This is the great deep-sea song that all the St. Paul seals sing when they are heading back to their beaches in the summer. It is a sort of very sad seal National Anthem.

I met my mates in the morning (and oh, but I am old!)
Where roaring on the ledges the summer ground-swell rolled;
I heard them lift the chorus that dropped the breakers' song—
The beaches of Lukannon—two million voices strong!

The song of pleasant stations beside the salt lagoons,
The song of blowing squadrons that shuffled down the dunes.
The song of midnight dances that churned the sea to flame—
The beaches of Lukannon—before the sealers came!

I met my mates in the morning (I'll never meet them more!);
They came and went in legions that darkened all the shore.
And through the foam-flecked offing as far as voice could reach
We hailed the landing-parties and we sang them up the beach.

The beaches of Lukannon—the winter-wheat so tall—
The dripping, crinkled lichens, and the sea-fog drenching all!
The platforms of our playground, all shining smooth and worn!
The beaches of Lukannon – the home where we were born!

I meet my mates in the morning, a broken, scattered band.
Men shoot us in the water and club us on the land;
Men drive us to the Salt House like silly sheep and tame,
And still we sing Lukannon—before the sealers came.

LUKANNON

Dies ist der große Tiefseegesang, den alle Robben von St. Paul singen, wenn sie im Sommer zu ihren Stränden zurückschwimmen. Es ist so etwas wie eine sehr traurige Nationalhymne der Seehunde.

Ich traf die Gefährten im Morgen (und ach, nun bin ich alt!),
als über die Riffe röhrend die Sommer-Grundsee rollte;
ich hörte sie singen, viel lauter als selbst der Brechergesang –
die Strände von Lukannon – zwei Millionen Stimmen!

Das Lied von feinen Plätzen neben den Salzlagunen,
das Lied von prustenden Horden, die dünenabwärts schlurften,
das Lied von Mitternachtstänzen, die das Meer zu Flammen zerwühlten –
die Strände von Lukannon – ehe die Jäger kamen!

Ich traf die Gefährten im Morgen (ich werde sie nie mehr sehen!);
sie kamen und gingen – Legionen, das Ufer war schwarz von ihnen.
Und durch die schaumfleckige Brandung, soweit die Stimme nur trug,
grüßten wir die landenden Gruppen und sangen sie auf den Strand.

Die Strände von Lukannon – der Winterweizen so hoch –
die triefenden krausen Flechten, und der Seenebel der alles benetzt!
Die Ebenen wo wir spielten, ganz glänzend gerieben und glatt!
Die Strände von Lukannon – die Heimat unsrer Geburt!

Ich treff die Gefährten im Morgen – verstreuter gebrochener Haufen.
Menschen erschießen uns im Wasser, erschlagen uns an Land;
Menschen treiben uns zum Salzhaus wie Schafe dumm und zahm,
und noch immer singen wir von Lukannon – ehe die Jäger kamen.

Wheel down, wheel down to southward; oh, Gooverooska go!
And tell the Deep-Sea Viceroys the story of our woe;
Ere, empty as the shark's egg the tempest flings ashore,
The beaches of Lukannon shall know their sons no more!

Schwenke, schwenke nach Süden; o Guveruska, flieg!
Erzähl den Herrschern der Tiefsee die Geschichte von unserem Weh;
bevor – so leer wie ein Haifischei, das ein Sturm ans Ufer wirft –
die Strände von Lukannon ihre Söhne nicht mehr kennen!

»Rikki-Tikki-Tavi«

At the hole where he went in
Red-Eye called to Wrinkle-Skin.
Hear what little Red-Eye saith:
'Nag, come up and dance with death!'

Eye to eye and head to head,
(Keep the measure, Nag.)
This shall end when one is dead;
(At thy pleasure, Nag.)
Turn for turn and twist for twist—
(Run and hide thee, Nag.)
Hah! The hooded Death has missed!
(Woe betide thee, Nag!)

[An dem Loch in das er glitt
rief Rotauge Runzelhaut.
Hört, was kleines Rotaug sagt:
»Nag, komm rauf, tanz mit dem Tod!«

Aug in Aug und Kopf an Kopf,
(halt den Rhythmus, Nag.)
Schluß ist erst wenn einer stirbt;
(wie du möchtest, Nag.)
Dreh um Dreh und Zuck um Zuck –
(renn, versteck dich, Nag.)
Hah! Der Haubentod verfehlt!
(Weh über dich, Nag!)]

Dies ist die Geschichte vom gewaltigen Krieg, den Rikki-Tikki-Tavi ganz allein auskämpfte, in den Badezimmern des großen Bungalows im Quartier von Segowlee. Darzee, der Schneidervogel, half ihm, und Chuchundra, die Moschusratte, die nie mitten ins Zimmer kommt, sondern immer an der Wand entlangkriecht, gab ihm gute Ratschläge; aber den richtigen Kampf bestritt Rikki-tikki allein.

Er war ein Mungo; vom Pelz und Schwanz her hatte er Ähnlichkeit mit einer kleinen Katze, vom Kopf und den Gewohnheiten her jedoch eher mit einem Wiesel. Seine Augen und die Spitze seiner ruhelosen Nase waren rosa; er konnte sich überall kratzen, wo er wollte, mit jedem Bein, vorn oder hinten, wie es ihm gefiel; er konnte seinen Schwanz sträuben, bis er aussah wie eine Flaschenbürste, und wenn er durch das hohe Gras wetzte, war sein Kriegsschrei *»Rikk-tikk-tikki-tikki-tchk!«*

Eines Tages spülte eine Hochsommerflut ihn aus dem Bau, wo er mit seinem Vater und seiner Mutter lebte, und obwohl er strampelte und gluckste, schwemmte sie ihn einen Straßengraben hinunter. Im Wasser trieb ein kleiner Grasstrang, und an den klammerte er sich, bis er das Bewußtsein verlor. Als er wieder zu sich kam, lag er übel zugerichtet in der heißen Sonne mitten auf einem Gartenweg, und ein kleiner Junge sagte gerade: »Da ist ein toter Mungo. Komm, wir begraben ihn.«

»Nein«, sagte seine Mutter; »wir sollten ihn mit ins Haus nehmen und abtrocknen. Vielleicht ist er ja gar nicht tot.«

Sie nahmen ihn mit ins Haus, und ein großer Mann hob ihn mit Daumen und Zeigefinger hoch und sagte, er sei nicht tot, nur halb ertrunken; deshalb wickelten sie ihn in Watte und wärmten ihn, und er öffnete die Augen und nieste.

»So«, sagte der große Mann (er war Engländer und eben erst in den Bungalow gezogen), »jetzt erschreckt ihn aber nicht. Mal sehen, was er macht.«

Es ist die schwerste Aufgabe auf der Welt, einen Mungo zu erschrecken, weil er von Kopf bis Schwanz von Neugier zerfressen ist. Das Motto der ganzen Mangusten-Familie lautet: »Lauf und sieh nach«; und Rikki-tikki war ein echter Mungo. Er sah sich die Watte an, beschloß, daß sie nicht gut zu essen sei, rannte über den ganzen Tisch, setzte sich auf und brachte sein Fell in Ordnung, kratzte sich und sprang auf die Schulter des kleinen Jungen.

»Keine Angst, Teddy«, sagte sein Vater. »So schließt er Freundschaft.«

»Autsch! Er kitzelt mich unterm Kinn«, sagte Teddy.

Rikki-tikki schaute dem Jungen zwischen Kragen und Nakken, schnupperte an seinem Ohr und kletterte auf den Boden hinunter, wo er sitzen blieb und seine Nase rieb.

»Liebe Güte«, sagte Teddys Mutter. »Das soll ein wildes Tier sein? Wahrscheinlich ist er so zahm, weil wir nett zu ihm waren.«

»Alle Mangusten sind so«, sagte ihr Mann. »Wenn Teddy ihn nicht am Schwanz hochhebt oder versucht, ihn in einen Käfig zu sperren, wird er bei uns den ganzen Tag rein und raus laufen. Wir sollten ihm etwas zu essen geben.«

Sie gaben ihm ein kleines Stück rohes Fleisch. Rikki-tikki mochte das sehr, und als er damit fertig war, ging er hinaus auf die Veranda, setzte sich in die Sonne und plusterte sein Fell auf, damit es bis zu den Wurzeln trocknete. Danach fühlte er sich besser.

›In dem Haus gibts mehr Dinge zu entdecken‹, sagte er sich, ›als meine Familie in ihrem ganzen Leben herausfinden könnte. Natürlich bleib ich und krieg alles raus.‹

Diesen ganzen Tag verbrachte er damit, durch das Haus zu streifen. Er hätte sich fast in den Badewannen ertränkt, steckte die Nase in die Tinte auf dem Schreibtisch und verbrannte sie sich am Ende der Zigarre des großen Mannes, als er auf dessen Schoß kletterte, um zu sehen, wie das mit dem Schreiben war. Als die Nacht kam, lief er in Teddys Kinderzimmer, um zu beobachten, wie man Kerosinlampen anzündet, und als Teddy ins Bett ging, ging Rikki-tikki mit; er war aber ein unruhiger Schlafkumpan, weil er die ganze Nacht bei jedem Geräusch aufstehen und nachsehen mußte, woher es kam. Ehe sie schlafen gingen, kamen Teddys Mutter und Vater noch einmal herein, um nach dem Jungen zu sehen, und Rikki-tikki hockte wach auf dem Kissen.

»Das gefällt mir nicht«, sagte Teddys Mutter; »er könnte das Kind beißen.«

»So etwas tut er nicht«, sagte der Vater. »Mit dem kleinen Tier ist Teddy sicherer als mit einem Bluthund als Wächter. Wenn jetzt eine Schlange ins Kinderzimmer käme . . .«

Aber Teddys Mutter wollte nicht an so etwas Schreckliches denken.

Früh am Morgen ritt Rikki-tikki auf Teddys Schulter zum Frühstück auf die Veranda; sie gaben ihm Banane und gekochtes Ei, und er setzte sich reihum bei allen auf den Schoß, denn jeder gut erzogene Mungo hat immer die Hoffnung, eines Tages ein Hausmungo zu werden und Zimmer zu haben, in denen er umherlaufen kann, und Rikki-tikkis Mutter (sie hatte einmal im Haus des Generals in Segowlee gewohnt) hatte Rikki ganz genau gesagt, was er machen müsse, wenn er es einmal mit weißen Leuten zu tun hätte.

Anschließend ging Rikki-tikki in den Garten, um sich dort gründlich umzuschauen. Es war ein großer Garten und nur zur Hälfte bebaut; darin gab es Büsche von Maréchal-Niel-Rosen, hoch wie Sommerhäuser, Limonen- und Orangenbäume, Bambusgestrüpp und Dickichte aus hohem Gras. Rikki-tikki leckte sich die Lippen. »Das ist ein feiner Ort zum Jagen«, sagte er, und beim Gedanken daran wurde sein Schwanz flaschenbürstig, und er wetzte kreuz und quer durch den Garten und schnupperte hier und da, bis er in einem Dornbusch ganz kummervolle Stimmen hörte.

Es waren Darzee, der Schneidervogel, und seine Frau. Sie hatten ein wunderschönes Nest gemacht – zwei große Blätter zusammengezogen und an den Rändern mit Fasern vernäht – und das Innere mit Baumwolle und Daunenflocken gefüllt. Das Nest schwankte hin und her, und sie saßen auf dem Rand und weinten.

»Was ist denn los?« fragte Rikki-tikki.

»Wir sind ganz unglücklich«, sagte Darzee. »Eins von unseren Babies ist gestern aus dem Nest gefallen, und Nag hat es gegessen.«

»Hmm!« sagte Rikki-tikki, »das ist sehr traurig – aber ich bin hier fremd. Wer ist Nag?«

Darzee und seine Frau kauerten sich nur im Nest zusammen,

ohne zu antworten, denn aus dem dicken Gras am Fuß des Buschs kam ein leises Zischen – ein schrecklicher, kalter Ton, der Rikki-tikki volle zwei Fuß rückwärts springen ließ. Dann hoben sich Zoll für Zoll aus dem Gras der Kopf und die gespreizte Haube von Nag, dem großen schwarzen Kobra, und von der Zunge bis zum Schwanz war er fünf Fuß lang. Als er ein Drittel seines Körpers aufgerichtet hatte, wiegte er sich hin und her, genau wie ein Löwenzahnbausch sich im Wind wiegt, und er sah Rikki-tikki an, mit den bösen Schlangenaugen, die nie ihren Ausdruck verändern, ganz gleich, was die Schlange gerade denken mag.

»Wer Nag ist?« sagte er. »*Ich* bin Nag. Der große Gott Brahma hat unserem ganzen Volk sein Zeichen aufgedrückt, als die erste Kobra ihre Haube spreizte, um den schlafenden Brahma vor der Sonne zu schützen. Schau her und fürchte dich!«

Er spreizte die Haube noch weiter als zuvor, und Rikki-tikki sah das Brillenzeichen auf dem Haubenrücken, das genau so aussieht wie die Öffnung bei einer Befestigung aus Haken und Öse. Zuerst hatte er Angst; aber kein Mungo kann sich lange fürchten, und wenn Rikki-tikki auch noch nie eine lebendige Kobra gesehen hatte, war er doch von seiner Mutter mit toten Kobras gefüttert worden, und er wußte, daß es die Lebensaufgabe eines erwachsenen Mungos war, Schlangen zu bekämpfen und zu essen. Nag wußte es auch, und auf dem Grund seines kalten Herzens fürchtete er sich.

»Na schön«, sagte Rikki-tikki, und sein Schwanz begann sich wieder aufzuplustern, »Zeichen oder kein Zeichen – meinst du etwa, es ist richtig, wenn du Küken aus einem Nest frißt?«

Nag behielt seine Gedanken für sich und achtete auf die kleinste Bewegung im Gras hinter Rikki-tikki. Er wußte, daß Mungos im Garten früher oder später den Tod für ihn und seine Familie bedeuteten, aber er wollte dafür sorgen, daß

Rikki-tikki nicht auf der Hut war. Deshalb ließ er den Kopf ein wenig sinken und legte ihn auf die Seite.

»Laß uns darüber reden«, sagte er. »Du ißt Eier. Warum soll ich da keine Vögel essen?«

»Hinter dir! Sieh dich um!« sang Darzee.

Rikki-tikki dachte nicht daran, Zeit mit Hinschauen zu vergeuden. Er sprang in die Luft, so hoch er konnte, und knapp unter ihm sauste der Kopf von Nagaina vorbei, Nags böser Frau. Während er redete, war sie hinter ihn gekrochen, um ihm ein Ende zu machen; und er hörte ihr wildes Zischen, als der Stoß ihn verfehlte. Er landete fast genau auf ihrem Rücken, und wenn er ein alter Mungo gewesen wäre, hätte er gewußt, daß dies der Moment war, ihr mit einem Biß den Rücken zu brechen; aber er fürchtete sich vor dem schrecklichen peitschenden Gegenschlag der Kobra. Also biß er zwar, aber nicht lange genug, und er sprang weit weg vom wirbelnden Schwanz. Nagaina blieb verletzt und wütend zurück.

»Böser böser Darzee!« sagte Nag; er reckte sich so hoch es ging und hieb nach dem Nest im Dornbusch. Aber Darzee hatte es außer Reichweite von Schlangen gebaut, und es schwankte nur hin und her.

Rikki-tikki fühlte, wie seine Augen rot und heiß wurden (wenn die Augen eines Mungos rot werden, ist er zornig), und er setzte sich aufrecht auf seinen Schwanz und die Hinterbeine wie ein kleines Känguruh und schaute um sich und schnatterte vor Wut. Aber Nag und Nagaina waren im Gras verschwunden. Wenn eine Schlange ihr Ziel verfehlt, sagt sie nie etwas und läßt auch nie erkennen, was sie als nächstes tun will. Rikki-tikki hatte keine Lust, ihnen zu folgen, weil er nicht sicher war, ob er es mit zwei Schlangen gleichzeitig aufnehmen konnte. Deshalb trottete er zum Kiesweg nahe dem Haus und setzte sich nieder, um zu denken. Die Sache war ernst genug für ihn.

In alten naturkundlichen Büchern kann man lesen, daß ein Mungo, wenn er beim Kampf mit einer Schlange gebissen wird, fortläuft und irgendein Kraut ißt, das ihn heilt. Das stimmt nicht. Der Sieg hängt nur ab von der Schnelligkeit des Auges und der Füße – der Stoß der Schlange gegen den Sprung des Mungos –, und da kein Auge die Bewegung eines zustoßenden Schlangenkopfs verfolgen kann, sind die Dinge noch viel wunderbarer als jedes Zauberkraut. Rikki-tikki wußte, daß er ein junger Mungo war, und deshalb freute er sich umso mehr, daß es ihm gelungen war, einem Stoß von rückwärts zu entkommen. Das gab ihm Selbstvertrauen, und als Teddy den Weg heruntergelaufen kam, war Rikki-tikki sehr bereit, sich streicheln zu lassen.

Aber gerade als Teddy sich bückte, zuckte etwas ein wenig im Staub, und eine winzige Stimme sagte: »Seht euch vor. Ich bin der Tod!« Es war Karait, die kleine staubbraune Schlange, die am liebsten auf staubigem Boden liegt; und sein Biß ist genauso gefährlich wie der der Kobra. Aber Karait ist so klein, daß niemand auf ihn achtet, und umso mehr Schaden fügt er den Leuten zu.

Rikki-tikkis Augen wurden wieder rot, und er tanzte hin zu Karait mit der seltsam wiegenden, schwankenden Bewegung, die er von seiner Familie geerbt hatte. Es sieht sehr komisch aus, aber es ist eine so vollkommen ausbalancierte Gangart, daß man aus ihr in jedem beliebigen Winkel fortschnellen kann; und wenn man es mit Schlangen zu tun hat, ist das ein Vorteil. Rikki-tikki konnte ja nicht wissen, daß das, was er tat, viel gefährlicher war als der Kampf mit Nag, denn Karait ist so klein und kann sich so schnell drehen, daß Rikki, wenn er ihn nicht nahe am Nacken zu beißen kriegte, den Gegenstoß ins Auge oder an die Lippe bekommen würde. Aber Rikki wußte es nicht; seine Augen waren ganz rot, er schaukelte vor und zurück und suchte nach einer guten Stelle zum Zubeißen. Karait stieß vor. Rikki sprang zur Seite und wollte von dort angreifen, aber der böse kleine staubige graue Kopf peitschte ganz knapp an seiner Schulter vorbei, und er mußte über den Körper springen, und der Kopf folgte seinen Fersen sehr dicht.

Teddy rief zum Haus: »Oh, seht bloß mal! Unser Mungo tötet eine Schlange«; und Rikki-tikki hörte Teddys Mutter schreien. Sein Vater kam mit einem Stock gelaufen, aber bis er die Stelle erreichte, hatte Karait seinen Kopf einmal zu weit vorstoßen lassen und Rikki-tikki war gesprungen, landete auf dem Rücken der Schlange, senkte den Kopf tief zwischen seine Vorderbeine, biß so weit oben im Rücken zu wie er konnte und rollte fort. Dieser Biß lähmte Karait, und Rikki-tikki wollte ihn eben vom Schwanz aufwärts essen, wie seine Familie es bei Mahlzeiten tat, als ihm einfiel, daß ein großes Essen einen Mungo langsam macht, und wenn er sich auf seine Kraft und Schnelligkeit verlassen wollte, mußte er dünn bleiben.

Er zog sich zu einem Staubbad unter die Rizinusbüsche zurück, während Teddys Vater den toten Karait schlug. ›Was hat das denn für einen Sinn?‹ dachte Rikki-tikki. ›Den hab ich doch erledigt‹; und dann hob Teddys Mutter ihn aus dem Staub hoch und drückte ihn an sich und rief unter Tränen, daß er Teddy vor dem Tod gerettet habe, und Teddys Vater sagte, es sei, als habe die Vorsehung Rikki geschickt, und Teddy sah mit großen erschrockenen Augen zu. Rikki-tikki fand die ganze Aufregung, die er natürlich nicht verstand, ziemlich lustig. Teddys Mutter hätte ebensogut Teddy streicheln können, weil er so schön im Staub gespielt hatte. Rikki fühlte sich ganz prächtig.

An diesem Abend wanderte er beim Essen zwischen den Weingläsern auf dem Tisch hin und her und hätte sich dreimal mit feinen Sachen vollstopfen können; aber er dachte an Nag und Nagaina, und wenn es auch sehr angenehm war, von Teddys Mutter getätschelt und gestreichelt zu werden und auf Teddys Schulter zu sitzen, wurden doch von Zeit zu Zeit seine Augen rot, und dann stieß er seinen langgezogenen Kriegsruf aus: *»Rikk-tikk-tikki-tikki-tchk!«*

Teddy trug ihn ins Bett und bestand darauf, daß Rikki-tikki

unter seinem Kinn schlief. Rikki-tikki war zu gut erzogen, um zu beißen oder zu kratzen, aber sobald Teddy eingeschlafen war, brach er zu seinem nächtlichen Rundgang durch das Haus auf, und im Dunkeln stieß er mit Chuchundra zusammen, der Moschusratte, die sich an der Wand entlang drückte. Chuchundra ist ein jammervolles kleines Tier. Er wimmert und piept die ganze Nacht und versucht, sich zu einem Vorstoß mitten ins Zimmer zu entschließen, aber dahin kommt er nie.

»Töte mich nicht«, sagte Chuchundra; er weinte fast. »Rikki-tikki, töte mich nicht.«

»Meinst du etwa, daß ein Schlangentöter Moschusratten umbringt?« sagte Rikki-tikki voller Verachtung.

»Wer Schlangen tötet wird von Schlangen getötet«, sagte Chuchundra noch jämmerlicher als zuvor. »Und wie soll ich denn sicher sein, daß Nag mich nicht in einer dunklen Nacht einmal für dich hält?«

»Da besteht überhaupt keine Gefahr«, sagte Rikki-tikki; »außerdem ist Nag im Garten, und ich weiß, du gehst da nie hin.«

»Mein Vetter Chua, die Ratte, hat mir erzählt ...« sagte Chuchundra, und dann unterbrach er sich.

»Was hat er dir erzählt?«

»Psst! Nag ist überall, Rikki-tikki. Du hättest im Garten mit Chua reden sollen.«

»Hab ich aber nicht – deshalb mußt du es mir sagen. Mach schnell, Chuchundra, sonst beiß ich dich!«

Chuchundra setzte sich hin und weinte, bis ihm die Tränen von den Schnurrbarthaaren troffen. »Ich bin ein ganz armer Mann«, schluchzte er. »Ich hab nie genug Mut gehabt, um mitten ins Zimmer zu laufen. Pssst! Ich darf dir nichts erzählen. Kannst du denn nicht *hören*, Rikki-tikki?«

Rikki-tikki lauschte. Das Haus war totenstill, aber er bildete sich ein, er könne ein unendlich leises *schrap-schrap* hören – ein

Geräusch so leise wie die Schritte einer Wespe auf einem Fensterbrett –, das trockene Kratzen von Schlangenschuppen auf Ziegeln.

›Das ist Nag oder Nagaina‹, sagte er sich; ›und er kriecht in den Abfluß vom Badezimmer ...‹ – »Du hast recht, Chuchundra; ich hätte mit Chua reden sollen.«

Er schlich in Teddys Badezimmer, aber da war nichts, und dann ins Badezimmer von Teddys Mutter. Am Fuß der glattverputzten Wand hatte man einen Ziegel herausgenommen, damit das Badewasser abfließen konnte, und als Rikki-tikki an der gemauerten Einfassung, in die die Wanne gestellt wird, vorbeischlich, hörte er Nag und Nagaina draußen im Mondschein flüstern.

»Wenn keine Leute mehr im Haus sind«, sagte Nagaina zu ihrem Mann, »dann wird *er* gehen müssen, und dann haben wir den Garten wieder für uns. Geh leise rein und denk dran, daß du als ersten den großen Mann beißen mußt, der Karait getötet hat. Dann komm raus und sag mir Bescheid, und danach jagen wir beide zusammen Rikki-tikki.«

»Aber bist du sicher, daß wir etwas davon haben, wenn wir die Menschen töten?« sagte Nag.

»Alles haben wir davon. Als keine Menschen im Bungalow waren, hatten wir da vielleicht Mungos im Garten? Solange der Bungalow leer ist, sind wir König und Königin des Gartens; und denk dran – sobald unsere Eier im Melonenbeet ausschlüpfen (was schon morgen sein kann), brauchen unsere Kinder Platz und Ruhe.«

»Daran hatte ich nicht gedacht«, sagte Nag. »Ich gehe, aber es ist überflüssig, hinterher noch Rikki-tikki zu jagen. Ich werde den großen Mann und seine Frau töten und wenn ich kann auch das Kind, und ich komme leise wieder heraus. Dann wird der Bungalow leer sein, und Rikki-tikki wird gehen.«

Rikki-tikki kribbelte am ganzen Körper vor Wut und Haß, als er das hörte, und dann kam Nags Kopf durch das Abflußloch, und sein fünf Fuß langer kalter Leib folgte. So wütend er auch war, fürchtete Rikki-tikki sich doch sehr, als er sah, wie riesig der große Kobra war. Nag rollte sich zusammen, hob den Kopf und blickte ins dunkle Badezimmer, und Rikki konnte seine Augen glitzern sehen.

›Wenn ich ihn jetzt hier töte, hört Nagaina das; und wenn ich ihn auf dem freien Boden angreife, hat er die besseren Möglichkeiten. Was soll ich bloß tun?‹ dachte Rikki-tikki-tavi.

Nag wiegte sich hin und her, und dann hörte Rikki-tikki ihn aus dem größten Wasserkrug trinken, aus dem man das Bad füllte. »Das war gut«, sagte die Schlange. »Also, als Karait getötet wurde, hatte der große Mann einen Stock. Den hat er vielleicht noch immer, aber wenn er am Morgen herkommt, um zu baden, wird er keinen Stock bei sich haben. Ich warte hier, bis er kommt. Nagaina – hörst du mich? –, ich warte hier im Kühlen, bis der Tag anbricht.«

Von draußen kam keine Antwort; da wußte Rikki-tikki, daß Nagaina gegangen war. Nag schlang sich Windung um Windung um den bauchigen Unterteil des Wasserkrugs, und Rikki-tikki hielt sich totenstill. Nach einer Stunde begann er sich zu bewegen, einen Muskel nach dem anderen, hin zum Krug. Nag schlief, und Rikki-tikki starrte den großen Rücken an und fragte sich, was wohl die beste Stelle für gutes Zupacken war. ›Wenn ich ihm nicht beim ersten Sprung den Rücken breche‹, sagte er sich, ›kann er noch kämpfen; und wenn er kämpft – o Rikki!‹ Er sah, wie dick der Nacken unter der Haube war, aber er war zu dick für ihn; und ein Biß näher am Schwanz würde Nag nur noch wilder machen.

›Der Kopf muß es sein‹, sagte er sich schließlich; ›der Kopf oberhalb der Haube; und wenn ich einmal da bin, darf ich nicht mehr loslassen.‹

Dann sprang er. Der Kopf lag ein Stückchen entfernt vom Wasserkrug, unter der Wölbung; und als seine Zähne zubissen, stemmte Rikki seinen Rücken gegen den Bauch des roten Tongefäßes, um den Kopf unten zu halten. So gewann er eine Sekunde, und er machte das Beste daraus. Dann wurde er hin und her geschmettert, wie eine Ratte von einem Hund geschüttelt wird – hin und her über den Boden, auf und nieder und in großen Kreisen herum; aber seine Augen waren rot und er hielt durch, während der Leib wie eine Kutscherpeitsche über den Boden zischte und die blecherne Schöpfkelle umwarf und die Seifenschale und die Frottierbürste und gegen die metallene Seite der Wanne hämmerte. Während er sich festhielt, preßte er seine Kiefer enger und enger zusammen, denn er war sicher, daß er totgehämmert werden würde, und zur Ehre seiner Familie zog er es vor, mit zusammengebissenen Zähnen aufgefunden zu werden. Ihm war schwindlig, alles tat ihm weh und er fühlte sich, als ob er zu kleinen Stückchen zerschmettert würde; da ging gerade hinter ihm etwas los wie ein Donnerschlag, heißer Wind betäubte ihn, und rotes Feuer sengte sein Fell. Der große Mann war von dem Lärm erwacht und hatte beide Läufe einer Schrotflinte genau unter die Haube in Nag hineingefeuert.

Rikki-tikki hielt mit geschlossenen Augen fest, denn jetzt war er ganz sicher, tot zu sein, aber der Kopf bewegte sich nicht, und der große Mann hob ihn auf und sagte: »Es ist wieder der Mungo, Alice; der kleine Kerl hat diesmal *uns* das Leben gerettet.« Dann kam Teddys Mutter herein, mit sehr weißem Gesicht, und sah was von Nag geblieben war, und Rikki-tikki schleppte sich in Teds Schlafzimmer und verbrachte den halben Rest der Nacht damit, sich sanft zu schütteln, um herauszufinden, ob er nicht doch in vierzig Stückchen zerbrochen war, wie er glaubte.

Als der Morgen kam, war er sehr steif, aber überaus zufrieden mit seinen Taten. »Jetzt habe ich noch mit Nagaina abzurechnen, und sie wird schlimmer sein als fünf Nags, und niemand weiß, wann die Eier, von denen sie geredet hat, ausschlüpfen. Liebe Güte! Ich muß mit Darzee sprechen«, sagte er.

Ohne das Frühstück abzuwarten lief Rikki-tikki zum Dornbusch, wo Darzee so laut er konnte ein Triumphlied sang. Die Nachricht von Nags Tod hatte sich längst im Garten herumgesprochen, denn der Feger hatte den Körper auf den Abfallhaufen geworfen.

»O du dummes Stück Federbausch!« sagte Rikki-tikki verärgert. »Ist das etwa die richtige Zeit zum Singen?«

»Nag ist tot – ist tot – ist tot!« sang Darzee. »Der kühne Rikki-tikki packte ihn am Kopf und hielt fest. Der große Mann brachte den Knallstock, und Nag fiel entzwei! Nie wieder wird er meine Babies fressen.«

»Das ist ja alles wahr; aber wo steckt Nagaina?« sagte Rikki-tikki; er sah sich sorgsam um.

»Nagaina kam zum Badezimmerloch und rief nach Nag«, sang Darzee weiter: »und Nag kam auf einem Stockende heraus – der Feger nahm ihn auf mit einem Stock und warf ihn auf den Abfallhaufen. Laßt uns besingen den großen, den rotäugigen Rikki-tikki!« und Darzee holte tief Luft und sang.

»Wenn ich bloß an dein Nest hochkäme, würde ich all deine Babies rausrollen!« sagte Rikki-tikki. »Du hast wohl keine Ahnung, wann wozu die richtige Zeit ist. Du bist in deinem Nest da oben ja sicher, aber bei mir hier unten ist Krieg. Hör doch mal eine Minute auf zu singen, Darzee.«

»Für den großen, den wunderschönen Rikki-tikki hör ich auf«, sagte Darzee. »Was willst du, o du Töter des furchtbaren Nag?«

»Wo ist Nagaina, zum dritten Mal?«

»Auf dem Abfallhaufen bei den Ställen; da trauert sie um Nag. Groß ist Rikki-tikki mit den weißen Zähnen.«

»Laß meine weißen Zähne! Hast du je gehört, wo sie ihre Eier hat?«

»Im Melonenbeet, auf der Seite, die zur Mauer liegt, wo die Sonne fast den ganzen Tag hinfällt. Sie hat sie vor drei Wochen da versteckt.«

»Und du bist nie auf den Gedanken gekommen, mir das zu sagen? Das Beetende an der Mauer, hast du gesagt?«

»Rikki-tikki, du willst doch wohl nicht ihre Eier essen?«

»Nicht eigentlich essen; nein. Darzee, wenn du nur ein Fünkchen Verstand hast, dann fliegst du jetzt zum Stall und tust so, als ob dein Flügel gebrochen ist, und läßt dich von Nagaina zu dem Busch hier jagen. Ich muß zum Melonenbeet, und wenn ich jetzt gehe, sieht sie mich.«

Darzee war ein gedankenloser kleiner Kerl, der nie mehr als eine Idee gleichzeitig im Kopf behalten konnte; und gerade weil er wußte, daß Nagainas Kinder wie seine eigenen in Eiern geboren wurden, fand er es zunächst nicht anständig, sie zu töten. Aber seine Frau war ein vernünftiger Vogel, und sie wußte, daß Kobra-Eier bald kleine Kobras bedeuten würden; deshalb flog sie vom Nest und ließ Darzee zurück, der die Babies warmhielt und sein Lied über Nags Tod fortsetzte. Darzee war in mancher Hinsicht genau wie ein Mann.

Beim Abfallhaufen flatterte sie vor Nagaina herum und schrie laut: »Ach, mein Flügel ist gebrochen! Der Junge im Haus hat einen Stein nach mir geworfen und den Flügel gebrochen.« Danach flatterte sie noch verzweifelter als zuvor.

Nagaina hob den Kopf und zischte: »Du hast Rikki-tikki gewarnt, als ich ihn hätte töten können. Wirklich und wahrhaftig hast du dir einen schlechten Platz zum Lahmwerden ausgesucht.« Und sie glitt auf Darzees Frau zu, durch den Staub.

»Der Junge hat ihn mit einem Stein gebrochen!« kreischte Darzees Frau.

»Na schön! Vielleicht tröstet es dich, wenn du tot bist, daß du weißt, ich werde die Rechnung mit dem Jungen begleichen. Mein Mann liegt heute morgen auf dem Abfallhaufen, aber ehe es Nacht ist, wird der Junge im Haus sehr still liegen. Es ist sinnlos wegzurennen! Ich kriege dich doch. Kleine Närrin, schau mich an!«

Darzees Frau hütete sich, das zu tun, denn ein Vogel, der

einer Schlange in die Augen schaut, bekommt solche Angst, daß er sich nicht mehr bewegen kann. Darzees Frau flatterte weiter, piepste jämmerlich und kam dabei nie vom Boden hoch, und Nagaina wurde schneller.

Rikki-tikki hörte sie den Weg von den Ställen heraufkommen und raste zum Ende des Melonenbeets an der Mauer. Dort, geschickt versteckt in der warmen Streu, mit der die Melonen umgeben waren, fand er fünfundzwanzig Eier, etwa so groß wie die eines Zwerghuhns, aber mit weißlicher Haut statt einer Schale.

»Ich komme keinen Tag zu früh«, sagte er; denn er konnte die winzigen Kobras in der Haut zusammengerollt sehen, und er wußte, daß jede von ihnen im Moment des Ausschlüpfens einen Menschen oder einen Mungo töten konnte. So schnell er konnte biß er die Spitzen der Eier ab. Sorgfältig zerquetschte er die jungen Kobras, und dabei drehte er die Streu immer wieder um, damit er sicher war, daß er keine übersehen hatte. Als endlich nur noch drei Eier übrig waren und Rikki-tikki leise zu glucksen begann, hörte er Darzees Frau schreien:

»Rikki-tikki, ich hab Nagaina zum Haus gelockt und sie ist auf die Veranda gekrochen und – oh, komm schnell – sie will töten!«

Rikki-tikki zerbrach zwei Eier, taumelte rücklings aus dem Melonenbeet mit dem dritten Ei im Mund und wetzte zur Veranda, so schnell er die Füße nur auf den Boden setzen konnte. Teddy, seine Mutter und sein Vater saßen dort beim Frühstück; aber Rikki-tikki sah, daß sie nicht aßen. Sie saßen wie versteinert, und ihre Gesichter waren weiß. Nagaina lag zusammengerollt auf der Fußmatte neben Teddys Stuhl; dort konnte sie mühelos Teddys nackte Beine erreichen, und sie wiegte sich hin und her und sang einen Triumphgesang.

»Sohn des großen Mannes der Nag getötet hat«, zischte sie, »sitz still. Ich bin noch nicht soweit. Wart ein Weilchen.

Sitzt ganz still, alle drei. Wenn ihr euch bewegt stoß ich zu, und wenn ihr euch nicht bewegt stoß ich zu. O dumme Leute, die meinen Nag getötet haben!«

Teddys Augen hingen an seinem Vater, und sein Vater konnte nichts tun als flüstern: »Sitz still, Teddy. Du darfst dich nicht bewegen. Teddy, sitz still.«

Da erreichte Rikki-tikki die Veranda und rief: »Dreh dich um, Nagaina; dreh dich um und kämpfe!«

»Alles zu seiner Zeit«, sagte sie, ohne die Augen zu bewegen. »Meine Rechnung mit *dir* werde ich demnächst begleichen. Schau deine Freunde an, Rikki-tikki. Sie sind still und weiß; sie haben Angst. Sie wagen nicht sich zu bewegen, und wenn du einen Schritt näher kommst stoß ich zu.«

»Schau du dir deine Eier an«, sagte Rikki-tikki, »im Melonenbeet an der Mauer. Geh hin und sieh nach, Nagaina.«

Die große Schlange wandte sich halb um und sah das Ei auf der Veranda. »Ah-h! Gib es her«, sagte sie.

Rikki-tikki legte seine Pfoten um das Ei, und seine Augen waren blutrot. »Was zahlst du für ein Schlangenei? Für eine junge Kobra? Für eine junge Königskobra? Für die letzte – die allerletzte der Brut? Die Ameisen essen gerade all die andern, unten am Melonenbeet.«

Nagaina wirbelte herum; sie vergaß alles wegen eines Eies; und Rikki-tikki sah, wie die große Hand von Teddys Vater nach vorn schoß und den Jungen über den kleinen Tisch mit den Teetassen hob, in Sicherheit und außer Nagainas Reichweite.

»Ein Trick! Trick! Trick! *Rikk-tchk-tchk!*« gluckste Rikki-tikki. »Der Junge ist in Sicherheit, und ich wars – ich – ich – ich hab Nag letzte Nacht im Badezimmer an der Haube gepackt.« Dann begann er auf und nieder zu springen, mit allen vier Beinen gleichzeitig, den Kopf eng am Boden. »Er hat mich hin und her geschleudert, aber er konnte mich nicht abschütteln. Er war tot, noch bevor der große Mann ihn entzweigeblasen hat. Ich habs getan. *Rikki-tikki-tck-tck!* Komm jetzt, Nagaina. Komm und kämpf mit mir. Du sollst nicht lange Witwe sein.«

Nagaina sah, daß sie die Möglichkeit, Teddy zu töten, verloren hatte, und das Ei lag zwischen Rikki-tikkis Pfoten. »Gib mir das Ei, Rikki-tikki. Gib mir mein letztes Ei, dann geh ich fort und komm nie zurück«, sagte sie; dabei senkte sie die Haube.

»Ja, du wirst weggehen und nie zurückkommen; du wirst nämlich zu Nag auf den Abfallhaufen gehen. Kämpf, Witwe! Der große Mann ist sein Gewehr holen gegangen! Kämpf!«

Rikki-tikki sprang im Kreis um Nagaina herum und hielt sich gerade eben außerhalb ihrer Reichweite; seine kleinen Augen waren wie heiße Kohlen. Nagaina zog sich zusammen und schnellte auf ihn los. Rikki-tikki sprang hoch und nach hinten. Wieder und wieder und wieder stieß sie zu, und jedes Mal prallte ihr Kopf hart auf die Matten der Veranda und sie zog sich zusammen wie die Feder einer Uhr. Dann tanzte Rikki-tikki einen Kreis, um in ihren Rücken zu gelangen, und Nagaina wirbelte herum, um ihren Kopf auf seinen gerichtet zu halten, und das Rascheln ihres Schwanzes auf den Matten klang wie trockene Blätter, die der Wind vor sich hertreibt.

Er hatte das Ei vergessen. Es lag noch immer auf der Veranda und Nagaina kam näher und näher heran, bis sie es schließlich, als Rikki-tikki Luft holte, mit dem Mund aufschnappte und wie ein Pfeil den Weg hinunterfloh, verfolgt von Rikki-tikki. Wenn die Kobra um ihr Leben rennt, gleicht sie der Peitschenschnur auf einem Pferdenacken.

Rikki-tikki wußte, daß er sie fangen mußte, sonst würde die ganze Mühe von vorn beginnen. Sie floh direkt zum langen Gras am Dornbusch, und während er rannte, hörte Rikki-tikki immer noch Darzee seinen närrischen Triumphgesang singen. Aber Darzees Frau war klüger. Sie flog vom Nest, als Nagaina sich näherte, und sie flatterte mit den Flügeln um Nagainas Kopf. Wenn Darzee geholfen hätte, wäre es ihnen vielleicht gelungen, Nagaina aufzuhalten; aber Nagaina senkte nur die

Haube und floh weiter. Trotzdem reichte der eine Moment, den sie verlor, um Rikki-tikki aufholen zu lassen, und als sie in das Rattenloch tauchte, in dem sie und Nag gelebt hatten, waren seine kleinen weißen Zähne fest in ihrem Schwanz, und er verschwand mit ihr – und sehr wenige Mungos, so alt und klug sie auch sein mögen, legen Wert darauf, einer Kobra in ihre Höhle zu folgen. Im Loch war es dunkel, und Rikki-tikki wußte nicht, wann es sich verbreitern und Nagaina genug Platz einräumen würde, um sich zu drehen und ihn anzugreifen. Wild biß er sich fest und streckte die Beine aus, um an der dunklen Wand aus heißer feuchter Erde zu bremsen.

Dann hörte das Gras an der Öffnung des Lochs auf sich zu bewegen, und Darzee sang: »Nun ist es zu Ende mit Rikki-tikki! Wir müssen sein Todeslied singen! Der kühne Rikki-tikki ist tot! Denn unter der Erde wird Nagaina ihn sicherlich töten.«

Also sang er ein überaus klagendes Lied, das er beim Singen erfand, und gerade als er zum rührendsten Teil kam, bebte das Gras wieder, und Rikki-tikki, bedeckt mit Erde, zog sich langsam aus dem Loch, ein Bein nach dem anderen, und leckte seinen Schnurrbart. Darzee beendete seinen Gesang mit einem kleinen Schrei. Rikki-tikki schüttelte einigen Staub aus seinem Fell und nieste. »Es ist vorüber«, sagte er. »Die Witwe wird nicht wieder herauskommen.« Und die roten Ameisen, die zwischen den Grasstengeln leben, hörten es und machten sich eine nach der anderen auf den Weg hinab ins Loch, um nachzusehen, ob er die Wahrheit gesagt hatte.

Rikki-tikki rollte sich im Gras zusammen und schlief ein, wo er gerade war – und schlief und schlief, bis es später Nachmittag war, denn er hatte ein hartes Tagewerk hinter sich.

»Jetzt«, sagte er, als er erwachte, »will ich zurück zum Haus gehen. Sag es dem Kupferschmied, Darzee, und er wird es dem ganzen Garten sagen, daß Nagaina tot ist.«

Der Kupferschmied ist ein Vogel, der ein Geräusch genau wie das Schlagen eines kleinen Hammers auf einen Kupferkessel macht; und der Grund, weshalb er es dauernd macht, ist, daß er der Stadtschreier in jedem indischen Garten ist und alle Neuigkeiten allen erzählt, die zuhören mögen. Als Rikki-tikki den Weg hinaufging, hörte er seine »Achtung«-Töne wie einen kleinen Essensgong; und dann das regelmäßige *»Ding-dong-tock! Nag* ist tot – *dong!* Nagaina ist tot! *Ding-dong-tock!«* Daraufhin sangen alle Vögel im Garten, und alle Frösche quakten; denn Nag und Nagaina hatten Frösche genauso gegessen wie kleine Vögel.

Als Rikki das Haus erreichte, kamen Teddy und Teddys Mutter (sie sah immer noch sehr weiß aus, denn sie war ohnmächtig gewesen) und Teddys Vater heraus und weinten fast zu seiner Begrüßung; und an diesem Abend aß er alles, was man ihm gab, bis er nicht mehr konnte, und er ging auf Teddys Schulter zu Bett, wo Teddys Mutter ihn sah, als sie spät in der Nacht noch einmal nach ihm schaute.

»Er hat uns und Teddy das Leben gerettet«, sagte sie zu ihrem Mann. »Denk bloß, er hat uns allen das Leben gerettet.«

Rikki-tikki fuhr hoch, denn alle Mungos schlafen sehr leicht.

»Ach, ihr seid das«, sagte er. »Was habt ihr denn noch auf dem Herzen? Alle Kobras sind tot; und selbst wenn sie es nicht wären, gibts ja noch mich.«

Rikki-tikki hatte gutes Recht, stolz auf sich zu sein; aber er wurde nicht zu stolz und hielt den Garten so in Ordnung, wie ein Mungo es tun sollte, mit Zahn und Sprung und Satz und Biß, so daß keine Kobra es je wieder wagte, sich innerhalb der Mauern zu zeigen.

DARZEE'S CHAUNT

(SUNG IN HONOUR OF RIKKI-TIKKI-TAVI)

SINGER and tailor am I—
   Doubled the joys that I know—
Proud of my lilt through the sky,
   Proud of the house that I sew—
Over and under, so weave I my music—so weave I the house
   that I sew.

Sing to your fledglings again,
   Mother, oh lift up your head!
Evil that plagued us is slain,
   Death in the garden lies dead.
Terror that hid in the roses is impotent—flung on the dung-hill
   and dead!

Who hath delivered us, who?
   Tell me his nest and his name.
Rikki, the valiant, the true,
   Tikki, with eyeballs of flame,
Rik-tikki-tikki, the ivory-fanged, the hunter with eyeballs of
   flame.

Give him the Thanks of the Birds,
   Bowing with tail-feathers spread!
Praise him with nightingale words—
   Nay, I will praise him instead.
Hear! I will sing you the praise of the bottle-tailed Rikki, with
   eyeballs of red!

(Here Rikki-tikki interrupted, and the rest of the song is lost.)

DARZEES PREISLIED

(GESUNGEN ZU EHREN VON RIKKI-TIKKI-TAVI)

SÄNGER und Schneider bin ich –
doppelte Freude ist mein –
stolz auf mein Lied in der Luft,
stolz auf das Haus das ich näh –
über und unter web ich die Musik – so web ich das Haus, das ich
näh.

Sing wieder für deine Brut,
Mutter, oh hebe dein Haupt!
Was uns geplagt hat ist tot,
Tod liegt im Garten erschlagen.
Machtlos der Schrecken der sich in Rosen verbarg – tot auf den
Abfall geworfen!

Wer denn erlöste uns, wer?
Sagt mir sein Nest, seinen Namen.
Rikki, der Tapfere, Treue,
Tikki, mit Augen von Flammen,
Rik-tikki-tikki, mit Elfenbeinzähnen, der Jäger mit Augen von
Flammen.

Vögel, nun dankt ihm, verneigt euch,
spreizt eure Schwanzfedern weit!
Preist ihn mit Nachtigallworten –
nein, ich selbst will ihn preisen.
Hört! Ich sing euch das Preislied von Flaschenschwanz-Rikki,
mit Augen ganz rot!

(Hier unterbrach Rikki-tikki ihn, und der Schluß des Lieds ging verloren.)

TOOMAI VON DEN ELEFANTEN

I will remember what I was, I am sick of rope and chain—
I will remember my old strength and all my forest affairs.
I will not sell my back to man for a bundle of sugar-cane,
I will go out to my own kind, and the wood-folk in their lairs.

I will go out until the day, until the morning break,
Out to the winds' untainted kiss, the waters' clean caress:
I will forget my ankle-ring and snap my picket-stake.
I will revisit my lost loves, and playmates masterless!

[Ich will bedenken was ich war, bin krank von Kette und Strick –
will mich entsinnen alter Kraft und meiner Waldgeschäfte,
verkauf mich nicht mehr Menschen für ein Bündel Zuckerrohr,
ich geh hinaus zum Waldvolk und zu meiner eignen Art.

Ich will hinausgehn bis zum Tag und bis der Morgen bricht,
zum makellosen Windkuß, zur Liebkosung reiner Wasser:
Ich will den Knöchelring vergessen und den Pflock zerbrechen,
verlorne Lieben wiedersehn und wilde Spielgefährten!]

KALA NAG – das bedeutet Schwarze Schlange – hatte der Indischen Regierung in jeder einem Elefanten möglichen Weise siebenundvierzig Jahre lang gedient, und da er volle zwanzig Jahre alt gewesen war, als man ihn fing, war er nun fast siebzig – ein reifes Alter für einen Elefanten. Er erinnerte sich, wie er mit einem dicken Lederpolster auf der Stirn eine in tiefem Schlamm steckengebliebene Kanone geschoben hatte, und das war vor dem Afghanistan-Krieg von 1842 gewesen, und damals hatte er seine volle Kraft noch nicht erreicht. Seine Mutter Radha Pyari – Liebling Radha –, die mit der gleichen Herde wie Kala Nag gefangen worden war, hatte ihm noch ehe er seine kleinen Milchzähne verlor erzählt, daß ängstliche Elefanten sich immer wehtaten; und Kala Nag wußte, daß dieser Rat gut war, denn als er das erste Mal ein Geschoß bersten sah, taumelte er kreischend rückwärts in eine Gewehrpyramide hinein, und die Bajonette stachen ihn in all seine weichsten Stellen. Deshalb hörte er auf sich zu fürchten, noch ehe er fünfundzwanzig war, und wurde so zum meistgeliebten und bestgepflegten Elefanten im Dienst der Indischen Regierung. Er hatte Zelte getragen, zwölfhundert Pfund an Zelten, auf dem Marsch in Nordindien; am Ende eines Dampfkrans war er in ein Schiff gehievt und tagelang über das Wasser gefahren worden und hatte in einem seltsamen, felsigen Land fern von Indien einen Mörser getragen und den Kaiser Theodor tot in Magdala liegen sehen, und er war wieder mit dem Dampfer zurückgekommen und hatte, sagten die Soldaten, Anspruch auf den Orden für Teilnehmer am Abessinien-Krieg. Er hatte die anderen Elefanten sterben sehen, an Kälte, Epilepsie, Hunger und Sonnenstich, oben in Ali Masjid, zehn Jahre später; und danach hatte man ihn Tausende von Meilen nach Süden geschickt, um auf den Zimmerplätzen von Moulmein große Balken Teakholz zu schleppen und zu stapeln. Dort hatte er beinahe einen aufsässigen jungen Elefanten getötet, der sich um seinen Anteil an der Arbeit zu drücken suchte.

Später holte man ihn vom Holzschleppen fort und schickte ihn mit einigen Dutzend anderer Elefanten, die dafür ausgebildet waren, in die Garo-Berge, um wilde Elefanten fangen zu helfen. Elefanten werden von der Indischen Regierung sehr aufmerksam gehegt. Es gibt eine ganze Ministerialabteilung, die nichts anderes tut als sie zu jagen, zu fangen und abzurichten und sie je nach Arbeit und Bedarf im Land zu verteilen.

Kala Nag war an den Schultern gute zehn Fuß hoch, und seine Stoßzähne waren auf fünf Fuß gestutzt und an den Enden mit Kupferbändern umwickelt worden, damit sie nicht splittern; aber mit diesen Stümpfen konnte er mehr ausrichten als jeder untrainierte Elefant mit seinen richtigen scharfen Stoßzähnen.

Wenn nach vielen Wochen vorsichtiger Jagd auf über die Berge verstreute Elefanten die vierzig oder fünfzig wilden Ungetüme in den letzten Palisadenpferch getrieben waren und das schwere Falltor aus zusammengebundenen Baumstämmen hinter ihnen herunterkrachte, ging Kala Nag auf einen Befehl hin in diese lodernde, trompetende Hölle hinein (meistens nachts, wenn das Flackern der Fackeln es schwermachte, Entfernungen richtig einzuschätzen), und dann suchte er sich den stärksten und wildesten Bullen aus dem Gewühl und hieb und stieß ihn, bis er ruhig war, während die Männer auf den Rücken der übrigen Elefanten die kleineren fingen und fesselten.

In Sachen Kampf gab es nichts, was Kala Nag, der alte weise Schwarze Schlange, nicht gewußt hätte, denn er hatte sich in seinem Leben mehr als einmal dem Angriff eines wunden Tigers gestellt, seinen weichen Rüssel eingerollt, damit er außer Gefahr war, und dann das anspringende Tier in der Luft getroffen, mit einem seitlichen, schnellen Sichelhieb des Kopfs, den er ganz allein erfunden hatte; er hatte den Tiger niedergestoßen und sich mit seinen gewaltigen Knien auf ihn gestemmt, bis das Leben mit Ächzen und Jaulen entwich und auf dem Boden nichts blieb als ein flauschiges gestreiftes Etwas, an dessen Schwanz Kala Nag herumzerren konnte.

»Ja«, sagte Großer Toomai, sein Hüter, der Sohn von Schwarzer Toomai, der ihn nach Abessinien begleitet, und Enkel von Toomai von den Elefanten, der gesehen hatte, wie Kala Nag gefangen wurde, »es gibt nichts, was Schwarze Schlange fürchtet außer mir. Drei Generationen von uns haben ihn gefüttert und gepflegt, und er wird noch die vierte erleben.«

»Vor *mir* hat er auch Angst«, sagte Kleiner Toomai; er richtete sich zu seiner vollen Größe von vier Fuß auf, bekleidet nur mit einem Fetzen. Er war zehn Jahre alt, der älteste Sohn von Großer-Toomai, und wie es üblich war, würde er den Platz seines Vaters in Kala Nags Nacken übernehmen, wenn er erwachsen war, und in der Hand würde er den schweren eisernen *ankus* halten, den stachligen Elefantenstab, den sein Vater und sein Großvater und sein Urgroßvater abgenutzt und geglättet hatten. Er wußte, wovon er redete, denn er war in Kala Nags Schatten geboren, hatte mit dem Ende seines Rüssels gespielt, ehe er laufen konnte, hatte ihn zum Wasser geführt, sobald er laufen konnte, und Kala Nag hätte ebensowenig daran gedacht, seine kleinen schrillen Befehle zu mißachten, wie er daran gedacht hatte, ihn an jenem Tag zu töten, als Großer Toomai das kleine braune Baby unter Kala Nags Stoßzähne hielt und ihn aufforderte, seinen künftigen Herren zu grüßen.

»Ja«, sagte Kleiner Toomai, »vor *mir* hat er Angst«, und mit langen Schritten ging er zu Kala Nag, nannte ihn ein altes fettes Schwein und ließ ihn die Füße heben, einen nach dem anderen.

»Wah!« sagte Kleiner Toomai, »du bist ein großer Elefant«, und er schüttelte seinen Wuschelkopf und zitierte seinen Vater. »Die Regierung zahlt vielleicht für Elefanten, aber ihr gehört uns Mahouts. Wenn du alt bist, Kala Nag, wird ein reicher Radscha kommen und dich der Regierung abkaufen, weil du so groß bist und so gute Manieren hast, und dann wirst du nichts mehr tun müssen außer goldene Ringe in deinen Ohren tragen und einen goldenen Sessel auf deinem Rücken und rotes Tuch mit Gold an deinen Seiten und an der Spitze der Prozessionen des Königs gehen. Dann werde ich auf deinem Nacken sitzen, o Kala Nag, mit einem silbernen *ankus*, und Männer mit goldenen Stöcken werden vor uns herlaufen und rufen ›Macht Platz für den Elefanten des Königs!‹ Das wird fein sein, Kala Nag, aber nicht so fein wie dieses Jagen im Dschungel.«

»Umph!« sagte Großer Toomai. »Du bist ein Junge und so wild wie ein Büffelkalb. So zwischen den Bergen hin und her rennen ist nicht der beste Dienst für die Regierung. Ich werde alt, und wilde Elefanten liebe ich gar nicht. Gib mir Elefantenställe aus Ziegeln, einen Verschlag für jeden Elefanten, und große Pfosten, um sie sicher anzubinden, und ebene breite Straßen zum Üben, statt mal hier mal da ein Lager. Ah, die Kasernen von Kanpur waren gut. Da war ein Basar in der Nähe, und nur drei Stunden Arbeit am Tag.«

Kleiner Toomai erinnerte sich an die Elefantenstallungen von Kanpur und sagte nichts. Er zog das Lagerleben ganz entschieden vor und haßte diese breiten, ebenen Straßen, die tägliche Plackerei mit dem Gras auf den reservierten Weideplätzen und die langen Stunden, in denen es nichts zu tun gab außer Kala Nag zuzusehen, wie er sich unruhig zwischen seinen Pflöcken wiegte.

Was Kleiner Toomai liebte war, Wege hinaufklettern, die nur ein Elefant nehmen konnte; ins darunterliegende Tal hinabtauchen; flüchtige Anblicke der Meilen entfernt grasenden wilden Elefanten; die stürmische Flucht aufgeschreckter Schweine und Pfauen unter Kala Nags Füßen; die blendenden warmen Regen, wenn alle Berge und Täler dampften; die wunderbaren Nebelmorgen, wenn keiner wußte, wo man am Abend lagern würde; der ruhige, vorsichtige Zusammentrieb der wilden Elefanten und das tolle Rasen und Lodern und Durcheinander der Treibjagd des letzten Abends, wenn die Elefanten wie Felsen im Erdrutsch in den Palisadenpferch strömten, merkten, daß sie nicht mehr hinauskonnten und sich gegen die schweren Pfosten warfen, nur um zurückgetrieben zu werden mit Gellen und flackernden Fackeln und Salven von Platzpatronen.

Dabei konnte sogar ein kleiner Junge nützlich sein, und Toomai war es für drei. Er nahm dann seine Fackel und schwenkte sie und schrie wie die Besten. Aber wirklich fein wurde es für ihn, wenn der Austrieb begann und der Keddah – das ist der Palisadenpferch – aussah wie ein Bild vom Ende der Welt und die Männer sich durch Zeichen verständigen mußten, weil sie einander nicht hören konnten. Dann kletterte Kleiner Toomai auf die Spitze einer der vibrierenden Palisaden, sein sonnengebleichtes braunes Haar flog lose um seine Schultern, und im Licht der Fackeln sah er aus wie ein Kobold; und sobald es ein wenig stiller wurde, konnte man seine schrillen Schreie, mit denen er Kala Nag aufmunterte, über das Trompeten und Krachen, das Reißen der Seile und das Ächzen der angeketteten Elefanten hören. »*Maîl, maîl, Kala Nag!* [Vorwärts, vorwärts,

Schwarze Schlange!] *Somalo! Somalo!* [Vorsichtig, vorsichtig!] *Dant do!* [Gib ihm den Zahn!] *Maro! Mar!* [Hau ihn, hau ihn!] Paß auf den Pfosten auf! *Arre! Arre! Hai! Yai! Kya-a-ah!*« So schrie er, und der große Kampf zwischen Kala Nag und dem wilden Elefanten schwankte hin und her über den Keddah, und die alten Elefantenfänger wischten sich den Schweiß aus den Augen und fanden genug Zeit, um Kleiner Toomai zuzunikken, der sich oben auf den Palisaden wand.

Er wand sich aber nicht nur. Eines Abends glitt er vom Pfosten und schlüpfte zwischen die Elefanten und warf das lose Ende eines gefallenen Stricks einem Treiber zu, der das Bein eines strampelnden Kalbs zu packen suchte (Kälber machen immer mehr Mühe als ausgewachsene Tiere). Kala Nag sah ihn, fing ihn mit dem Rüssel ein und reichte ihn an Großer Toomai, der ihm auf der Stelle eine Ohrfeige gab und ihn wieder auf die Palisade setzte.

Am nächsten Morgen schimpfte er mit ihm und sagte: »Sind denn gute Ziegelställe für die Elefanten und ein bißchen Zeltetragen nicht genug für dich, daß du unbedingt auf eigene Rechnung Elefanten fangen mußt, du kleines wertloses Stück? Jetzt haben diese dummen Jäger, die weniger verdienen als ich, alles Petersen Sahib erzählt.« Kleiner Toomai hatte Angst. Er wußte nicht viel über Weiße, aber Petersen Sahib war für ihn der größte weiße Mann auf der Welt. Er war das Haupt aller Vorgänge im Keddah – der Mann, der alle Elefanten für die Indische Regierung fing und mehr von Elefanten verstand als jeder andere lebende Mensch.

»Was . . . was wird jetzt geschehen?« fragte Kleiner Toomai.

»Geschehen! Das Schlimmste kann geschehen. Petersen Sahib ist verrückt. Warum würde er sonst diese wilden Teufel jagen? Vielleicht wird er sogar einen Elefantenfänger aus dir machen wollen, der irgendwo in diesen fiebervollen Dschungeln schlafen muß und am Ende im Keddah totgetrampelt wird. Nur gut, daß dieser Unsinn jetzt vorbei ist. Nächste Woche ist das

Jagen zu Ende, und wir aus den Ebenen werden zu unseren Stationen zurückgeschickt. Dann können wir über glatte Straßen marschieren und dieses ganze Gejage vergessen. Aber, Sohn, ich bin zornig, weil du dich in Dinge eingemischt hast, die nur dieses schmierige assamesische Dschungelvolk etwas angehen. Kala Nag gehorcht keinem außer mir, deshalb muß ich mit ihm in den Keddah; aber er ist nur ein Kampfelefant und hilft nicht dabei, sie zu fesseln. Deswegen kann ich ruhig hier sitzen, wie es einem Mahout zusteht – keinem bloßen Jäger –, einem Mahout, sage ich, und einem Mann, der am Schluß seines Dienstes eine Rente bekommen wird. Soll denn die Familie von Toomai von den Elefanten im Dreck eines Keddah zertrampelt werden? Böser Sohn! Schlimmer Sohn! Nichtsnutziger Sohn! Geh und wasch Kala Nag und kümmer dich um seine Ohren und sieh zu, daß keine Dornen in seinen Füßen sind; sonst fängt Petersen Sahib dich bestimmt und macht einen wilden Jäger aus dir – einen, der hinter Elefantenfährten herläuft, einen Dschungelbär. Bah! Schäm dich! Geh!«

Kleiner Toomai ging ohne ein Wort, aber er erzählte Kala Nag seinen ganzen Kummer, während er seine Füße untersuchte. »Macht nichts«, sagte Kleiner Toomai, als er den Rand von Kala Nags großem rechten Ohr hochklappte. »Sie haben Petersen Sahib meinen Namen gesagt, und vielleicht – und vielleicht – und vielleicht – wer weiß? *Hai!* Das ist aber ein großer Dorn, den ich da rausgezogen hab!«

In den folgenden Tagen wurden die Elefanten zusammengetrieben; die neu eingefangenen wilden Elefanten führte man zwischen einem Paar zahmer hin und her, damit sie auf dem Marsch hinab in die Ebene nicht mehr zuviel Ärger machten, und man zählte die Decken und Seile und anderen Dinge, die im Wald abgenutzt worden oder verlorengegangen waren.

Petersen Sahib kam zu ihnen, auf seiner klugen Elefantin Padmini; er hatte andere Lager in den Bergen ausgezahlt, denn die Jagdzeit ging zu Ende und ein eingeborener Schreiber saß unter einem Baum an einem Tisch, um den Treibern ihre Löhne auszuzahlen. Jeder ging, nachdem er sein Geld bekommen hatte, zu seinem Elefanten zurück und stellte sich in die marschbereite Reihe. Die Fänger und die Jäger und die Treiber, die Männer vom Keddah, die jahraus jahrein im Dschungel blieben, saßen auf den Rücken der Elefanten, die zu Petersen Sahibs ständiger Truppe gehörten, oder sie lehnten an Bäumen, das Gewehr über dem Arm, und verspotteten die Treiber, die fortgingen, und lachten, wenn die neuen Elefanten aus der Reihe brachen und herumrannten.

Großer Toomai ging zum Schreiber, gefolgt von Kleiner Toomai; und Machua Appa, der Führer der Fährtensucher, sagte halblaut zu einem seiner Freunde: »Da ist endlich mal einer, der das Zeug zum Elefantenjäger hat. Ein Jammer, den kleinen Dschungelhahn in die Ebene zu schicken, wo er bestimmt seine Federn verliert.«

Petersen Sahib hatte seine Ohren überall, wie es sein muß bei einem, der dem schweigsamsten aller Lebewesen lauscht – dem wilden Elefanten. Er blieb ausgestreckt auf Padminis Rücken liegen, drehte sich um und sagte: »Was war das? Ich wußte nicht, daß bei den Treibern aus der Ebene auch nur ein Mann ist, der einen toten Elefanten richtig binden kann.«

»Kein Mann, sondern ein Junge. Er ist beim letzten Treiben in den Keddah gelaufen und hat Barmao da das Seil zugeworfen, als wir versucht haben, das junge Kalb mit dem Fleck auf der Schulter von seiner Mutter wegzuholen.«

Machua Appa deutete auf Kleiner Toomai, und Petersen Sahib schaute hin, und Kleiner Toomai verneigte sich bis auf den Boden.

»Der soll ein Seil geworfen haben? Er ist doch kleiner als ein Pflock. Kleiner Mann – wie heißt du?« sagte Petersen Sahib.

Kleiner Toomai war zu erschrocken zum Sprechen, aber Kala Nag stand hinter ihm, und Toomai gab ihm ein Zeichen mit der Hand, und der Elefant hob ihn mit dem Rüssel hoch und hielt ihn vor Padminis Stirn, auf gleicher Höhe mit dem großen Petersen Sahib. Da bedeckte Kleiner Toomai das Gesicht mit den Händen, denn er war nur ein Kind, und außer wenn es um Elefanten ging so scheu wie jedes andere Kind.

»Oho!« sagte Petersen Sahib; er lächelte in seinen Schnurrbart. »Wieso hast du deinem Elefanten denn *diesen* Trick beigebracht? Damit er dir hilft, grünes Korn von den Hausdächern zu stehlen, wenn die Ähren zum Trocknen hingelegt werden?«

»Kein grünes Korn, Beschützer der Armen – Melonen«, sagte Kleiner Toomai, und alle ringsum sitzenden Männer brachen in schallendes Gelächter aus. Die meisten von ihnen hatten ihren Elefanten diesen Trick beigebracht, als sie noch Jungen waren. Kleiner Toomai hing in acht Fuß Höhe und wünschte sich sehr dringend acht Fuß unter die Erde.

»Das ist Toomai, mein Sohn, Sahib«, sagte Großer Toomai mürrisch. »Er ist ein ganz böser Junge und wird in einem Kerker enden, Sahib.«

»Da habe ich meine Zweifel«, sagte Petersen Sahib. »Ein Junge, der sich in seinem Alter schon in einen vollen Keddah wagt, endet nicht im Kerker. Sieh mal, kleiner Mann, hier sind vier Annas für Süßigkeiten, weil du unter deinem großen Haardach einen kleinen Kopf hast. Mit der Zeit wirst du vielleicht auch ein Jäger.« Großer Toomai blickte noch mürrischer drein als zuvor. »Aber denk dran«, fuhr Petersen Sahib fort, »daß Keddahs keine Spielplätze für Kinder sind.«

»Darf ich nie in einen gehen, Sahib?« fragte Kleiner Toomai mit einem großen Seufzer.

»Doch.« Petersen Sahib lächelte wieder. »Wenn du die Elefanten tanzen gesehen hast. Dann ist die richtige Zeit. Komm zu mir, wenn du die Elefanten tanzen gesehen hast, und dann lasse ich dich in alle Keddahs gehen.«

Wieder gab es brüllendes Gelächter, denn das ist ein alter Witz unter Elefantenfängern und bedeutet soviel wie niemals. In den Wäldern verborgen gibt es große flache Lichtungen, die man die Ballsäle der Elefanten nennt, aber selbst die findet man nur zufällig, und niemand hat je die Elefanten tanzen sehen. Wenn ein Treiber mit seiner Geschicklichkeit und seinem Mut angibt, sagen die anderen Treiber. »Und wann hast *du* die Elefanten tanzen sehen?«

Kala Nag setzte Kleiner Toomai ab, und er verneigte sich noch einmal bis zum Boden und ging mit seinem Vater fort, und die silberne Vier-Anna-Münze gab er seiner Mutter, die seinen kleinen Bruder säugte, und sie alle wurden auf Kala Nags Rücken gesetzt, und die Reihe der knurrenden, quäkenden Elefanten rollte den Bergpfad zur Ebene hinunter. Es war ein sehr lebhafter Marsch wegen der neuen Elefanten, die bei jeder Furt für Ärger sorgten und alle paar Minuten getätschelt oder geschlagen werden mußten.

Großer Toomai bearbeitete Kala Nag übellaunig mit dem *ankus*, denn er war sehr verärgert, aber Kleiner Toomai war zu glücklich, um etwas zu sagen. Petersen Sahib hatte ihn bemerkt und ihm Geld gegeben, deshalb fühlte er sich, wie sich ein einfacher Soldat fühlen würde, den sein Kommandeur aus dem Glied gerufen und gelobt hat.

»Was hat Petersen Sahib mit dem Elefantentanz gemeint?« sagte er schließlich leise zu seiner Mutter.

Großer Toomai hörte es und knurrte. »Daß du nie einer dieser Bergbüffel von Fährtensuchern wirst. *Das* hat er gemeint. Hoh du da vorn, warum geht es nicht weiter?«

Ein assamesischer Treiber, zwei oder drei Elefanten weiter vorn, wandte sich verärgert um und rief: »Bring Kala Nag her und laß ihn dieses Kalb hier zur Vernunft bringen. Warum hat Petersen Sahib nur *mich* ausgesucht, um mit euch Reisfeldeseln nach unten zu gehen? Bring dein Tier her, Toomai, er soll seine Stoßzähne benutzen. Bei allen Göttern der Berge, diese neuen Elefanten sind besessen, oder sie können ihre Freunde im Dschungel riechen.«

Kala Nag stieß dem neuen Elefanten in die Rippen, daß er

keine Luft mehr bekam, und Großer Toomai sagte: »Wir haben die Berge von wilden Elefanten geräumt, mit dem letzten Fang. Das ist bloß eure nachlässige Treiberei. Muß ich denn allein die ganze Reihe in Ordnung halten?«

»Hört euch das an!« sagte der andere Treiber. »*Wir* haben die Berge geräumt! Ho! Ho! Ihr seid furchtbar schlau, ihr Flachländer. Außer einem Schlammkopf, der keine Ahnung vom Dschungel hat, weiß doch jeder, daß *die* genau wissen, daß für dieses Jahr das Jagen vorbei ist. Deshalb werden diese Nacht alle wilden Elefanten ... aber wozu soll ich meine Weisheit an eine Flußkröte verschwenden?«

»Was tun sie diese Nacht?« rief Kleiner Toomai.

»*Obé*, kleiner Mann. Bist du da? Na ja, dir will ich es sagen, weil du einen kühlen Kopf hast. Sie werden tanzen, und dein Vater, der allein *alle* Berge von *allen* Elefanten geräumt hat, sollte diese Nacht doppelte Ketten um seine Pflöcke legen.«

»Was ist das für ein Geschwätz?« sagte Großer Toomai. »Seit vierzig Jahren pflegen wir, Vater und Sohn, nun Elefanten, aber so einen Unsinn über die Tanzerei hab ich noch nie gehört.«

»Klar; ein Flachländer, der in einer Hütte lebt, kennt nur die vier Wände seiner Hütte. Na schön, laß deine Elefanten diese Nacht frei und sieh zu, was du davon hast. Und was das Tanzen angeht – ich hab die Stelle gesehen, wo ... *Bapree-Bap!* Wie viele Windungen hat der Dihang denn nur? Schon wieder eine Furt, und wir müssen die Kälber ans Schwimmen kriegen. Stehenbleiben, ihr da hinten.«

Und so redeten und stritten sie und planschten durch die Flüsse auf ihrem ersten Marsch zu einer Art Auffanglager für die neuen Elefanten; aber lange vor der Ankunft hatten sie schon Laune und Nerven verloren.

Dann wurden die Elefanten mit den Hinterbeinen an die dikken Stümpfe gebunden, die als Pflöcke dienten, und die neuen Elefanten wurden mit zusätzlichen Tauen festgemacht, und das

Futter wurde vor ihnen aufgeschüttet, und die Treiber aus den Bergen gingen im abendlichen Zwielicht zurück zu Petersen Sahib, sagten den Treibern aus den Ebenen, sie sollten in dieser Nacht besonders vorsichtig sein und lachten, als die Treiber aus den Ebenen nach dem Grund fragten.

Kleiner Toomai kümmerte sich um Kala Nags Abendessen, und als es dunkel wurde, wanderte er durchs Lager, unsagbar glücklich, auf der Suche nach einem Tom-tom. Wenn das Herz eines indischen Jungen voll ist, läuft er nicht einfach herum und macht unordentlichen Lärm. Er setzt sich irgendwo hin und schwelgt gewissermaßen allein. Und Petersen Sahib hatte mit Kleiner Toomai gesprochen! Wenn er nicht gefunden hätte was er suchte, wäre er wohl geplatzt. Aber der Zuckerbäcker des Lagers lieh ihm ein kleines Tom-tom – eine mit flacher Hand geschlagene Trommel –, und mit übereinandergeschlagenen Beinen setzte er sich vor Kala Nag, als die Sterne langsam erschienen, hielt das Tom-tom im Schoß und schlug und schlug und schlug, und je mehr er an die große Ehre dachte, die ihm zuteil geworden war, desto mehr trommelte er, ganz allein zwischen den Haufen von Elefantenfutter. Es gab keine Melodie und keine Wörter, aber das Trommeln machte ihn glücklich.

Die neuen Elefanten zerrten an ihren Stricken; hin und wieder quäkten und trompeteten sie, und er konnte seine Mutter hören, die in der Lagerhütte seinen kleinen Bruder in den Schlaf sang, mit einem uralten Lied über den großen Gott Shiv, der einmal allen Tieren gesagt hatte, was sie essen sollten. Es ist ein sehr beruhigendes Wiegenlied, und die erste Strophe lautet:

Shiv, who poured the harvest and made the winds to blow,
Sitting at the doorways of a day of long ago,
Gave to each his portion, food and toil and fate,
From the King upon the guddee to the Beggar at the gate.
  All things made he—Shiva the Preserver.
  Mahadeo! Mahadeo! he made all,—
  Thorn for the camel, fodder for the kine,
  And mother's heart for sleepy head, O little son of mine!

[Shiv, der Ernten reich macht und Winde wehen läßt,
saß einst an der Pforte eines Tags vor langer Zeit,
jedem gab er seinen Teil, Speise, Plage, Leid,
vom König auf dem *gaddi* bis zum Bettler vor dem Tor.
Alles schuf er – Shiva der Bewahrer.
Mahadeo! Mahadeo! er schuf alles –
Dornen für Kamele, Futter für das Vieh
und Mutters Herz fürs müde Haupt, mein lieber kleiner Sohn!]

Kleiner Toomai fiel am Ende jeder Strophe mit einem fröhlichen *tunk-a-tunk* ein, bis er schläfrig wurde und sich neben Kala Nag auf dem Futter ausstreckte.

Schließlich legten sich die Elefanten nieder, einer nach dem anderen, wie sie es immer tun, bis nur noch Kala Nag am rechten Ende der Reihe stand; und er schaukelte langsam von einer Seite auf die andere, die Ohren vorgestellt, um dem Nachtwind zu lauschen, der ganz sanft über die Berge wehte. Die Luft war voll von all den Nachtgeräuschen, die zusammengefaßt eine große Stille ergeben – das Klicken eines Bambusstengels gegen den anderen, das Rascheln von etwas Lebendigem im Unterholz, das Kratzen und Knarzen eines halbwachen Vogels (Vögel sind nachts viel öfter wach als wir meinen), und das Stürzen von Wasser ganz weit entfernt. Kleiner Toomai schlief einige Zeit, und als er erwachte schien glänzend der Mond, und Kala Nag stand noch immer aufrecht, mit vorgestellten Ohren. Kleiner Toomai drehte sich, raschelte im Futter und betrachtete die Krümmung des großen Rückens vor der Hälfte aller Sterne am Himmel; und während er noch hinschaute, hörte er so weit fort, daß es klang wie ein Nadelloch von Lärm, in die Stille gestochen, das »huut-tuut« eines wilden Elefanten.

Alle Elefanten im Lager sprangen auf, als hätte man auf sie geschossen, und ihr Murren weckte schließlich die schlafenden Mahouts, die zu ihnen kamen und mit großen Hämmern die Pflöcke festschlugen und diesen Strick enger zogen und jenen verknoteten, bis alles wieder still war. Ein neuer Elefant hatte seinen Pflock beinahe herausgerissen, und Großer Toomai nahm Kala Nags Beinfessel ab und kettete damit dem anderen Elefanten Vorder- und Hinterbeine zusammen, legte aber nur eine Schlinge aus Gras um Kala Nags Bein und sagte ihm, er solle daran denken, daß er festgebunden sei. Er wußte, daß er und sein Vater und sein Großvater das schon Hunderte Male getan hatten. Kala Nag beantwortete den Befehl nicht mit einem Gurgeln, was er sonst tat. Er stand still, den Kopf ein wenig erhoben und die Ohren wie Fächer ausgebreitet, und schaute über das mondbeschienene Land hinauf zu den großen Falten der Garo-Berge.

»Kümmer dich um ihn, wenn er diese Nacht unruhig wird«, sagte Großer Toomai zu Kleiner Toomai, und dann ging er in die Hütte und schlief. Kleiner Toomai war dabei, auch einzuschlafen, als er den Faserstrick mit einem leisen *täng* reißen hörte, und Kala Nag rollte zwischen seinen Pflöcken heraus, so langsam und lautlos wie eine Wolke aus der Öffnung eines Tales rollt. Kleiner Toomai trappelte barfuß hinter ihm her, die Straße im Mondlicht hinunter, und rief ganz leise: »Kala Nag! Kala Nag! Nimm mich mit, o Kala Nag!« Der Elefant drehte sich lautlos um, machte drei Schritte zum Jungen hin, senkte den Rüssel, hob ihn auf seinen Nacken, und noch ehe Kleiner Toomai seine Knie festgepreßt hatte, glitt er in den Wald.

Aus den Elefantenreihen kam ein wilder Trompetenstoß, dann legte sich über alles Schweigen, und Kala Nag setzte sich in Bewegung. Manchmal wusch ein hohes Grasbüschel an seinen Flanken entlang wie eine Welle an der Bordwand eines Schiffs, und manchmal kratzten die Ranken eines Bündels von wildem Pfeffer über seinen Rücken, oder ein Bambus knirschte, wenn seine Schulter ihn berührte; aber abgesehen davon bewegte er sich absolut ohne jedes Geräusch und trieb durch den dichten Garo-Wald wie durch Rauch. Er lief bergauf, aber obwohl Kleiner Toomai durch die Lücken zwischen den Wipfeln nach den Sternen sah, konnte er die Richtung nicht bestimmen.

Dann erreichte Kala Nag den Kamm des Hangs und hielt eine Minute an, und Kleiner Toomai sah meilenweit die Baumspitzen gesprenkelt und pelzig im Mondschein liegen und den blauweißen Nebel über dem Fluß in der Senke. Toomai lehnte sich vor und schaute, und er fühlte, daß der Wald unter ihm wach war – wach und lebendig und wimmelnd. Eine große braune früchtefressende Fledermaus strich an seinem Ohr vorbei; ein Stachelschwein rasselte im Dickicht mit den Stacheln; und in der Dunkelheit zwischen den Baumstämmen hörte er einen Lippenbären in der feuchten warmen Erde graben und schnüffeln.

Dann schlossen sich die Zweige wieder über seinem Kopf, und Kala Nag ging hinab ins Tal – diesmal nicht leise, sondern im Sturm, wie eine losgerissene Kanone einen steilen Abhang hinabjagt. Die riesigen Glieder bewegten sich so gleichmäßig wie Kolben, acht Fuß mit jedem Schritt, und die runzlige Haut über den Beingelenken raschelte. Das Unterholz zu beiden Seiten riß mit dem Geräusch berstender Segel, und die jungen Bäume, die er rechts und links mit den Schultern beiseitewuchtete, schnellten wieder zurück und klatschten gegen seine Flanken, und große Schleppen verworrener Schlingpflanzen hingen von seinen Stoßzähnen, während er den Kopf hin und her warf und sich seinen Weg pflügte. Da preßte Kleiner Toomai sich an den großen Nacken, damit ihn nicht ein Ast beim Zurückschnellen zu Boden wischte, und er wünschte, er wäre wieder im Lager.

Langsam wurde der Grasboden breiig, und Kala Nags Füße malmten und schmatzten beim Auftreten, und der Nachtnebel auf der Talsohle ließ Kleiner Toomai frösteln. Dann hörte er Platschen und Trampeln und das Rauschen fließenden Wassers, und Kala Nag ging mit tastenden Schritten durch ein Flußbett. Über dem Geräusch des Wassers, das um die Beine des Elefanten sprudelte, konnte Kleiner Toomai flußauf wie flußab noch mehr Platschen und Trompeten hören – lautes

Knurren und ärgerliches Grunzen, und der Nebel ringsumher schien voll zu sein mit rollenden, wogenden Schatten.

»*Ai!*« sagte er halblaut, mit klappernden Zähnen. »Das Elefanten-Volk ist diese Nacht unterwegs. Dann geht es also *doch* um den Tanz.«

Kala Nag plantschte aus dem Wasser, blies den Rüssel frei und machte sich an den nächsten Aufstieg; aber diesmal war er nicht allein und mußte sich den Pfad nicht bahnen. Der Weg lag schon vor ihm, sechs Fuß breit, und das niedergetretene Dschungelgras versuchte sich zu erholen und aufzurichten. Viele Elefanten mußten erst vor wenigen Minuten hier entlanggekommen sein. Kleiner Toomai schaute hinter sich und sah einen großen wilden Elefantenbullen, dessen kleine Schweineaugen wie heiße Kohlen glommen, aus dem nebligen Fluß steigen. Dann schlossen sich die Bäume erneut, und sie stiegen immer weiter empor, mit Trompeten und Krachen und dem Klang brechender Äste auf allen Seiten.

Schließlich blieb Kala Nag zwischen zwei Baumstämmen auf der Kuppe des Berges stehen. Sie gehörten zu einem Kreis von Bäumen, die einen unregelmäßig geformten Platz von fünf bis sechs Morgen umstanden, und wie Kleiner Toomai sehen konnte, war auf der ganzen Fläche die Erde festgetrampelt wie ein Ziegelboden. Einige Bäume wuchsen mitten auf der Lichtung, aber die Rinde war abgerieben und das weiße Holz leuchtete hell und poliert in den Mondscheinfetzen. Von den oberen Ästen hingen Schlingpflanzen, und die Kelche ihrer Blüten, große, wachsweiße Dinge wie Winden, baumelten im Schlaf; auf der Lichtung selbst gab es jedoch keinen einzigen grünen Halm – nichts als zertrampelte Erde.

Das Mondlicht ließ alles eisengrau erscheinen, außer dort, wo Elefanten standen, und ihre Schatten waren tintenschwarz. Kleiner Toomai hielt die Luft an, schaute hin, die Augen traten ihm aus dem Kopf, und während er hinsah, kamen mehr und mehr und immer mehr Elefanten zwischen den Baumstämmen hervor ins Freie. Kleiner Toomai konnte nur bis zehn zählen, und er zählte wieder und wieder mit den Fingern, bis er nicht mehr wußte, wieviel Zehner es waren und sein Kopf sich drehte.

Da waren wilde Bullen mit weißen Stoßzähnen und abgefallenen Blättern, Nüssen und Zweigen in den Nackenrunzeln und Ohrfalten; fette, langsame Kühe mit rastlosen schwarzrosa Kälbern, drei oder vier Fuß groß, die unter den Bäuchen der Mütter herumliefen; junge Elefanten, deren Zähne sich eben erst zeigten und auf die sie sehr stolz waren; schmächtige dürre alte Elefantenjungfern mit hohlen, besorgten Gesichtern und Rüsseln wie rauhe Borke; wüste alte Elefantenbullen, von der Schulter bis zur Flanke gezeichnet mit Schwielen und Striemen alter Kämpfe, und der festgebackene Schmutz ihrer einsamen Schlammbäder bröckelte von ihren Schultern; und einer war da mit abgebrochenem Stoßzahn und den Malen des Großen Hiebes, des furchtbaren schrappenden Reißens einer Tigerkralle an der Seite.

Sie standen Kopf an Kopf oder wanderten zu zweit hin und her über die Fläche oder schwankten und schaukelten ganz allein – Dutzende und Aberdutzende von Elefanten.

Toomai wußte, daß ihm nichts geschehen würde, solange er still auf Kala Nags Nacken lag; denn selbst im Gewühl und Gedränge eines Keddah-Treibens zerrt ein wilder Elefant nicht mit dem Rüssel einen Mann vom Nacken eines zahmen Elefanten; und in dieser Nacht dachten die Elefanten nicht an Menschen. Einmal fuhren sie auf und stellten die Ohren vor, als sie das Klirren einer Beinfessel im Wald hörten, aber es war Padmini, Petersen Sahibs Lieblingselefantin, die mit kurz abgerissener Kette grunzend und schnaufend den Berg heraufkam. Sie mußte ihre Pflöcke zerbrochen haben und direkt aus Petersen Sahibs Lager gekommen sein; und Kleiner Toomai sah einen anderen Elefanten, einen, den er nicht kannte, mit tiefen Schrammen von Stricken auf Rücken und Brust. Auch er mußte einem Lager in den umliegenden Bergen entlaufen sein.

Schließlich war nichts mehr von weiteren Elefanten im Wald zu hören, und Kala Nag schaukelte von seinem Platz zwischen den Bäumen mitten in die Menge, schnalzend und gurgelnd, und alle Elefanten begannen, in ihrer Sprache zu reden und umherzugehen.

Kleiner Toomai lag noch immer still und blickte hinab auf viele Dutzende breite Rücken und zuckende Ohren und gereckte Rüssel und kleine rollende Augen. Er hörte das Klicken von Stoßzähnen, die zufällig auf andere Stoßzähne trafen, und das trockene Rascheln ineinander verschlungener Rüssel und das Schaben gewaltiger Flanken und Schultern in der Menge, und das unaufhörliche Fuchteln und Zischen der großen Schwänze. Dann zog eine Wolke über den Mond, und Toomai befand sich in schwarzem Dunkel; aber das ruhige, gleichmäßige Drängen und Schieben und Gurgeln ließ nicht nach. Er wußte, daß rings um Kala Nag Elefanten waren und daß es keine Möglichkeit gab, ihn aus der Versammlung herauszutreiben; deshalb biß er die Zähne zusammen und schauderte. In einem Keddah gab es immerhin noch Fackellicht und Geschrei, aber hier war er ganz allein im Dunkel, und einmal hob sich ein Rüssel bis zu ihm und berührte ihn am Knie.

Dann trompetete ein Elefant, und fünf oder zehn schreckliche Sekunden lang fielen alle ein. Der Tau oben in den Bäumen sprühte wie Regen auf die unsichtbaren Rücken herab und ein dumpfes dröhnendes Geräusch setzte ein, zunächst nicht sehr laut, und Kleiner Toomai wußte nicht, was es war; aber es wuchs und schwoll, und Kala Nag hob einen Vorderfuß und dann den anderen und rammte sie auf die Erde – eins-zwei, eins-zwei, gleichmäßig wie Schlaghämmer. Die Elefanten stampften jetzt alle gemeinsam, und es klang wie eine Kriegstrommel in der Öffnung einer Höhle. Der Tau fiel von den Bäumen, bis keiner mehr übrig war, und das Dröhnen setzte sich fort und der Boden schwankte und bebte, und Kleiner

Toomai legte die Hände an die Ohren, um sich gegen die Töne zu wehren. Aber alles wurde zu einer gewaltigen Schockwelle, die ihn durchschoß – dieses Stampfen von Hunderten schwerer Füße auf der blanken Erde. Ein- oder zweimal konnte er spüren, wie Kala Nag und die anderen ein paar Schritte vorwärts wogten und das Hämmern zu einem Malmen wurde, als saftige grüne Dinge zerquetscht wurden, aber nach einer oder zwei Minuten begann das Dröhnen von Füßen auf harter Erde von neuem. Irgendwo in seiner Nähe knirschte und ächzte ein Baum. Er streckte den Arm aus und fühlte die Rinde, aber Kala Nag drang weiter vor, immer noch trampelnd, und Toomai wußte nicht, wo auf der Lichtung er sich befand. Von den Elefanten kam kein Laut, außer einmal, als zwei oder drei kleine Kälber gemeinsam quäkten. Dann hörte er dumpfes Stampfen und Stoßen, und das Dröhnen ging weiter. Es mußte nun schon volle zwei Stunden dauern, und Kleiner Toomai taten alle Fasern seines Körpers weh; aber am Geruch der Nachtluft erkannte er, daß die Dämmerung kam.

Der Morgen brach mit einer Schicht von fahlem Gelb hinter den grünen Bergen an, und das Dröhnen endete mit dem ersten Strahl, als sei das Licht ein Befehl gewesen. Ehe Kleiner-Toomai das Klingen aus dem Kopf verloren, noch ehe er sich hatte aufrichten können, war kein Elefant mehr zu sehen außer Kala Nag, Padmini und dem Elefanten mit den Seilstriemen, und an den Berghängen gab es kein Zeichen noch Rascheln noch Flüstern, das hätte anzeigen können, wohin die anderen verschwunden waren.

Kleiner Toomai starrte immer wieder um sich. Die Lichtung, an die er sich erinnerte, war in der Nacht gewachsen. In der Mitte standen mehrere Bäume, aber Unterholz und Dschungelgras am Rand waren zurückgedrängt. Kleiner-Toomai schaute noch einmal verblüfft hin. Jetzt verstand er das Trampeln. Die Elefanten hatten eine größere Fläche freigestampft – hatten das dichte Gras und saftiges Rohr zu Klumpen zerstampft, die Klumpen zu Splittern, die Splitter zu winzigen Fasern und die Fasern zu harter Erde.

»Wah!« sagte Kleiner Toomai, und seine Augen waren sehr schwer. »Kala Nag, HErr, laß uns bei Padmini bleiben und zu Petersen Sahibs Lager gehen, sonst falle ich noch von deinem Nacken.«

Der dritte Elefant sah hinter den beiden her, schnaubte, machte kehrt und suchte seinen eigenen Weg. Vielleicht gehörte er in die Stallungen eines kleinen eingeborenen Fürsten, fünfzig oder sechzig oder hundert Meilen entfernt.

Zwei Stunden später, als Petersen Sahib beim Frühstück war, begannen die Elefanten, die in dieser Nacht mit doppelten Ketten festgemacht worden waren, zu trompeten, und Padmini, bis zu den Schultern von Schmutz bedeckt, kam zusammen mit Kala Nag ganz fußkrank ins Lager gewankt.

Das Gesicht von Kleiner Toomai war grau und verkniffen, sein Haar voller Blätter und von Tau durchtränkt; trotzdem versuchte er, Petersen Sahib förmlich zu grüßen und rief schwach: »Der Tanz – der Elefantentanz! Ich hab ihn gesehn und – ich sterbe!« Als Kala Nag sich niedersetzte, glitt er ohnmächtig von seinem Nacken.

Da aber eingeborene Kinder keine erwähnenswerten Nerven haben, lag er zwei Stunden später sehr zufrieden in Petersen Sahibs Hängematte, mit Petersen Sahibs Jagdrock unter dem Kopf und einem Glas mit warmer Milch, ein bißchen Brandy und einem Schuß Chinin im Leib; und während die alten, haarigen, vernarbten Dschungeljäger in drei Reihen vor ihm saßen und ihn anschauten wie einen Geist, erzählte er in kurzen Worten, eben wie ein Kind, seine Geschichte und endete mit:

»Wenn ich auch nur mit einem Wort lüge, dann schickt Männer aus um nachzusehen, und sie werden finden, daß das Elefanten-Volk mehr Platz für seinen Tanzraum freigetrampelt hat, und sie werden zehn und zehn und noch viele Male zehn Fährten finden, die zu diesem Tanzraum führen. Mit ihren

Füßen haben sie mehr Platz gemacht. Ich hab es gesehn. Kala Nag hat mich mitgenommen, und ich hab es gesehn. Und Kala Nag hat jetzt sehr müde Beine!«

Kleiner Toomai lehnte sich zurück und schlief den ganzen langen Nachmittag und in die Abenddämmerung hinein, und während er schlief, folgten Petersen Sahib und Machua Appa den Spuren der beiden Elefanten fünfzehn Meilen weit über die Berge. Petersen Sahib jagte seit achtzehn Jahren Elefanten und hatte zuvor erst einmal einen solchen Tanzplatz gesehen. Um zu verstehen, was auf der Lichtung vorgefallen war, brauchte Machua Appa weder zweimal hinzuschauen noch die feste zertrampelte Erde mit dem Zeh aufzukratzen.

»Der Junge sagt die Wahrheit«, sagte er. »All das ist letzte Nacht getan worden, und ich habe siebzig Fährten am Fluß gezählt. Schau, Sahib, wo Padminis Fußkette die Rinde von dem Baum da getrennt hat! Ja, auch sie war hier.«

Sie sahen einander an und hierhin und dorthin und wunderten sich; denn die Wege der Elefanten sind jenseits des Scharfsinns aller Menschen, gleich ob schwarz oder weiß.

»Vierzig und fünf Jahre«, sagte Machua Appa, »folge ich nun meinem HErrn, dem Elefanten, aber nie habe ich gehört, daß ein Mensch gesehen hätte, was dieser Junge gesehen hat. Bei allen Göttern der Berge, das ist ... was soll man sagen?« Und er schüttelte den Kopf.

Als sie zum Lager zurückkamen, war es Zeit für das Abendessen. Petersen Sahib aß allein in seinem Zelt, aber er ordnete an, daß das Lager zwei Schafe und einiges Geflügel, außerdem noch die doppelte Menge Mehl und Reis und Salz haben sollte, denn er wußte, daß es ein Fest geben würde.

Großer Toomai war in großer Eile vom Lager in der Ebene heraufgekommen, um nach seinem Sohn und seinem Elefanten zu suchen, und nun, da er sie gefunden hatte, schaute er sie an, als ob er sich vor beiden fürchtete. Und an den lodernden Lagerfeuern vor den Reihen der angepflockten Elefanten fand ein

Fest statt, und Kleiner Toomai war der Held des Ganzen; und die großen braunen Elefantenfänger, die Fährtensucher und Treiber und Binder und die Männer, die alle Geheimnisse der Zähmung auch des wildesten Elefanten kannten, reichten ihn untereinander herum und zeichneten seine Stirn mit Blut aus der Brust eines frisch getöteten Dschungelhahns um anzuzeigen, daß er ein Waldläufer war, eingeweiht und mit dem Recht, sich in allen Dschungeln zu bewegen.

Und als schließlich die Flammen erloschen und das rote Glimmen der Hölzer die Elefanten aussehen ließ, als seien auch sie in Blut getaucht worden, sprang Machua Appa auf – Machua Appa, Oberhaupt aller Treiber aller Keddahs – Machua Appa, Petersen Sahibs zweites Ich, der in vierzig Jahren nie eine gebaute Straße gesehen hatte: Machua Appa, der so groß war, daß er keinen anderen Namen als Machua Appa hatte – er sprang auf, hielt Kleiner Toomai hoch über seinem Kopf und schrie: »Hört zu, meine Brüder. Hört auch ihr zu, ihr HErren in den Reihen da, denn ich, Machua Appa, rede jetzt! Dieser Kleine hier soll nicht länger Kleiner Toomai heißen, sondern Toomai von den Elefanten, wie sein Urgroßvater vor ihm. Was kein Mensch je sah, hat er eine lange Nacht hindurch gesehen, und die Gunst des Elefanten-Volks und der Dschungelgötter ist mit ihm. Er wird ein großer Fährtensucher werden; er wird größer werden als ich, sogar als ich – Machua Appa! Er wird der frischen Fährte und der schalen Fährte und der gemischten Fährte folgen, mit scharfem Auge! Ihm wird nichts zustoßen im Keddah, wenn er unter ihren Bäuchen herumläuft, um die wilden Bullen zu binden; und wenn er vor den Füßen des angreifenden Elefantenbullen ausrutscht, wird dieser Bulle wissen wer er ist und ihn nicht zermalmen. *Aihai!* ihr HErren in Ketten« – er raste die Reihe der Pflöcke entlang –, »hier ist der kleine Mensch, der eure Tänze an euren verborgenen Plätzen gesehen hat – etwas, was kein Mann je sah! Ehrt ihn, oh ihr HErren! *Salaam karo*, meine Kinder. Entbietet Toomai von den

Elefanten euren Gruß! Ganga Pershad, ahaa! Hira Gaj, Birchi Gaj, Kattar Gaj, ahaa! Padmini – du hast ihn beim Tanz gesehen, und du auch, Kala Nag, mein Juwel unter den Elefanten! – ahaa! Alle zusammen! Für Toomai von den Elefanten. *Barrao!* «

Und auf diesen letzten wilden gellenden Schrei hin warf die ganze Reihe die Rüssel hoch, bis die Spitzen die Stirnen berührten, und brach in den vollen Salut aus – den schmetternden Trompetenstoß, den nur der Vizekönig von Indien hört, das Salaamut des Keddah.

Aber alles geschah für Kleiner Toomai, der gesehen hatte, was kein Mensch vor ihm je sah – den Tanz der Elefanten, bei Nacht und allein, im Herzen der Garo-Berge!

SHIV AND THE GRASSHOPPER

(THE SONG THAT TOOMAI'S MOTHER SANG TO THE BABY)

Shiv, who poured the harvest and made the winds to blow,
Sitting at the doorways of a day of long ago,
Gave to each his portion, food and toil and fate,
From the King upon the *guddee* to the Beggar at the gate.
All things made he—Shiva the Preserver.
Mahadeo! Mahadeo! he made all,—
Thorn for the camel, fodder for the kine,
And mother's heart for sleepy head, O little son of mine!

Wheat he gave to rich folk, millet to the poor,
Broken scraps for holy men that beg from door to door;
Cattle to the tiger, carrion to the kite,
And rags and bones to wicked wolves without the wall at night.
Naught he found too lofty, none he saw too low—
Parbati beside him watched them come and go;
Thought to cheat her husband, turning Shiv to jest—
Stole the little grasshopper and hid it in her breast.
So she tricked him, Shiva the Preserver.
Mahadeo! Mahadeo! turn and see.
Tall are the camels, heavy are the kine,
But this was least of little things, O little son of mine!

SHIV UND DER HEUSCHRECK

(DAS LIED DAS TOOMAIS MUTTER DEM BABY VORSANG)

Shiv, der Ernten reich macht und Winde wehen läßt,
saß einst an der Pforte eines Tags vor langer Zeit,
jedem gab er seinen Teil, Speise, Plage, Leid,
vom König auf dem *gaddi* bis zum Bettler vor dem Tor.
Alles schuf er – Shiva der Bewahrer.
Mahadeo! Mahadeo! er schuf alles –
Dornen für Kamele, Futter für das Vieh
und Mutters Herz fürs müde Haupt, mein lieber kleiner Sohn!

Weizen gab er für die Reichen, Hirse für die Armen,
Bröckchen für die Heiligen die an den Türen betteln;
Rinder für den Tiger, für den Geier Aas,
und Knochen für die bösen Wölfe draußen in der Nacht.
Keiner war ihm zu erhaben, keiner zu gering –
Parbati saß neben ihm, sah sie kommen und gehn;
und sie spielte ihrem Gatten Shiva einen Streich –
stahl den kleinen Heuschreck und barg ihn unterm Herzen.
Sie überlistete Shiva den Bewahrer.
Mahadeo! Mahadeo! schau dich um.
Groß sind die Kamele, schwer ist das Vieh,
aber dies war das Allerkleinste, mein lieber kleiner Sohn!

When the dole was ended, laughingly she said,
'Master, of a million mouths is not one unfed?'
Laughing, Shiv made answer, 'All have had their part,
Even he, the little one, hidden 'neath thy heart.'
From her breast she plucked it, Parbati the thief,
Saw the Least of Little Things gnawed a new-grown leaf!
Saw and feared and wondered, making prayer to Shiv,
Who hath surely given meat to all that live.
All things made he—Shiva the Preserver.
Mahadeo! Mahadeo! he made all,—
Thorn for the camel, fodder for the kine,
And mother's heart for sleepy head, O little son of mine!

Lachend sprach Parbati am Ende der Verteilung:
»Herr, ist denn von der Million Münder keiner hungrig?«
Lachend sagte Shiva: »Jeder hat sein Teil,
selbst der Allerkleinste, den du am Herzen birgst.«
Parbati die Diebin zog ihn aus dem Busen,
sah: der Allerkleinste nagt ein frisches Blatt!
Sah, erschrak und staunte, betete zu Shiv,
der gewißlich allen, die da leben, Speise gab.
Alles schuf er – Shiva der Bewahrer.
Mahadeo! Mahadeo! er schuf alles –
Dornen für Kamele, Futter für das Vieh,
und Mutters Herz fürs müde Haupt, mein lieber kleiner Sohn!

DIENER IHRER MAJESTÄT

You can work it out by Fractions or by simple Rule of Three,
But the way of Tweedle-dum is not the way of Tweedle-dee.
You can twist it, you can turn it, you can plait it till you drop,
But the way of Pilly-Winky's not the way of Winkie-Pop!

[Du kannst es mit Brüchen rechnen oder Dreisatz oder Daumen,
doch die Art von Tweedle-dum ist nicht die Art von Tweedle-dee.
Kannst es drehen, kannst es wenden, kannst es falten bis du platzt,
doch die Art von Pilly-Winky ist nicht die von Winkie-Pop!]

EINEN ganzen Monat lang hatte es gegossen – gegossen auf ein Lager mit dreißigtausend Mann, Tausenden von Kamelen, Elefanten, Pferden, Ochsen und Maultieren, alle bei einem Ort namens Rawal Pindi versammelt, um vom Vizekönig von Indien inspiziert zu werden. Der Emir von Afghanistan stattete ihm einen Besuch ab – ein wilder König eines sehr wilden Landes; und der Emir hatte als Leibgarde achthundert Mann und Pferde mitgebracht, die in ihrem Leben vorher nie ein Lager oder eine Lokomotive gesehen hatten – wilde Männer und wilde Pferde, irgendwo aus der Tiefe Mittelasiens. Man konnte sich darauf verlassen, daß jede Nacht ein Haufen dieser Pferde die Fußfesseln zerriß und in Schlamm und Finsternis eine Stampede durchs Lager veranstaltete oder daß die Kamele sich losrissen und herumliefen und über die Zeltleinen stürzten, und ihr könnt euch vorstellen, wie angenehm das für Männer war, die einzuschlafen versuchten. Mein Zelt war weit von den Kamelplätzen entfernt und ich dachte, es wäre sicher; aber in einer Nacht steckte jemand seinen Kopf herein und schrie: »Raus, schnell! Sie kommen! Meins ist schon hinüber!«

Ich wußte, wer »sie« waren; also zog ich Stiefel und Regenmantel an und stürzte hinaus in den Matsch. Die kleine Vixen, mein Foxterrier, flitzte zur anderen Seite hinaus; und dann ging ein Röhren und Grunzen und Blubbern los und ich sah, wie die

Stange knickte und das Zelt sackte und gleich einem irren Gespenst herumzutanzen begann. Ein Kamel war hineingestolpert, und so naß und wütend ich auch war, mußte ich doch lachen. Dann rannte ich weiter, weil ich nicht wußte, wie viele Kamele sich losgerissen haben mochten, und bald war ich außer Sichtweite des Lagers und wühlte mir einen Weg durch den Schlamm.

Schließlich fiel ich über den Lafettenschwanz einer Kanone und wußte also, daß ich irgendwo in der Nähe der Artilleriestellungen war, wo über Nacht die Geschütze zusammengeschoben wurden. Weil ich keine Lust hatte, weiter im Nieseln und Dunkel herumzutorkeln, legte ich meinen Regenmantel über die Mündung einer Kanone, machte mit drei oder vier Ansetzern, die ich fand, eine Art Wigwam und legte mich auf den Schwanz eines anderen Geschützes; dabei fragte ich mich, wo Vixen abgeblieben sein mochte und wo ich mich eigentlich befand.

Als ich gerade einschlafen wollte, hörte ich ein Geschirreklirren und ein Grunzen, und ein Maultier, das die nassen Ohren schüttelte, kam vorbei. Es gehörte zu einer Schraubgeschütz-Batterie; ich konnte nämlich das Rasseln von Riemen und Ringen und Ketten und Dingen auf seinem Sattelpolster hören. Schraubgeschütze sind sehr kleine Kanonen aus zwei Teilen, die zusammengeschraubt werden, wenn es an der Zeit ist, sie zu verwenden. Man schafft sie in die Berge hinauf, überallhin, wo ein Maultier noch einen Weg findet, und sie sind sehr nützlich bei Gefechten in bergigem Gelände.

Hinter dem Maultier erschien ein Kamel; seine großen weichen Füße quietschten und glitschten im Schlamm, und sein Hals ruckelte hin und her, wie bei einer verirrten Henne. Zum Glück hatte ich von den Eingeborenen genug Tiersprache gelernt – natürlich Lagertiersprache, nicht Wildtiersprache – um zu verstehen, was es sagte.

Es muß das Kamel gewesen sein, das in mein Zelt geplumpst

war; es rief nämlich dem Maultier zu: »Was soll ich bloß machen? Wohin soll ich bloß gehen? Ich hab mit einem weißen wehenden Ding gekämpft, und es hat einen Stock geschnappt und mir in den Nacken gehauen. [Das war meine zerbrochene Zeltstange, und ich hörte es mit Vergnügen.] Laufen wir weiter?«

»Ach, du warst das also«, sagte der Maulesel, »du und deine Freunde, ihr wart das, die das Lager durcheinandergebracht haben? Na schön. Morgen früh kriegt ihr dafür Prügel; ich kann dir aber jetzt schon ein bißchen Vorschuß darauf geben.«

Ich hörte das Geschirre klirren, als der Maulesel nach hinten ausschlug und dem Kamel zwei Tritte in die Rippen versetzte, die wie eine Trommel dröhnten. »Nächstes Mal«, sagte er, »weißt du Bescheid und rennst nicht wieder nachts durch eine Maultier-Batterie und brüllst dabei ›Diebe! Feuer!‹ Setz dich und halt deinen blöden Hals still.«

Das Kamel faltete sich nach Kamelart wie ein Zollstock zusammen und ließ sich wimmernd nieder. Aus dem Dunkel klang regelmäßiger Hufschlag, und ein großer Kavalleriehengst kam im Handgalopp so gleichmäßig näher wie bei einer Parade, sprang über einen Geschützschwanz und landete dicht neben dem Maultier.

»Eine Schande«, sagte er; dabei schnaubte er die Nüstern frei. »Diese Kamele sind schon wieder durch unsere Linien getobt – das dritte Mal in dieser Woche. Wie soll ein Pferd denn in Form bleiben, wenn es nachts nicht schlafen darf. Wer seid ihr?«

»Ich bin das Verschlußstück-Maultier von Kanone Zwei der Ersten Schraubgeschütz-Batterie«, sagte der Maulesel, »und der andere hier ist einer von deinen besonderen Freunden. Mich hat er auch geweckt. Wer bist du?«

»Nummer Fünfzehn, E-Schwadron, Neunte Lanzenreiter – Dick Cunliffes Pferd. Mach mal Platz da.«

»Oh, bitte um Verzeihung«, sagte der Maulesel. »Man kann kaum was sehen, so dunkel ist es. Bei diesen Kamelen kann einem doch einfach schlecht werden, oder? Ich bin raus aus unseren Linien, weil ich hier ein bißchen Ruhe und Frieden haben wollte.«

»Ihr Herren«, sagte das Kamel demütig, »wir haben in der Nacht schlimme Träume geträumt und hatten große Angst. Ich bin ja nur ein Lastkamel vom Neununddreißigsten Eingeborenen-Infanterieregiment und nicht so tapfer wie ihr, meine Herren.«

»Warum verflixt bist du denn nicht einfach dageblieben und hast Lasten für das Neununddreißigste Eingeborenen-Infanterieregiment geschleppt, statt durchs ganze Lager zu rennen?« sagte der Maulesel.

»Die Träume waren wirklich ganz schlimm«, sagte das Kamel. »Es tut mir leid. Hört mal! Was ist das? Müssen wir wieder weiterrennen?«

»Setz dich hin«, sagte der Maulesel, »sonst brichst du dir noch deine langen Beine zwischen den Kanonen.« Er stellte ein Ohr auf und lauschte. »Ochsen!« sagte er. »Geschützochsen. Also wirklich, du und deine Freunde, ihr habt das Lager aber gründlich geweckt. Ist nämlich gar nicht so einfach, nen Geschützochsen hochzubringen.«

Ich hörte eine Kette über den Boden schleifen, und ein Joch der großen mürrischen weißen Ochsen, die die schweren Belagerungsgeschütze ziehen, wenn die Elefanten sich nicht näher an die Feuerlinie trauen, kam mit wogenden Schultern näher; hinter ihnen ein weiteres Maultier, das beinahe auf die Kette trat und wild nach »Billy« schrie.

»Einer von unseren Rekruten«, sagte der alte Maulesel zum Kavalleriehengst. »Er ruft nach mir. Hier, Kleiner, hör mit dem Quäken auf; die Dunkelheit hat noch keinen gebissen.«

Die Geschützochsen legten sich nebeneinander nieder und

begannen wiederzukäuen, aber der junge Maulesel drängte sich eng an Billy.

»Dinge!« sagte er. »Furchtbar und schrecklich, Billy. Sie sind in unsere Linien eingebrochen, als wir geschlafen haben. Meinst du, sie bringen uns um?«

»Ich hab große Lust, dir eine erstklassige Portion Tritte zu geben«, sagte Billy. »Also, daß so ein großes Maultier mit deiner Ausbildung der Batterie vor diesem feinen Herrn hier so eine Schande machen muß!«

»Langsam, langsam!« sagte der Kavalleriehengst. »Vergiß nicht, am Anfang sind sie immer so. Als ich (das war in Australien, als Dreijähriger) das erste Mal einen Menschen gesehen hab, bin ich einen halben Tag lang gerannt, und wenn ich ein Kamel gesehen hätte, würde ich wohl immer noch rennen.«

Fast all unsere Pferde für die englische Kavallerie werden aus Australien nach Indien gebracht und von den Soldaten selbst zugeritten.

»Stimmt schon«, sagte Billy. »Hör auf zu bibbern, Kleiner. Als man mir das erste Mal volles Geschirr mit allen Ketten auf den Rücken gepackt hat, hab ich mich auf die Vorderbeine gestellt und alles einzeln abgestrampelt. Damals hatte ich noch keine Ahnung von der hohen Kunst des Tretens, aber die Batterie hat gemeint, sowas hätten sie noch nie gesehn.«

»Das war aber weder Geschirr noch sonst was Klirrendes«, sagte das junge Maultier. »Du weißt, daß mir das jetzt nichts mehr ausmacht, Billy. Es waren Dinge wie Bäume, und sie sind die Linien rauf und runter gestürzt und haben geblubbert; und mein Kopfriemen ist gerissen und ich konnte meinen Treiber nicht finden, und dich konnte ich auch nicht finden, Billy, und deshalb bin ich weggerannt – mit diesen Herren hier.«

»H'm!« sagte Billy. »Sobald ich gehört hab, daß die Kamele los sind, bin ich allein und ganz ruhig hergekommen. Wenn ein Batterie ... ein Schraubgeschütz-Maulesel Geschützochsen Herren nennt, muß er schon ziemlich durcheinander sein. Wer seid ihr Jungs da auf dem Boden überhaupt?«

Die Geschützochsen rollten ihr Wiedergekäutes im Maul herum und antworteten beide zusammen: »Das siebte Joch vom ersten Geschütz der Schweren Batterie. Wir haben geschlafen, als die Kamele gekommen sind, aber als sie auf uns herumgetrampelt haben, sind wir aufgestanden und weggegangen. Besser, man liegt ungestört im Lehm, als daß man auf einem guten Lager belästigt wird. Wir haben deinem Freund hier gesagt, daß es keinen Grund gibt, sich zu fürchten, aber er ist ja so schlau und meint, er weiß es besser. Wah!«

Sie kauten weiter.

»Das kommt davon, wenn man Angst hat«, sagte Billy. »Dafür lachen einen dann sogar Geschützochsen aus. Hoffentlich gefällt dir das, Jungchen.«

Der junge Maulesel knirschte mit den Zähnen, und ich hörte ihn so etwas sagen wie, er habe keine Angst vor irgendeinem alten Rindvieh von Ochsen in der Welt; aber die Ochsen stießen nur klickend ihre Hörner aneinander und kauten weiter.

»Nun werd nicht auch noch wütend, *nachdem* du Angst hattest. Das ist die schlimmste Form von Feigheit«, sagte der Kavalleriehengst. »*Ich* nehme es keinem übel, wenn er nachts Angst hat, weil er Dinge sieht, die er nicht versteht. Wir sind, alle vierhundertfünfzig, wieder und wieder aus unseren Pferchen ausgebrochen, bloß weil ein neuer Rekrut angefangen hat, Geschichten von Peitschenschnur-Schlangen zu Hause in Australien zu erzählen, bis wir Todesangst vor den losen Enden unserer Kopfriemen hatten.«

»Im Lager geht das vielleicht«, sagte Billy; »ich hab ja selbst auch gar nichts gegen ein bißchen Stampede, wenn ich einen oder zwei Tage lang nicht draußen war; aber was machst du im Einsatz?«

»Oh, das ist ein ganz anderer Satz neuer Hufeisen«, sagte der Kavalleriehengst. »Dann ist Dick Cunliffe auf meinem Rücken und bohrt seine Knie in mich und ich brauch nichts zu tun als aufpassen, wohin ich die Füße setz, und die Hinterbeine ordentlich unter mir halten und zügelfromm sein.«

»Was ist das, zügelfromm?« sagte der junge Maulesel.

»Beim Eukalyptus im tiefsten Busch!« Der Kavalleriehengst schnaubte. »Willst du etwa sagen, daß man dir für dein Geschäft nicht beibringt, zügelfromm zu sein? Was willst du denn anfangen, wenn du nicht sofort herumwirbeln kannst, sobald der Zügel auf deinen Nacken gedrückt wird? Das heißt doch, es geht für deinen Mann um Leben oder Tod, und natürlich für dich auch. Auf den Hinterbeinen herum, in dem Moment, in dem du den Zügel auf dem Nacken fühlst. Wenn kein Platz für die Kehre ist, bäum dich ein bißchen auf und dann rum auf den Hinterbeinen. Das heißt zügelfromm.«

»So werden wir nicht ausgebildet«, sagte Billy steif. »Uns bringt man bei, dem Mann neben unserem Kopf zu gehorchen: losgehen wenn ers sagt und stehenbleiben wenn ers sagt. Ich schätze, es läuft auf eins raus. Aber du, mit all dem feinen Herumtänzeln und aufbäumen, was bestimmt ganz schlecht für deine Haxen ist – was *machst* du?«

»Kommt drauf an«, sagte der Kavalleriehengst. »Meistens muß ich in einen Haufen brüllender haariger Männer mit Messern hinein – lange glitzernde Messer, schlimmer als die vom Roßarzt –, und ich muß aufpassen, daß Dicks Stiefel den von seinem Nachbarn grad eben berührt, ohne ihn zu quetschen. Ich kann Dicks Lanze rechts im Augenwinkel sehn, und dadurch weiß ich, daß alles in Ordnung ist. Ich möchte nicht der Mann oder Hengst sein, der sich Dick und mir in den Weg stellt, wenn wir es eilig haben.«

»Tun die Messer denn nicht weh?« sagte der junge Maulesel.

»Also, einmal hab ich einen Schnitt über die Brust gekriegt, aber das war nicht Dicks Fehler ...«

»Wär mir doch völlig egal, wer dran schuld ist, wenns wehtut!« sagte der junge Maulesel.

»Darf dir aber nicht egal sein!« sagte der Kavalleriehengst. »Wenn du kein Vertrauen zu deinem Mann hast, kannst du auch gleich wegrennen. Ein paar von unsern Pferden tun das, und ich kanns ihnen nicht verdenken. Wie gesagt, es war nicht Dicks Fehler. Der Mann hat auf dem Boden gelegen und ich hab mich langgemacht, damit ich nicht auf ihn tret, und er hat nach mir gestochen. Wenn ich nächstes Mal über einen wegmuß, der am Boden liegt, dann tret ich auf ihn drauf – feste.«

»H'm!« sagte Billy. »Das klingt ziemlich verrückt. Messer sind immer was Fieses. Am besten ist es, du kletterst mit einem gut ausbalancierten Sattel einen Berg rauf, klammerst dich mit allen vieren und den Ohren dazu an und kriechst und krabbelst und schlängelst dich so längs, bis du Hunderte Fuß über allen anderen auf nem Sims auskommst, wo grade Platz genug für deine Hufe ist. Dann stehst du still und bist ganz ruhig – verlang nie von einem Mann, er soll dir den Kopf halten, Junge – ganz ruhig, während die Geschütze zusammengesetzt werden, und dann siehst du zu, wenn die netten kleinen Geschosse ganz weit unten in die Baumwipfel plumpsen.«

»Stolperst du denn nie?« sagte der Kavalleriehengst.

»Es heißt, für jedes Mal, daß ein Maultier stolpert, kannst du ein Hühnerohr schlitzen«, sagte Billy. »Hin und wieder kann *vielleicht* ein schlecht gepackter Sattel einen Maulesel rausbringen, aber ganz selten. Ich wollte, ich könnt euch unser Geschäft mal vorführen. Es ist wunderbar. Überhaupt hats mich drei Jahre gekostet, um rauszukriegen, was die Männer eigentlich vorhatten. Die Kunst bei der Sache ist, daß man sich nie vor dem Himmel sehen lassen darf; wenn man das nämlich tut, kann man beschossen werden. Merk dir das, Junge. Halt dich immer so gut versteckt wie möglich, sogar wenn du ne ganze Meile Umweg machen mußt. Ich führ die Batterie, wenns um diese Sorte Kletterei geht.«

»Beschossen werden, ohne in die Leute reinrennen zu können, die schießen!« sagte der Kavalleriehengst sehr nachdenklich. »Das könnt ich nicht aushalten. Ich würd angreifen wollen, mit Dick.«

»O nein, würdst du nicht; du weißt nämlich, sobald die Geschütze in Stellung sind, übernehmen sie alles Angreifen. Das ist wissenschaftlich und sauber; aber Messer – pah!«

Das Lastkamel hatte seit einiger Zeit den Kopf hin und her gewiegt und versucht, ein Wort einzuwerfen. Jetzt hörte ich, wie es sich nervös räusperte und sagte:

»Ich ... ich ... ich hab ein bißchen gekämpft, aber weder auf die Kletterart noch auf die Laufart.«

»Aha. Jetzt wo dus sagst«, sagte Billy, »du siehst auch nicht so aus, als ob du für viel Klettern oder Laufen geschaffen wärst. Na, wie wars denn, du oller Heuballen?«

»Auf die richtige Art«, sagte das Kamel. »Wir haben uns alle hingesetzt ...«

»Ach du lieber Schwanzriemen und Brustschild!« sagte der Kavalleriehengst halblaut. »Hingesetzt?«

»Wir haben uns hingesetzt – alle hundert«, fuhr das Kamel fort, »in einem großen Viereck, und die Männer haben unsere Lasten und Sättel außen um das Viereck aufgetürmt und über unsere Rücken geschossen, die Männer, auf allen Seiten vom Viereck.«

»Was für Männer? Jeder, der vorbeigekommen ist?« sagte der Kavalleriehengst. »In der Reitschule bringt man uns bei, uns hinzulegen und unsere Herren über uns wegschießen zu lassen, aber Dick Cunliffe ist der einzige, dem ich genug vertraue. Das kitzelt mir die Weichen, und außerdem kann ich nichts sehen, wenn ich den Kopf auf dem Boden hab.«

»Ist das denn wichtig, wer über dich wegschießt?« sagte das Kamel. »Viele Männer und viele andere Kamele sind ganz nah, und ganz viele Rauchwolken. Dann hab ich keine Angst. Ich sitz still da und warte.«

»Und trotzdem«, sagte Billy, »träumst du schlimme Träume und bringst nachts das Lager durcheinander. Also! Ehe ich mich hinlegen, nicht zu reden von hinsetzen, und einen Mann über mich wegschießen lassen würde, hätten meine Hufe und sein Kopf ein Wörtchen miteinander zu reden. Habt ihr je so etwas Furchtbares gehört?«

Langes Schweigen trat ein, und dann hob einer der Geschützochsen seinen großen Kopf und sagte. »Das ist wirklich ganz verrückt. Es gibt nur eine Art zu kämpfen.«

»Oh, sprich dich nur aus«, sagte Billy. »Kümmer dich *bitte* nicht um mich. Ich schätze, ihr Jungs kämpft, indem ihr auf dem Schwanz steht, was?«

»Nur eine Art«, sagten beide zusammen. (Es müssen Zwillinge gewesen sein.) »Das ist diese Art. Alle zwanzig Joch von uns vor die große Kanone spannen, sobald Zwei-Schwänze trompetet.« (»Zwei-Schwänze« ist der Lagerslang für Elefant.)

»Weshalb trompetet Zwei-Schwänze?« sagte der junge Maulesel.

»Um zu zeigen, daß er nicht näher an den Rauch auf der anderen Seite herangeht. Dann ziehen wir alle zusammen die große Kanone – *Heja – Hullah! Hiija! Hullah*! *Wir* müssen nicht wie Katzen klettern oder wie Kälber rennen. Wir gehen über die flache Ebene, zwanzig Joch von uns, bis wir aus dem Joch gelassen werden, und dann grasen wir, während die großen Kanonen über die Ebene weg mit einer Stadt reden, die Lehmmauern hat, und Stücke von der Mauer fallen heraus, und der Staub steigt auf, wie wenn viele Rinder nach Hause kommen.«

»Oh! Und die Zeit sucht ihr euch zum Grasen aus, ja?« sagte der junge Maulesel.

»Die oder sonst eine. Essen ist immer gut. Wir essen, bis wir wieder ins Joch kommen, und ziehen die Kanone dahin zurück, wo Zwei-Schwänze auf sie wartet. Manchmal sind in der Stadt große Kanonen, die antworten, und ein paar von uns werden getötet, und für die, die übrigbleiben, ist dann umso mehr

Weide zum Grasen da. Das ist Schicksal – alles bloß Schicksal. Trotzdem, Zwei-Schwänze ist ein großer Feigling. Das ist die richtige Art zu kämpfen. Wir sind Brüder aus Hapur. Unser Vater war ein heiliger Bulle Shivas. Wir haben gesprochen.«

»Also, diese Nacht hab ich wirklich was gelernt«, sagte der Kavalleriehengst. »Verspürt ihr Herren von der Schraubgeschütz-Batterie die Neigung, zu essen, während man mit großen Kanonen auf euch schießt und Zwei-Schwänze hinter euch ist?«

»Ungefähr so viel, wie wir Lust haben, uns hinzusetzen und Männer sich auf uns rekeln zu lassen oder zwischen Leuten mit Messern herumzulaufen. Sowas hab ich noch nie gehört. Ein Bergsaum, eine gut ausbalancierte Last, ein Treiber, dem man zutrauen kann, daß er einen selbst den Weg suchen läßt, fein, dann bin ich dein Muli; aber diese anderen Sachen – nein!« sagte Billy; dabei stampfte er auf.

»Natürlich«, sagte der Kavalleriehengst, »sind nicht alle gleich gebaut, und mir ist ganz klar, daß deine Familie, was die väterliche Seite angeht, eine ganze Menge Dinge nicht verstehen würde.«

»Laß meine Familie väterlicherseits aus dem Spiel«, sagte Billy verärgert, denn jedes Maultier haßt es, daran erinnert zu werden, daß sein Vater ein Esel war. »Mein Vater war ein Edelmann aus dem Süden, und er konnte jedes Pferd, das ihm begegnete, umreißen und beißen und zu Fetzen treten. Merk dir das, du großer brauner Brumby!«

»Brumby« bedeutet wildes Pferd ohne jede Bildung. Stellt euch die Gefühle von Sunol vor, wenn sie von einem Zugpferd »Schindmähre« genannt wird, dann habt ihr eine Ahnung, wie das australische Pferd sich fühlte. Im Dunkel sah ich das Weiße seiner Augen glitzern.

»Hör mal, du Sohn eines importierten Málaga-Esels«, sagte er mit zusammengebissenen Zähnen, »nimm zur Kenntnis, daß ich mütterlicherseits von Carbine abstamme, dem Gewinner des Melbourne-Pokals; und wo *ich* herkomme, ist man es nicht gewöhnt, sich von jedem dahergelaufenen quasselnden Bumskopf von Maulesel einer albernen Knallerbsen-Batterie anpöbeln zu lassen. Bist du bereit?«

»Los, auf die Hinterbeine!« kreischte Billy. Sie bäumten sich voreinander auf und ich erwartete einen wilden Kampf, als eine glucksende grollende Stimme von rechts aus der Dunkelheit rief: »Kinder, worum streitet ihr euch da? Seid ruhig.«

Beide Tiere ließen sich mit einem angeekelten Schnauben wieder fallen, denn weder Pferd noch Maultier kann den Klang einer Elefantenstimme ertragen.

»Das ist Zwei-Schwänze!« sagte der Kavalleriehengst. »Ich kann ihn nicht ausstehen. Ein Schwanz an jedem Ende, das ist unfair!«

»Ganz meine Meinung«, sagte Billy; auf der Suche nach Gesellschaft drängte er sich enger an den Kavalleriehengst heran. »In einigen Dingen sind wir uns sehr ähnlich.«

»Das haben wir wohl von unseren Müttern geerbt«, sagte der Hengst. »Lohnt sich nicht, deshalb zu streiten. Hei! Zwei-Schwänze, bist du angebunden?«

»Ja«, sagte Zwei-Schwänze; sein Rüssel war voll Gelächter. »Ich bin für die Nacht angepflockt. Ich hab gehört, was ihr Jungs da redet. Aber keine Angst. Ich komm nicht rüber.«

Die Ochsen und das Kamel sagten halblaut: »Angst vor Zwei-Schwänze – was für ein Quatsch!« Und die Ochsen fuhren fort: »Tut uns leid, daß dus gehört hast, aber es stimmt. Zwei-Schwänze, warum hast du Angst vor den Kanonen, wenn sie feuern?«

»Also«, sagte Zwei-Schwänze; dabei rieb er ein Hinterbein am anderen, ganz wie ein kleiner Junge, der ein Gedicht aufsagen muß. »Ich weiß nicht so recht, ob ihr das verstehen könnt.«

»Tun wir nicht, aber wir müssen die Kanonen ziehen«, sagten die Ochsen.

»Weiß ich, und ich weiß auch, daß ihr viel mutiger seid als ihr selbst glaubt. Aber bei mir ist das was anderes. Mein Batteriehauptmann hat mich dieser Tage einen pachydermischen Anachronismus genannt.«

»Wahrscheinlich ist das noch eine Art zu kämpfen, oder?« sagte Billy, der sich von seinem Schrecken erholte.

»*Ihr* wißt natürlich nicht, was das heißt, aber ich weiß es. Es bedeutet daneben und dazwischen, und das trifft auf mich genau zu. Ich kann in meinem Kopf sehen, was passieren wird, wenn ein Geschoß platzt; und ihr Ochsen könnt das nicht.«

»Aber ich«, sagte der Kavalleriehengst. »Jedenfalls ein bißchen. Ich versuch, nicht dran zu denken.«

»Ich seh mehr als du, und ich denk dran. Ich weiß, ich bin ziemlich viel, worauf man achtgeben muß, und ich weiß auch, daß keiner weiß, wie er mich heilen soll, wenn ich krank bin. Alles was sie tun können ist, meinem Treiber die Löhnung sperren, bis ich wieder gesund bin, und meinem Treiber kann ich nicht vertrauen.«

»Ah!« sagte der Kavalleriehengst. »Das erklärt alles. Ich kann Dick trauen.«

»Selbst wenn du mir ein ganzes Regiment von Dicks auf den Rücken setzt, würd ich mich nicht besser fühlen. Ich weiß grad genug, um mich unbehaglich zu fühlen, und nicht genug, um trotzdem weiterzugehen.«

»Verstehen wir nicht«, sagten die Ochsen.

»Weiß ich, daß ihr das nicht versteht. Ich rede nicht mit euch. Ihr wißt ja nicht, was Blut ist.«

»Wohl«, sagten die Ochsen. »Rotes Zeug, das in den Boden sickert und riecht.«

Der Kavalleriehengst schlug aus, sprang auf der Stelle und schnaubte. »Redet nicht davon«, sagte er. »Ich riech es schon, wenn ich nur dran denk. Dann möcht ich immer wegrennen – außer mit Dick auf dem Rücken.«

»Aber hier ist doch gar keins«, sagten das Kamel und die Ochsen. »Warum seid ihr so blöd?«

»Da habt ihrs!« sagte Zwei-Schwänze; dabei winkte er erklärend mit dem Schwanz.

»Nein, das wollen wir nicht haben; haben wir selbst«, sagten die Ochsen.

Zwei-Schwänze stampfte mit dem Fuß, bis der Eisenring daran klirrte. »Ach, ich red doch nicht mit *euch*. Ihr könnt nicht in eure Köpfe sehn.«

»Nein. Wir sehen aus unseren vier Augen raus«, sagten die Ochsen. »Wir sehn grade vor uns.«

»Wenn ich das und sonst nichts könnt, wärt ihr gar nicht nötig, um die großen Kanonen zu ziehen. Wenn ich wie mein Hauptmann wär – er kann Dinge in seinem Kopf sehn, eh das Feuern losgeht, und er zittert am ganzen Körper, aber er weiß zuviel, um wegzulaufen – wenn ich wie er wär, könnt ich die Kanonen ziehn. Aber wenn ich überhaupt so klug wär, wär ich gar nicht hier. Dann wär ich ein König im Wald, wie früher, und würd den halben Tag schlafen und baden, sooft ich Lust hab. Ich hab seit einem Monat kein gutes Bad mehr genommen.«

»Das ist ja alles ganz schön«, sagte Billy; »aber ein Ding wird nicht dadurch besser, daß man ihm nen langen Namen gibt.«

»H'sch!« sagte der Kavalleriehengst. »Ich glaub, ich versteh, was Zwei-Schwänze meint.«

»In einer Minute wirst dus noch besser verstehn«, sagte Zwei-Schwänze böse. »Erklär mir doch mal, weshalb du *das* nicht leiden kannst!«

Er begann, so laut er konnte, heftig zu trompeten.

»Hör auf!« sagten Billy und der Hengst gleichzeitig, und ich konnte sie stampfen und zittern hören. Das Trompeten eines Elefanten ist immer unangenehm, besonders in einer finsteren Nacht.

»Ich hör nicht auf«, sagte Zwei-Schwänze. »Wollt ihr es nicht gefälligst erklären? *Hhrrmph! Rrrt! Rrrmph! Rrrhha!*« Dann brach er plötzlich ab, und ich hörte ein leises Winseln im

Dunkel und wußte, daß Vixen mich endlich gefunden hatte. Sie wußte so gut wie ich, wenn es etwas gibt, wovor der Elefant mehr Angst hat als vor allem anderen, dann ist das ein kleiner bellender Hund; deshalb blieb sie zuerst einmal stehen, um Zwei-Schwänze zwischen seinen Pflöcken zu ärgern und kläffend seine großen Füße zu umkreisen. »Geh weg, kleiner Hund!« sagte er. »Schnüffel nicht an meinen Knöcheln, sonst tret ich dich. Guter kleiner Hund – feines kleines Hundchen, du da! Geh, geh nach Haus, du kleines kläffendes Biest! Ach, warum holt nicht jemand sie weg? Gleich beißt sie mich bestimmt.«

»Mir scheint«, sagte Billy zum Kavalleriehengst, »daß unser Freund Zwei-Schwänze vor fast allem Angst hat. Also, wenn ich für jeden Hund, den ich quer über den Paradeplatz getreten hab, ein volles Essen kriegte, wär ich fast so fett wie Zwei-Schwänze.«

Ich pfiff, und Vixen kam zu mir gerannt, ganz voll Lehm, und sie leckte meine Nase und erzählte mir eine lange Geschichte darüber, wie sie das ganze Lager nach mir durchgestöbert hatte. Ich habe sie nie wissen lassen, daß ich die Tiersprache verstehe, sonst hätte sie sich alles mögliche herausgenommen. Also knöpfte ich sie nur an meiner Brust unter die Jacke, und Zwei-Schwänze scharrte und stampfte und grollte vor sich hin.

»Außerordentlich! Ganz außerordentlich!« sagte er. »Das liegt bei uns in der Familie. Wohin ist denn bloß dieses scheußliche kleine Biest verschwunden?«

Ich hörte ihn mit dem Rüssel herumtasten.

»Jeder von uns scheint seine besonderen Empfindlichkeiten zu haben«, fuhr er fort; dabei schnaubte er sich die Nase frei. »Also, die Herren waren besorgt, als ich trompetet habe, glaub ich.«

»Nicht grade besorgt«, sagte der Kavalleriehengst, »aber ich hab mich gefühlt, als ob ich da Hornissen hätte, wo mein Sattel sein sollte. Bitte nicht wieder damit anfangen.«

»Mich erschreckt ein kleiner Hund, und das Kamel hier läßt sich von schlimmen Träumen in der Nacht erschrecken.«

»Wir haben ja viel Glück, daß wir nicht alle auf die gleiche Art kämpfen müssen«, sagte der Kavalleriehengst.

»Was ich wissen möchte«, sagte der junge Maulesel, der lange Zeit still gewesen war – »was *ich* wissen möchte ist, warum wir überhaupt kämpfen müssen.«

»Weil man es von uns verlangt«, sagte der Kavalleriehengst mit verächtlichem Schnauben.

»Befehl«, sagte Billy; und seine Zähne schnappten.

»Hukm hai! [Es ist ein Befehl]«, sagte das Kamel gurgelnd; und Zwei-Schwänze und die Ochsen wiederholten: *»Hukm hai!«*

»Ja, schön, aber wer gibt die Befehle?« sagte der Maultier-Rekrut.

»Der Mann, der neben deinem Kopf geht – Oder auf deinem Rücken sitzt – Oder den Nasenriemen hält – Oder deinen Schwanz verdreht«, sagten Billy und der Kavalleriehengst und das Kamel und die Ochsen nacheinander.

»Aber wer gibt denen die Befehle?«

»Jetzt willst du aber zuviel wissen, Junge«, sagte Billy, »und das ist eine der Möglichkeiten, getreten zu werden. Alles was du zu tun hast ist, dem Mann neben deinem Kopf gehorchen und keine Fragen stellen.«

»Er hat völlig recht«, sagte Zwei-Schwänze. »Ich kann nicht immer gehorchen, weil ich daneben und dazwischen bin; aber Billy hat recht. Gehorch dem Mann, der neben dir steht, der die Befehle gibt, sonst hältst du die ganze Batterie auf, und Prügel kriegst du außerdem.«

Die Geschützochsen standen auf um zu gehen. »Der Morgen kommt«, sagten sie. »Wir gehn zu unsern Plätzen zurück. Wir sehn zwar nur aus den Augen und wir sind nicht besonders schlau; aber immerhin waren wir diese Nacht die einzigen, die keine Angst hatten. Gute Nacht, ihr tapferen Leute.«

Niemand antwortete, und der Kavalleriehengst sagte, um das Thema zu wechseln: »Wo ist dieser kleine Hund? Ein Hund bedeutet, daß irgendwo ein Mensch in der Nähe ist.«

»Hier bin ich«, kläffte Vixen, »unter dem Lafettenschwanz, mit meinem Mensch. Du großes tolpatschiges Biest von Kamel, du hast unser Zelt umgeworfen. Mein Mensch ist sehr verärgert.«

»Pah!« sagten die Ochsen. »Wohl ein Weißer?«

»Natürlich«, sagte Vixen. »Meint ihr etwa, ich laß mich von einem schwarzen Ochsentreiber versorgen?«

»Huah! Oua-sch! Ugh!« sagten die Ochsen. »Schnell fort hier!«

Sie wuchteten sich in den Lehm hinein und schafften es irgendwie, mit ihrem Joch auf die Deichsel eines Munitionswagens zu geraten, wo es festklemmte.

»Jetzt habt ihrs wirklich geschafft«, sagte Billy ruhig. »Zappeln hilft nicht. Da hängt ihr jetzt, bis es Tag ist. Was soll das denn überhaupt alles?«

Die Ochsen brachen in das langgezogene zischende Schnaufen indischer Rinder aus und schoben und drängelten und drehten sich und stampften und rutschten und fielen fast in den Matsch; dabei grunzten sie wild.

»Ihr brecht euch gleich das Genick«, sagte der Kavalleriehengst. »Was soll denn mit weißen Männern sein? Ich lebe bei ihnen.«

»Sie – essen – uns! Zieh!« sagte der erste Ochse; krachend brach das Joch, und sie polterten zusammen weg.

Ich hatte nie gewußt, weshalb indische Rinder sich so sehr vor Engländern fürchten. Wir essen Rindfleisch – etwas, was kein Viehtreiber auch nur anrühren würde –, und natürlich gefällt das den Rindern nicht.

»Soll mich doch jemand mit meinen eigenen Lastketten durchpeitschen! Wer hätte gedacht, daß zwei dicke Klötze wie die da den Kopf verlieren?« sagte Billy.

»Macht nichts. Ich will mir diesen Mann ansehen. Wie ich weiß, haben die meisten weißen Männer Dinge in den Taschen«, sagte der Kavalleriehengst.

»Dann verschwinde ich. Ich kann nicht behaupten, daß ich sie besonders liebe. Außerdem sind weiße Männer, die im Freien schlafen müssen, höchstwahrscheinlich Diebe, und ich hab eine Menge Regierungseigentum auf dem Rücken. Komm schon, Kleiner, wir gehn zurück zu unseren Stellungen. Gute Nacht, Australien! Wir sehen uns morgen bei der Parade, schätze ich. Gute Nacht, oller Heuballen! Versuch mal, deine Gefühle zu beherrschen, ja? Gute Nacht, Zwei-Schwänze! Wenn du morgen auf dem Platz an uns vorbeikommst, bitte nicht trompeten. Das bringt unsere Formation durcheinander.«

Billy der Maulesel stapfte mit dem schwankenden Gang eines altgedienten Landsknechts davon, während der Kopf des Kavalleriehengstes sich schnüffelnd meiner Brust näherte, und ich gab ihm Kekse; dabei flunkerte Vixen, die ein sehr eingebildetes Hündchen ist, ihm etwas über die vielen Dutzend Pferde vor, die sie und ich hielten.

»Ich komme morgen in meinem Wagen zur Parade«, sagte sie. »Wo bist du dann?«

»Auf dem linken Flügel der zweiten Schwadron. Ich gebe für meine ganze Truppe den Schritt an, kleine Dame«, sagte er höflich. »Jetzt muß ich zu Dick zurück. Mein Schwanz ist ganz voll Schlamm, und Dick hat zwei Stunden harte Arbeit vor sich, um mich für die Parade feinzumachen.«

Die große Parade aller dreißigtausend Mann fand an diesem Nachmittag statt, und Vixen und ich hatten einen guten Platz in der Nähe des Vizekönigs und des Emirs von Afghanistan mit seinem großen hohen schwarzen Hut aus Astrachan-Wolle und dem großen Diamantstern mitten darauf. Über dem ersten Teil der Truppenschau lag strahlender Sonnenschein, und die Regimenter zogen vorbei, Welle um Welle von Beinen in gleichem

Schritt, und Kanonen immer in einer Reihe, bis unsere Augen flimmerten. Dann kam die Kavallerie im Handgalopp, zu dem wunderschönen schnellen Reitermarsch »Bonnie Dundee«, und Vixen in ihrem Wagen stellte die Ohren auf. Die zweite Schwadron der Lanzenreiter schoß vorüber, und da war der Kavalleriehengst mit seinem Schwanz wie gesponnene Seide, den Kopf an die Brust zurückgenommen, ein Ohr nach vorn und eins angelegt; er gab für die ganze Schwadron den Schritt an, und seine Beine waren geschmeidig wie Walzermusik. Dann kamen die schweren Kanonen an uns vorbei, und ich sah Zwei-Schwänze und zwei andere Elefanten nebeneinander angeschirrt vor einem Vierzigpfünder-Belagerungsgeschütz, hinter dem zwanzig Joch Ochsen hergingen. Das siebte Paar hatte ein neues Joch, und sie sahen ziemlich steif und müde aus. Zum Schluß kamen die Schraubgeschütze, und der Maulesel Billy hielt sich, als habe er den Befehl über sämtliche Truppen, und sein Geschirre war geölt und poliert worden, daß es blendete. Ganz allein brachte ich ein Hoch auf Billy den Maulesel an, aber er schaute weder rechts noch links.

Es begann wieder zu regnen, und eine ganze Weile war es zu dunstig um zu sehen, was die Kavallerie tat. Sie hatten einen großen Halbkreis in der Ebene gebildet und schwenkten zu einer Linie aus. Diese Linie wuchs und wuchs, bis sie eine dreiviertel Meile lang war von einem Flügel zum anderen – ein fester Wall von Männern, Pferden und Gewehren. Dann kam diese Mauer geradewegs auf den Vizekönig und den Emir zu, und als sie sich näherte, begann der Boden zu beben, wie das Deck eines Dampfers, wenn die Maschinen mit voller Kraft laufen.

Wenn man nicht dabei war kann man sich nicht vorstellen, wie furchterregend dieses stetige Herannahen von Truppen für die Zuschauer ist, selbst wenn sie wissen, daß es sich nur um eine Parade handelt. Ich schaute zum Emir. Bis dahin hatte er nicht einmal den Schatten eines Anzeichens von Erstaunen oder sonst etwas gezeigt; aber nun wurden seine Augen größer und größer, und er nahm die Zügel vom Hals seines Pferdes auf und schaute hinter sich. Einen Moment lang sah es so aus, als wolle er gleich sein Schwert ziehen und sich zwischen den Engländern und Engländerinnen in ihren Kutschen hinter ihm den Weg freihauen. Dann hielt der Vormarsch plötzlich inne, der Boden bebte nicht mehr, die ganze Linie salutierte, und dreißig Kapellen begannen gleichzeitig zu spielen. Das war das Ende der Truppenschau, und die Regimenter kehrten im Regen zurück in ihre Lager; und eine Infanteriekapelle stimmte das Lied an:

The animals went in two by two,
  Hurrah!
The animals went in two by two,
The elephants and the battery mu-
l', and they all got into the Ark
  For to get out of the rain!

[Die Tiere gingen hinein zu zweit,
  hurra!
Die Tiere gingen hinein zu zweit,
der Elefant und der Geschützmaul-
esel, und alles in die Arche rein,
  um aus dem Regen zu kommen!]

Dann hörte ich, wie ein alter, ergrauter, langhaariger Häuptling aus Mittelasien, der mit dem Emir hergekommen war, einem Eingeborenen-Offizier Fragen stellte.

»Sprich«, sagte er, »auf welche Art wurde diese wunderbare Sache bewirkt?«

Und der Offizier antwortete: »Es gab einen Befehl, und sie gehorchten.«

»Aber sind denn die Tiere so klug wie die Männer?« sagte der Häuptling.

»Sie gehorchen, wie Männer es tun. Maulesel, Pferd, Elefant oder Ochse, jeder gehorcht seinem Treiber, und der Treiber seinem Sergeanten, und der Sergeant seinem Leutnant, und der Leutnant seinem Hauptmann, und der Hauptmann seinem

Major, und der Major seinem Oberst, und der Oberst seinem Brigadier, der über drei Regimenter gebietet, und der Brigadier seinem General, der dem Vizekönig gehorcht, der ein Diener der Kaiserin ist. So wird es bewirkt.«

»Wäre es in Afghanistan doch auch so!« sagte der Häuptling. »Dort gehorchen wir alle nur unserem eigenen Willen.«

»Und aus diesem Grund« – der Eingeborenen-Offizier zwirbelte seinen Schnurrbart, als er das sagte – »muß euer Emir, dem ihr nicht gehorcht, herkommen und Befehle von unserem Vizekönig entgegennehmen.«

PARADE-SONG OF THE CAMP-ANIMALS

ELEPHANTS OF THE GUN-TEAMS

We lent to Alexander the strength of Hercules,
The wisdom of our foreheads, the cunning of our knees;
We bowed our necks to service; they ne'er were loosed again,—
Make way there, way for the ten-foot teams
Of the Forty-Pounder train!

GUN-BULLOCKS

Those heroes in their harnesses avoid a cannon-ball,
And what they know of powder upsets them one and all;
Then *we* come into action and tug the guns again,—
Make way there, way for the twenty yoke
Of the Forty-Pounder train!

CAVALRY HORSES

By the brand on my withers, the finest of tunes
Is played by the Lancers, Hussars, and Dragoons,
And it's sweeter than 'Stables' or 'Water' to me,
The Cavalry Canter of 'Bonnie Dundee'!

Then feed us and break us and handle and groom,
And give us good riders and plenty of room,
And launch us in column of squadrons and see
The way of the war-horse to 'Bonnie Dundee'!

PARADELIED DER LAGERTIERE

ELEFANTEN VOM GESCHÜTZGESPANN

Wir gaben Alexander die Kraft von Herkules,
die Weisheit unsrer Stirnen, die Erfahrung unsrer Knie;
die Nacken beugten wir zum Dienst; sie kamen nie mehr frei –
macht Platz da, Platz für die Zehn-Fuß-Teams
vom Vierzigpfünder-Zug!

GESCHÜTZOCHSEN

Die Harnisch-Helden haben vor Kanonenkugeln Angst,
und was sie von Schießpulver wissen, macht sie ganz verrückt;
dann sind *wir* dran und ziehen die Kanonen weiter vor –
macht Platz da, Platz für die zwanzig Joch
vom Vierzigpfünder-Zug!

KAVALLERIEPFERDE

Ja, bei meinem Brandmal, die feinste Musik
gibt's bei den Ulanen, Husaren, Dragonern,
und lieber als »Stall!« oder »Tränken!« ist mir
der Kavallerie-Galopp »Bonnie Dundee«!

Drum füttert und zähmt uns und striegelt und pflegt,
gebt uns gute Reiter und ausreichend Platz,
macht uns zu Schwadronen und Reihen und seht,
wie Schlachtrösser tanzen zu »Bonnie Dundee«!

SCREW-GUN MULES

As me and my companions were scrambling up a hill,
The path was lost in rolling stones, but we went forward still;
For we can wriggle and climb, my lads, and turn up everywhere,
And it's our delight on a mountain height, with a leg or two to spare!

Good luck to every sergeant, then, that lets us pick our road;
Bad luck to all the driver-men that cannot pack a load:
For we can wriggle and climb, my lads, and turn everywhere,
And it's our delight on a mountain height, with a leg or two to spare!

COMMISSARIAT CAMELS

We haven't a camelty tune of our own
To help us trollop along,
But every neck is a hairy trombone
(*Rtt-ta-ta-ta!* is a hairy trombone!)
And this is our marching-song:
Can't! Don't! Shan't! Won't!
Pass it along the line!
Somebody's pack has slid from his back,
'Wish it were only mine!
Somebody's load has tipped off in the road—
Cheer for a halt and a row!
Urrr! Yarrh! Grr! Arrh!
Somebody's catching it now!

SCHRAUBGESCHÜTZ-MAULESEL

Wie ich und die Kumpane am Berg gekraxelt sind,
gabs keinen Weg, nur Steinschlag, und wir habens doch gepackt;
wir können uns schlängeln und klettern, Jungs, wir kommen überall rauf,
und am schönsten ist es hoch auf nem Berg, mit Platz für grad nochn Bein!

Drum hoch der Sergeant der uns selbst die Wege suchen läßt,
und Schmutz auf jeden Treiber der die Lasten schlecht verpackt:
wir können uns schlängeln und klettern, Jungs, wir kommen überall rauf,
und am schönsten ist es hoch auf nem Berg mit Platz für grad nochn Bein!

KAMELE VON DER VERSORGUNG

Wir haben kein kameliges Lied
das uns beim Latschen hilft,
aber jeder Hals ist ne Posaune mit Haar
(*Rtt-ta-ta-ta!* ne Posaune mit Haar!)
und unser Marschlied geht so:
Kannich! Tunich! Willnich! Nix!
Alle weitersagen!
Irgendwem ist die Last abgerutscht,
wenn es bloß meine wär!
Irgendwem ist die Last abgekippt –
hurra für nen Halt und nen Krach!
Urrr! Yarrh! Grr! Arrh!
Irgendwer kriegt jetzt was ab!

ALL THE BEASTS TOGETHER

Children of the Camp are we,
Serving each in his degree;
Children of the yoke and goad,
Pack and harness, pad and load.
See our line across the plain,
Like a heel-rope bent again,
Reaching, writhing, rolling far,
Sweeping all away to war!
While the men that walk beside
Dusty, silent, heavy-eyed,
Cannot tell why we or they
March and suffer day by day.
Children of the Camp are we,
Serving each in his degree;
Children of the yoke and goad,
Pack and harness, pad and load.

THE END

ALLE TIERE ZUSAMMEN

Kinder eines Camps sind wir,
jeder dient so wie er kann;
Kind von Joch und Kind von Sporn,
Packen und Geschirr und Last.
Unsre Reihe zieht durchs Land
wie ein Fußstrick krumm, seht her,
kriecht und krümmt sich, krabbelt weit
und schleppt alles in den Krieg!
Und die Männer neben uns,
staubig, stumm, mit schweren Augen,
wissen auch nicht, warum alle
jeden Tag marschieren und leiden.
Kinder eines Camps sind wir,
jeder dient so wie er kann;
Kind von Joch und Kind von Sporn,
Packen und Geschirr und Last.

ENDE

EDITORISCHE NOTIZ

The Jungle Book erschien zuerst im Mai 1894 bei Macmillan & Co., London, und The Century Co., New York. Textzusätze in eckigen Klammern von RK. In einigen Fällen des Abweichens von deutschen Interpunktionsregeln (wenn diese z. B. für einen durchaus durchschaubaren Satz 5 oder 6 Kommata vorschreiben) habe ich mich an RKs Zeichensetzung gehalten, die – noch freier als im Englischen ohnehin – eher Atem- und Sinneinheiten denn syntaktischen Erwägungen folgt. Beide Ausgaben waren illustriert von J. L. Kipling, W. H. Drake und P. Frenzeny. In der englischen Erstausgabe lautete der Titel der letzten Erzählung »The Servants of the Queen«; ab 1899 in der revidierten Fassung der »Uniform Edition« dann, wie schon in der ersten Magazinveröffentlichung, »Her Majesty's Servants«. Die Versanfänge und -einschübe der Erzählungen finden sich bereits in den Magazinveröffentlichungen (Angaben hierzu in den *Anmerkungen* zu den einzelnen Titeln); die Gedichte zwischen den Erzählungen sowie das Vorwort stehen erstmals in den Erstausgaben. Die Gedichte wurden später in *Songs from Books* (1912) und die Gesamtausgaben *RK's Verse: Inclusive Edition* (1919f.) aufgenommen.

Deutsche Ausgaben erschienen ab 1898 in verschiedenen Verlagen, übersetzt von C. Abel-Musgrave (1898), A. Redlich (1907), B. Hauptmann (1925) und D. v. Mikusch (1950f.) Die vorliegende Neuübersetzung ist vollständig und folgt dem Text in Macmillans »Uniform Edition«, 1899f.

Zur Entstehung

Die beste geraffte Darstellung der Entstehungsgeschichte der beiden *Jungle Books*, einschließlich einer Auswertung der bis zu diesem Zeitpunkt veröffentlichten Sekundärliteratur, findet sich bei Roger Lancelyn Green, *Kipling and the Children*, London 1965 (Kap. VI: »Letting in the Jungle«). Die erste Mowgli-Geschichte, geschrieben 1892 und veröffentlicht 1893, war »In the *Rukh*« (vgl. »Im *Rukh*« in *Vielerlei Schliche*, Zürich 1987, und Anm. dazu), die den späteren erwachsenen Mowgli behandelt. Einige sich aus dieser Erzählung ergebende Assoziationen sowie Erinnerungen an andere (z. T. Jugend-) Lektüre scheinen Anfang

1893 die eigentlichen Dschungelbücher ausgelöst zu haben; hinzu kommt das Werk von John Lockwood Kipling, *Beast and Man in India* (1891), zu dem RK Gedichte beisteuerte und dem er viele Informationen verdankte.

Green erörtert die geographischen Bezüge, findet aber keine plausible Antwort auf die Frage, warum RK die Mowgli-Geschichten aus den Aravulli-Bergen im Staat Mewar, die er kannte und auf die etliche Einzelheiten hindeuten (dort liegt z. B. Udaipur, wo der Panther Bagheera in einem Käfig im Königspalast zur Welt kam; nicht weit finden sich auch die Ruinen von Chitor – Chittaurgarh –, das, möglicherweise zusammen mit den Ruinen der ebenfalls dort liegenden alten Stadt Amber, die Vorlage für »Kalte Stätten« lieferte), weiter nach Süden in die Seoni-Berge verlegte, die er nur aus Berichten kannte. Einiges deutet darauf hin, daß zu RKs Indien-Zeit Wolfsgeschichten und Wolfskinder-Berichte häufig die Seoni-Berge erwähnten oder von dort stammten, aber das ist nicht schlüssig nachzuweisen.

Im Oktober 1895 schrieb RK an Henry Rider Haggard: »Ein Satz von Ihnen in *Nada the Lily* hat mich auf eine Fährte gesetzt, die damit endete, daß ich viele Wolfsgeschichten schrieb ... Erinnern Sie sich, wie in Ihrer Geschichte die Wölfe zu Füßen eines Toten aufspringen, der auf einem Felsen sitzt? Irgendwo auf dieser Seite kam mir die Idee ...«

Green weist Übernahmen verschiedener Elemente aus RKs Kindheitslektüre nach. In einem Gedicht in *Child-Nature* von Elizabeth Anna Harte taucht ein »Wolfie« genannter Junge auf, der von einer Wolfsmutter erzogen wird, zusammen mit ihren eigenen Jungen, die ihm gutes Wolfsbenehmen beibringen; in einem Gedicht »A North Pole Story« von Menella Smedley können Weiße Wölfe einem Schneewanderer nicht in die Augen schauen – vermutlich die Quelle für RKs Annahme, daß es den Tieren mit Mowgli ähnlich gehe.

Zu Beziehungen zwischen Tierwelt der Dschungelbücher und Hindu-Mythologie vgl. Anm. zu »Wie Furcht kam« in *Das Zweite Dschungelbuch*, Haffmans Verlag, Zürich 1988.

Zur Rezeption

In der gesamten Kipling-Literatur findet sich keine substantielle negative Äußerung zu den *Jungle Books*, was angesichts der sonstigen kontroversen Meinungsvielfalt erstaunlich ist. Harsche Töne sind nur dort zu vernehmen, wo einzelne Kritiker miteinander hadern – z. B. bei der Frage, ob auf der allegorisch-politischen Ebene der Erzählungen mit den *»Bandar-Log«* die damaligen Amerikaner oder alle redselig-inkonsequenten Demokratien gemeint seien. Auch der ansonsten freundliche Eintrag in *Kindlers Literaturlexikon* geht allegorisch in die Irre; man solle bedenken, heißt es, daß die »Gesetze des Dschungels« in der imperialistischen Ideologie verwurzelt seien. »Begriffe wie ›Autorität‹, ›Befehlsgehorsam‹, ›Selbstzucht‹ und ›sportliche Fairness‹ ergeben ein für den englischen Kolonialismus typisches Wortfeld.« Es ist mit Varianten auch typisch für die Stoa, den Konfuzianismus, Teile der Bibel und des Koran; hier kommt es jedoch aus einer anderen Quelle, nämlich der genauen Beobachtung tierischen Verhaltens. »Hackordnung« ist kein imperialistischer Begriff. Die Rudelhierarchie ist ebenfalls nicht imperialistisch, sondern zunächst wölfisch; Konrad Lorenz hat, anders als *Kindler*, anscheinend nichts dagegen einzuwenden, da er Kipling vielfach billigend zitiert. Und eine oberflächlich eindeutig imperialistische Fabel wie »Diener Ihrer Majestät« läßt sich mit geringen Modifizierungen auf die arbeitsteilige Industriegesellschaft oder jeden beliebigen Gruppenprozeß anwenden.

Die meisten Studien befassen sich entweder mit der ersten Ebene, der des Erzählens magischer Geschichten, oder mit der dritten, der des Archetypischen. (RK war Platoniker; der konkrete, individuelle Bagheera der ersten Ebene ist gleichzeitig Der Panther.) Die Ebene der präzisen Tierbeobachtung wird meistens lediglich als gegeben zur Kenntnis genommen. Zur ersten Ebene schrieb die Jugendbuchautorin Rosemary Sutcliff im Januar 1963 in der *›Parents' Review‹*, als Schriftstellerin könne sie heute »die ungeheure, meisterliche Kunstfertigkeit studieren und bewundern, mit der die Dschungelbewohner dargestellt sind: Jeder einzelne ist ... ein vollständig durchgeführter Charakter, der das bedruckte Blatt verläßt, so daß man das Gefühl hat, wenn man um sie herumginge, würde jeder gewissermaßen auch ... eine Rückenansicht aufweisen, und doch alle ganz als Tierwesen, keineswegs als Menschen in Tierhaut.«

Zur dritten Ebene schrieb J. M. S. Tompkins 1959 in *The Art of Rudyard Kipling*, RK sei lange vor C. G. Jungs Erörterungen erstaunlich tief ins Archetypische eingedrungen; sie stellte die *Dschungelbücher* neben Aesop und faßte den Gesamteindruck ihrer ersten Vorlese-Bekanntschaft mit den Texten so zusammen: »Die Geschichten waren außerordentlich packend, und während ich zuhörte, wurde ich von etwas Wildem und Tiefem und Altem durchdrungen.«

Zur »Rezeption« gehören auch die zahllosen Imitationen, die die *Dschungelbücher* auslösten; erwähnt seien vor allem die 25 *Tarzan*-Bände von E. R. Burroughs, die allerdings bestenfalls gute Abenteuergeschichten ohne literarische, psychologische oder gar mythische Tiefe sind. Nicht zu vergessen ferner einige außerliterarische Übernahmen wie Filme (*Elephant Boy*, basierend auf »Toomai von den Elefanten«, und die beiden *Dschungelbuch*-Filme von Zoltan Korda und Walt Disney) und große Teile der Boy-Scout-Riten: Als Baden-Powell 1911 die »Wolf Cubs«, Wölflinge, gründete, bediente er sich (mit Billigung und Mitwirkung von RK) ausgiebig aus den *Dschungelbüchern*.

ANMERKUNGEN

Außer in einigen Fällen, in denen RK mit Bedeutungen spielt (z. B. »Die weiße Robbe«), habe ich die Namen der Figuren in RKs englischer Form übernommen: Bagheera statt Bagiera, Baloo statt Baluh etc. Aus dem Hindi oder Urdu stammende Beinamen, Gattungsbezeichnungen oder Ortsnamen habe ich dagegen, soweit es möglich und sinnvoll war, in der nicht nur an der englischen Received Pronunciation orientierten modernen internationalen Umschrift wiedergegeben: Langri statt Lungri, Udaipur statt Oodeypore, Sambhar statt Sambhur etc.

Die Namen in den Mowgli-Geschichten:

Akela (Akehla)	– hind. *akelā*, einsam.
Bagheera (Bagiera)	– evtl. Diminutiv zu hind. *bāgh*, Tiger; oder von Gondi *bay-heera*, Leopard.
Baloo (Baluh)	– hind. *bhālū*, Bär.
Bandar	– hind. *bandar*, Affe.
Chil (Tschiel)	– hind. *chīl*, Geier, Falke.
Dhole (Doul)	– laut RK »einer der Eingeborenen-Namen für den jagenden Wildhund Indiens«; nicht zu ermitteln.

Gidur	– hind. *gīdar*, Schakal, »Feigling«.
Hathi	– hind. *hāthī*, Elefant.
Ikki	– zu Gondi *ho-igoo*, Stachelschwein; in der US-Erstausgabe lautet der Name des Stachelschweins Sahi, zu hind. *sayi*, Stachelschwein.
Kaa	– von RK erfunden, »nach dem seltsamen, offenmundigen Zischen großer Schlangen«.
Lahini	– von RK erfunden: »Wölfinnen«.
Langri	– hind. *langrā*, lahm.
Mang	– Fledermaus, von RK erfunden.
Mor	– hind. *mor*, Pfau.
Mowgli	– von RK erfunden, »kleiner Frosch«; entweder Mougli oder Maugli.
Mysa (Maisa)	– hind. *mhains*, *bhainsa*, Büffel.
Shere (Schir) Khan	– pers./Urdu *sher*, Löwe, Tiger.
Tabaqui (Tabahki)	– *tabaqi katta* (hind.) »Schüssel(leckender)hund«, Schakal.
Tha	– vermutlich von RK erfunden, evtl. zu hind. *thāh* Grund, Boden, Tiefe.
Won-tolla	– nicht zu ermitteln.

Vorwort

Hindu-Gentleman: Die Bewohner der oberen Hänge des Jakko-Bergs bei Simla sind Affen (Languren, *Presbytes illiger*). –/– Sahi, ein Wissenschaftler ...: hind. *sayi*, Stachelschwein. Die beiden anderen genannten Quellen sind ein Wolf und ein Tanzbär. –/– Der führende Herpetologe (Schlangenexperte) ist vermutlich gleichzeitig ein RK persönlich bekannter Mungo, der an eine überlegene Kobra geriet, und Sir Joseph Fayrer, Verfasser von *Thanatophidia of India* (1872), ein Freund von RKs Vater. –/– Der Mitreisende auf der *Empress of India:* Limmershin, der Winter-Zaunkönig.

Mowglis Brüder

»Mowgli's Brothers«, zuerst Januar 1894 in ›*St. Nicholas*‹.
(Hier und in den weiteren Fußnoten häufiger zitierte Quellen:
JLK – John Lockwood Kipling, *Beast and Man in India*, London 1891
Mammalia – R. A. Sterndale, *Natural History of the Mammalia of India and Ceylon*, Calcutta 1884
Seonee – ders., *Seonee or Camp Life on the Satpura Range*, London 1877.)

Chil: In der amerikanischen Erstausgabe heißt der Geier Rann. –/– leichter als jeder andere... wird Tabaqui manchmal verrückt: »Ein tollwütiger Schakal ist tödlich, und es gibt ihn häufiger, als man meint« (*JLK*, 313). »In Seonee hatten wir einmal eine wahre Seuche verrückter Schakale, die viel Unheil anrichteten« (*Mammalia*, 238). –/– Gidur-log: hind. *log*, Volk, Leute; zu Gidur vgl. S. 199. –/– das hat er mir jedenfalls gesagt: Laut *JLK* (312) hielt man den Schakal für einen Freund und Begleiter des Tigers. –/– Seit seiner Geburt ist er auf einem Fuß lahm. Deshalb hat er auch nur Vieh getötet: G. P. Sanderson (*Thirteen Years Among the Wild Beasts of India*, London 1878) erwähnt einen menschenfressenden Tiger, den »Tiger von Benkipur«, für dessen Erlegung eine große Belohnung ausgesetzt war (vgl. »Tiger! Tiger!«) und der angeblich eine Verletzung an einem Vorderfuß hatte; ferner stellt Sanderson fest, menschenfressende Tiger seien oft durch alte Verletzungen an der Jagd auf schnelles Wild gehindert und »unweigerlich Viehtöter«. –/– ... daß Menschenesser die Räude bekommen: von Sanderson und Sterndale bestritten; vgl. auch »Tiger! Tiger!«, wo von Räude keine Rede ist, als Mowgli das Tigerfell auf dem Ratsfelsen ausbreitet. –/– Raksha [die Dämonin]: RK leistet sich hier ein (von ihm diskret verschwiegenes) Hindi-Wortspiel: *rākshas* ist Dämon, *raksha* Schutz, Verteidigung, »Hüterin«. –/– Gut wägen, Wölfe: im Orig. *Look well o Wolves*. RKs Formel imitiert den mit uuu-äää-uuu umschreibbaren Wolfsschrei; die deutsche Fassung versucht, Kipling zu imitieren. –/– Baloo, der schläfrige braune Bär: Eine der wenigen poetischen Freiheiten von Kipling: Der europäische braune Bär *(Ursus arctos)* kommt in Indien nicht vor. Der braune Himalaya-Bär *(Ursus isabellinus)* ist ebenfalls nicht in Seoni zu finden. Der in Teilen Indiens vorkommende Lippenbär *(Ursus labiatus)* hingegen ist schwarz und »häßlich«, außerdem oft sehr aggressiv, und eignet sich nicht als Lehrer und Bezugsperson. –/– niemals Vieh zu berühren, weil er um den Preis eines Bullen...: Mit diesem diskreten Tabu wird von RK auch berücksichtigt, daß der Hindu-Junge später wieder zu Menschen zurückgehen wird und dann kein heiliges Rind getötet haben darf. –/– Königspalast in Udaipur: In »Letters of Marque« VIII (*From Sea to Sea*, Bd. 1) beschreibt Kipling die Menagerie der Durbar Gardens in Udaipur; dort sieht er »einen schwarzen Panther, der der Fürst der Finsternis ist und ein Gentleman«. Sterndale berichtet (*Mammalia*, 173) von zwei aus dieser Menagerie geflohenen Tigern. –/– Sambhar: ind. Hirsch, *Rusa Aristotelis*. –/– Kinder von den Türschwellen der Dörfer stehlen: Laut Sterndale

(*Mammalia*, 233) wurden jährlich »Hunderte von Kindern von Wölfen verschleppt«.

Hunting-Song of the Seonee-Pack/Jagdgesang des Seoni-Rudels
zuerst in Erstausgabe (EA).

Kaas Jagd
»Kaa's Hunting«, zuerst 31. 3. und 7. 4. 1894 in ›*To-day*‹, dann Juni 1894 in ›*McClure's Magazine*‹.

Die Flucht des Affen-Volks durch Baum-Land: *JLK* (75/6) und *Mammalia* (13) enthalten bewundernde Beschreibungen. –/– Felsschlange/Felspython: *Python molurus*, der indische Python; die gewaltige Länge und die leuchtende Färbung nach der Häutung deuten jedoch eher auf den malaiischen Python *(Python reticulatus)*. –/– Kalte Stätten: *Cold Lairs*, kalte Tierlager, kalte Höhlen. Kipling hatte u. a. die Ruinen von Amber bei Jaipur und Chitor (Chittaurgarh) bei Udaipur besichtigt; die Geschichte von Kalte Stätten, wie in »Des Königs Ankus« dargelegt (vgl. *Zweites Dschungelbuch* und Anm. dazu), lehnt sich an die von Chitor an, während die äußere Beschreibung eher an Amber erinnert. Allerdings sind beide nicht von Dschungel überwuchert, doch finden sich Dschungelruinen allenthalben in Indien (vgl. auch *Seonee*, 444).

Road-Song of the Bandar-Log/*Wanderlied der* Bandar-Log
zuerst in EA.

»Tiger! Tiger!«
»Tiger! Tiger!« zuerst Februar 1894 in ›*St. Nicholas*‹.

Der Titel ist eine Anspielung auf William Blakes »The Tiger« *(Songs of Experience)*: »Tiger! Tiger! burning bright / In the forests of the night, / What immortal hand or eye / Could frame thy fearful symmetry?« Die Anspielung ist eher ironisch; Shere Khan ist lahm, feige und dumm. –/– . . . denn der Töpfer gehört einer niedrigen Kaste an, und sein Esel ist noch übler: »Hier in Indien würden nur der Zigeuner, der Töpfer, der Wäscher und derlei Leute, Kastenlose oder von niedrigster Kaste, einen Esel besteigen oder besitzen« (*JLK*, 85). –/– Tower-Muskete: Steinschloß-Muskete von Anfang des 19. Jh. mit »Tower« im Kolben eingebrannt als Zeichen dafür, daß die Waffe von Waffenschmieden nahe dem Londoner Tower hergestellt oder geprüft worden war. –/– hundert

Rupien: fürstliche Belohnung; einer anderen Kipling-Story zufolge bezog damals z. B. ein eingeborener Telegraphenbeamter einen Monatslohn von vierzig Rupien. –/– *dhâk*-Baum: *Butea frondosa*. –/– Anna: 16 Annas = 1 Rupie. –/– *tulsi:* Art Basilikum, dem Gott Vishnu geweiht. –/– . . . eine Geschichte für Erwachsene: »Im *Rukh*«, *Vielerlei Schliche*, Zürich 1987.

Mowgli's Song/Mowglis Gesang
zuerst in EA.

Die weiße Robbe
»The White Seal«, zuerst August 1893 in ›*National Review*‹.

Laut Green, *Kipling and the Children*, verdankt RK den Hintergrund der Erzählung, die Orts- und »Eigen«namen (s. u.) sowie vor allem die detaillierten Beschreibungen der Lebens- und Kampfgewohnheiten der Tiere dem 1881 veröffentlichten Werk *The Seal Islands of Alaska* von H. W. Elliot. Weitere Informationen erhielt RK von einem Seefahrer namens Hans Olsen, der hier evtl. als Limmershin karikiert ist. Topographische Einzelheiten (Strände, Lukannon, Hügel usw.) entstammen der Karte, die Elliots Buch enthält.

Namen: Kotick (= kleiner Kater, junger Seehund), Matkah (= Muttertier), Starik (= alter Mann, Greis), die von RK selbst im nächsten Halbsatz übersetzten Vögel (Chickies, Guveruskies, Epatkas), der Heilbutt (poltuus) finden sich so oder nicht viel anders in Russisch-Lexika (Dank für Hilfe an Peter Urban, Frankfurt). Andere Begriffe sind entweder stark verballhornt (z. B. die *hollustschickie*, im Orig. *holluschickie*, aus russ. kholostjak, Junggeselle), in der Bedeutung verschoben (das Walroß »Seesam« heißt im Orig. Sea Vitch; laut RK russ. für Walroß; Pawlowski führt ein *sivuč* = Seelöwe, Löwenrobbe auf) oder gar nicht zu finden (der »Seekerl« ist im Orig. Sea Catch, laut RK russ. sikatchi, Seehundbulle; so ebenfalls im Artikel »Seal-Fisheries« der 11. *Encyclopedia Britannica*). Auch die Klage von Kotick, »Otschen skuutschnie«, was RK mit »Ich bin so einsam« übersetzt, gibt eigentlich nicht mehr als »sehr langweilig« her. Allerdings muß man hier und bei den anderen Begriffen ostsibirisch-aleütische Verschiebungen einkalkulieren. Die Beiklänge, die Sea Catch (»See-Fang«, aber auch – catch = »Schnäppchen« – »das beste Stück aus dem Meer«) und Sea Vitch (durch Anklang an witch, »Hexe« gerät der Name zur dämonischen Verkörperung allen Meer-Wissens) bergen, und das russisch-englische Wortspiel mit den Namen müssen an der Sprachgrenze zurückbleiben. –/– Der Froschbutler: vgl. *Alice in Wonderland*, Kap. 6.

Lukannon
zuerst in EA.

Rikki-Tikki-Tavi
»Rikki-Tikki-Tavi«, zuerst November 1893 in ›*St. Nicholas*‹ und ›*Pall Mall Magazine*‹.

Die präzisen Beobachtungen in dieser Erzählung (Konrad Lorenz nennt RTT »einzigartig«, was die dichterische Behandlung tierischen Verhaltens angeht) beruhen zum Teil auf eigenem Erleben RKs (so schrieb er, der neugierige Mungo, der sich die Nase an der Zigarre verbrannte, habe ihn in seinem Büro in Allahabad aufgesucht). –/– Nag: hind. *nāg*, Kobra. –/– Segowlee: fiktiv; Vorlage für Bungalow und Garten war ein Belvedere genanntes Anwesen in Allahabad, das Freunden von RK gehörte. –/– Darzee: hind. *darzī*, Schneider; der hier von RK beschriebene Schneidervogel *(Sutoria Nich.)* ist ein Sperlingsvogel aus der Familie der Fliegenschnäpper, nicht zu verwechseln mit dem Webervogel (verschiedene Formen, Gattung der Ploceidae), der zu den Finkenvögeln gehört. –/– Chuchundra: hind. *chachū̃dar*, Moschusratte. –/– Maréchal-Niel-Rosen: 1864 gezüchtete gelbe Rose, benannt nach Adolphe Niel, einem der Marschälle Napoleons. –/– Karait: Krait *(Bungarus ceruleus)*, sehr giftige Schlange. –/– Chua: hind. *chūhā*, Maus, Ratte. –/– Kupferschmied: *Xantholaema indica*.

Darzee's Chaunt/Darzees Preislied
zuerst in EA.

Toomai von den Elefanten
»Toomai of the Elephants«, zuerst Dezember 1893 in ›*St. Nicholas*‹

Kaiser Theodor, Abessinien-Krieg: 1867/68 wurden britische Missionare und Gesandte in Äthiopien eingekerkert; eine Strafexpedition unter Napier wurde geschickt; Kaiser Tewodros II. wurde bei Magdala besiegt und beging Selbstmord. –/– Ali Masjid: Grenzfestung in Afghanistan; Kala Nag war also Teilnehmer am Zweiten Afghanistan-Krieg 1878–80, in dem die Briten versuchten, den wachsenden russischen Einfluß zurückzudrängen. –/– Moulmein: Hafen in Burma. –/– Garo-Berge: in Assam. –/– *howdah:* hind., ex arab. *haudaj*, im Arab. ursprünglich von Kamelen getragene Sänfte, in Indien der von einem Elefanten getragene Sitzkorb, auch als »Thron« verziert. –/– Keddah: aus hind. *khedā*, jagen. Die Beschreibung einer ähnlichen Form der Elefantenjagd findet sich bereits bei Arrian. –/– Dihang: Quellfluß des Brahmaputra. –/– Gaj (gadsch): hind. »Elefant«. –/– Die vor allem im Osten Indiens kursierende Legende vom Ballsaal der Elefanten wurde erst nach Kiplings Tod widerlegt; 1953 schrieb J. H. Williams, bei den großen Dschungellichtungen mit hartgestampftem Boden handle es sich um Elefanten-Kinderstuben, wo ganze Herden wilder Elefanten ihre neugeborenen Kälber gehütet hätten (*Bandoola*, 1953).

Shiv and the Grasshopper/Shiv und der Heuschreck
zuerst in EA.

Shiv: Shiwa. –/– *gaddi:* hind. Thron. –/– Mahadeo: *maha deva*, großer Gott.

Diener Ihrer Majestät
»Her Majesty's Servants«, zuerst als »Servants of the Queen« 3. März 1894 in ›*Harper's Weekly*‹ und März 1894 in ›*Pall Mall Magazine*‹.

Hintergrund der Geschichte ist der große Rawalpindi Durbar, März/April 1885; der Vizekönig Lord Dufferin empfing den König/Emir von Afghanistan, Abdur Rahman, zu nicht ganz einfachen Verhandlungen über die künftigen Beziehungen, auch im Hinblick auf die russische Expansion. RK war als Sonderkorrespondent der ›*Civil and Military Gazette*‹, Lahore, in Rawalpindi und schrieb insgesamt dreizehn Artikel; vgl. *Kipling's India*, Thomas Pinney (ed.), London 1986.

Maultier/Maulesel: Maultier ist das Ergebnis der Paarung eines Eselhengsts mit einer Pferdestute, Maulesel das einer Kreuzung von Pferdehengst und Eselstute; ich habe dennoch die beiden Begriffe als Synonyme verwendet, um bei dem von RK gewählten, zur Armee passenden »er« für Billy & Co. bleiben zu können. –/– Hapur: Stadt östlich von Delhi. –/– Sunol: berühmtes amerikanisches Rennpferd. –/– pachydermisch: dickhäutig.

Parade-Song of the Camp Animals/Paradelied der Lagertiere
zuerst in EA.

Die einzelnen Texte passen zu englischen Märschen, z. B. »Elephants« und »Gun-Bullocks« zu »The British Grenadiers«, »Cavalry Horses« zu »Bonnie Dundee« etc.